Una sombra blanca

Carme Riera
Una sombra blanca

Papel certificado por el Forest Stewardship Council®

Primera edición: abril de 2024

© 2024, Carme Riera
© 2024, Penguin Random House Grupo Editorial, S. A. U.
Travessera de Gràcia, 47-49. 08021 Barcelona

© Diseño: Penguin Random House Grupo Editorial, inspirado en un diseño original de Enric Satué

Penguin Random House Grupo Editorial apoya la protección del *copyright*.
El *copyright* estimula la creatividad, defiende la diversidad en el ámbito de las ideas y el conocimiento, promueve la libre expresión y favorece una cultura viva. Gracias por comprar una edición autorizada de este libro y por respetar las leyes del *copyright* al no reproducir, escanear ni distribuir ninguna parte de esta obra por ningún medio sin permiso. Al hacerlo está respaldando a los autores y permitiendo que PRHGE continúe publicando libros para todos los lectores.
Diríjase a CEDRO (Centro Español de Derechos Reprográficos, http://www.cedro.org) si necesita fotocopiar o escanear algún fragmento de esta obra.

Printed in Spain – Impreso en España

ISBN: 978-84-204-7722-0
Depósito legal: B-1736-2024

Compuesto en Arca Edinet, S. L.
Impreso en Egedsa, Sabadell (Barcelona)

AL77220

A las lectoras y lectores que durante todos estos años me han acompañado. Y muy especialmente a Geraldine Nichols, que me invitó a la University of Florida en Gainesville, y a María Camí, que me acogió con afecto.

A Beatriz Pastor, Miguel Valladares y Paula Sprague, que hicieron lo mismo en Dartmouth College.

A Mario Santana, que me convidó a la Chicago University, y a Rafaela Fiore, que me hizo allí la estancia más agradable.

Somewhere, over the rainbow,
Skies are blue,
And the dreams that you dare to dream
Really do come true.
H<small>AROLD</small> A<small>RLEN</small> y Y<small>IP</small> H<small>ARBURG</small>

Primera parte

I

Le había ocurrido otras veces. Quizá porque estaba acostumbrada a memorizar. Pero nunca una frase, «el tiempo amortajado por telarañas de niebla», se le había quedado grabada de un modo tan insistente sin conseguir, no obstante, recordar su procedencia. Tal vez, aventuraba, la habría leído en una novela de Coetzee, su autor preferido, alguna de cuyas obras solía llevarse consigo en los viajes. O en el libreto de una partitura. Últimamente recibía muchas. A menudo de jóvenes compositores, o no tan jóvenes. Algunos le pedían apoyo: «Si aceptara el papel escrito a su medida, para su voz excepcional, todo sería más fácil». Otros se conformaban con que les diera consejos que tendrían en cuenta de manera absoluta, insistían, aunque lo que solicitaran, de modo menos o más encubierto, fuera una recomendación.

Repetía la frase, tan literaria, en exceso libresca, porque le parecía que traducía con palabras lo que le había ocurrido durante ese «tiempo amortajado», al que necesitaba volver. Solo así podría diluirse la niebla que le permitiría contemplarlo, tras limpiar las telarañas que lo cubrían. Si era capaz de hacerlo se sentiría por fin a salvo. Y por eso iba a exigir a su representante que aplazara por un año los contratos firmados, le gustara o no, le costara mucho o poco esfuerzo, porque su decisión era absolutamente irrevocable.

Se había comprometido consigo misma a resucitar «el tiempo amortajado» poco antes de que Pandora Brunellesky muriera, cuando esta le contó lo que había sucedido en Foslluc después de su marcha del pueblo. A partir de entonces su obsesión por clarificar los hechos se había acrecentado de tal modo que había decidido buscar un paréntesis largo antes de que fuera demasiado tarde. No sabía cuánto podía llevarle tratar de devolver el buen nombre a quien había sido considerado culpable siendo inocente y, por el contrario, señalar al culpable. Ni si aún contaría con la ayuda de los testigos, en especial de Tina. No temía alejarse de los escenarios, convencida de que eso en absoluto le impediría volver cuando quisiera y como quisiera. Había conseguido triunfar, convertirse en una de las mejores sopranos del mundo, y era respetada y admirada en todos los teatros del planeta.

Tomó la decisión de regalarse no unos meses sino un año «sanático», y escogió muy adrede la palabra. Así me dijo que se lo escribiera a Hans Mayer, su representante. Un año para quitar el polvo y limpiar las telarañas, aunque estas dos últimas frases no pensara incluirlas, según me advirtió, en el correo electrónico que me dictaría a mí, Rose Barnes, su secretaria, para que lo enviara a su exquisito representante.

Estaba segura de que a Mayer las referencias a la limpieza doméstica le parecerían impropias de una diva de su categoría, por más que conociera sus orígenes humildes y las dificultades de sus comienzos. Bastante enfado le produciría su capricho de cancelar los contratos. Un capricho intolerable que trataría de impedir a toda costa.

Tanto Barbara Simpson como yo sabíamos cuánto protestaría, no era difícil conociéndole, y todo lo que le diría, primero por teléfono y después en persona, presentándose de inmediato en Nueva York, en el primer vuelo que pudiera tomar desde Londres:

—¿Estás en tus cabales? ¿Te has vuelto loca? Ese parón te desprestigiará, te hundirá. ¿No te das cuenta? ¿Y los millones de dólares que dejaremos de ingresar? —Y ahí especialmente le dolía a Hans.

Imaginaba la trifulca. Daría grandes zancadas por el salón, se sentaría y se levantaría sin dejar de hablar. Recurriría a los comienzos de su carrera, a su consolidación, gracias a su trabajo, al trabajo de ambos, puntualizaría, justo antes de que Barbara le interrumpiera con uno de sus «basta» y le mandara callar. Hans no diría nada durante unos minutos, pero luego continuaría y le suplicaría:

—Por favor, espera. Más adelante, dentro de cinco años, eso sí puedo negociarlo, pero el año que viene no. No. De ninguna manera. ¡Te lo pido por lo que más quieras! No.

Y después la amenazaría. Era el único de cuantos rodeaban a la Simpson que de tarde en tarde se atrevía a levantarle la voz:

—No, no pienso tolerarlo. Si me haces esa faena ya puedes buscarte a otro representante, y yo soy el mejor. Además, también se la haces a tu público. ¿Quieres abandonar tu carrera? Pensarán que estás acabada. ¡Un año sin pisar un teatro! ¡Sin cantar! ¡Imposible! Tus seguidores no lo aceptarán. Te esperan los milaneses, los venecianos, los napolitanos, los londinenses, los españoles, los australianos...

Ella le corregiría. Hans en su furia equivocaba el orden. En cambio Barbara tenía muy presentes los lugares en los que debía actuar la próxima temporada, a partir de finales de septiembre. Los contratos firmados eran primero con el Covent Garden, después con la Scala, La Fenice, San Carlo, el Met, el Liceo, el Real, y finalmente con la Sydney Opera House... Pero ahora ¡qué más daba ya!

Las cosas acababan de suceder de otro modo, inesperado, torcido y peligroso. El «sanático» se había convertido en obligatorio, por prescripción facultativa, y Hans no tenía más remedio que aceptarlo sin discusión.

Los médicos así lo habían considerado, no fuera a tirar por la borda la suerte que había tenido. Había estado entre la vida y la muerte. En la muerte incluso, puesto que sus parámetros vitales fueron durante unos instantes apenas una línea inexpresiva. Pero consiguieron reanimarla y el corazón comenzó a bombear, el cerebro a recibir oxígeno, y la respiración se fue acompasando.

Tal vez había vuelto a la vida porque no debía morir. Todavía no. Antes tenía que resolver el asunto que la obsesionaba. No podía irse. No podía descansar pese a haber tenido la percepción de estar fuera de su cuerpo, envuelta en luz y en una calma absoluta. Una luz, puntualizaba, en la que iban apareciendo los colores del arco iris.

Todas esas sensaciones las recobró después de pasar un tiempo en una especie de nebulosa, un magma viscoso, en el que parecía haberse acomodado, en apariencia sin sentir nada, dopada por los medicamentos que le propiciaban aquel estado, a la espera de que poco a poco, sin sufrimiento excesivo, y con el mínimo desgaste, pudiera ir reaccionando.

No fueron los ojos lo que abrió primero, sino los oídos, y lo que oyó no pertenecía a su actual entorno. Venía de otro lugar. Un lugar que estaba muy lejos. Tan lejos como su infancia. Oyó el ruido de una llave abriendo su habitación, su propio llanto y luego su nombre repetido, gritado por voces desconocidas. A esas voces lejanas se iban superponiendo sonidos relacionados con su vida actual: los aplausos que fueron mezclándose con los silbidos y el rumor de los pateos que llegaban del gallinero. Y entonces, de pronto, recordó el esfuerzo con que intentó por tercera vez iniciar el «Vissi d'arte» y se vio —ahora sí recuperó la imagen— casi tumbada en el suelo. Cantaba siempre en esta posición esa aria maravillosa que jamás dejó de emocionarla y se convirtió en su predilecta a partir del triunfo apoteósico de Lisboa, que puso el teatro en pie y le dedicó, como a la Callas antes y en el mismo escenario, una de las ovaciones más largas de su carrera. Su récord: veinticinco minutos.

Se vio con la mano sobre el cuello, la mano que trataba de abarcar desde fuera el lugar que ocupaban sus cuerdas vocales, y, finalmente, con la mano caída en un ademán vacío, al cerciorarse, horrorizada, de que de repente se había quedado sin voz. Durante unos pocos segundos siguió comprobando que no podía articular ninguna nota ni le salía ninguna palabra, a la vez que percibió cómo se cerraban las cortinas de terciopelo amarillo del escenario y cómo Scarpia, que ya no era Scarpia, sino su amigo de tantas *Toscas* juntos, Ruggero Raimondi, estaba a su lado, diciendo su nombre, Barb, Barb, Barbara, muy bajito, casi al oído, y le tomaba el pulso.

Y después nada. Nada en absoluto. Ni la concentración de médicos a su alrededor. Había más de docena y media en la sala, nos dijeron después, y todos subieron al escenario en seguida, absolutamente solícitos, al ser reclamados, satisfechos no tan solo de poner su ciencia al servicio de la diva, a la que muchos consideraban la mejor soprano de América, sino también de poder contarlo a amigos y conocidos. Tal vez los más eminentes, decididos a guardar la anécdota para dedicarle una página en sus memorias. Los médicos, la mayoría de esmoquin, por no perder las buenas costumbres de las funciones de gala, otros con trajes oscuros, muy encorbatados, estuvieron de acuerdo en que el caso era grave y que había que llamar con urgencia a una ambulancia y enviar a la paciente —en aquellos momentos había dejado de ser la diva— al hospital.

No se dio cuenta tampoco de la llegada de los camilleros, que miraban con sorpresa el escenario y con mayor sorpresa todavía a la mujer, poco o nada atractiva —una actriz importantísima, una cantante extraordinaria, les habían dicho y la habían imaginado más guapa que Angelina Jolie—, que permanecía tumbada en el suelo con las piernas levantadas para facilitar la circulación, el traje largo arrugadísimo, subido hasta los muslos, y la cremallera bajada para liberar todo lo posible el pecho y contribuir a que oxigenara mejor.

No percibió cómo la depositaban, con el mayor cuidado, en una camilla ni cómo le aplicaban un desfibrilador y la trasladaban a una ambulancia, donde otro médico la esperaba. No oyó la sirena que en seguida conectó el chófer para pedir paso preferente, a pesar de que a aquella hora el tráfico de Manhattan ya no era denso y podía circular, dándose toda la prisa posible, sin entorpecer ni molestar a ningún conductor. Tampoco notó que la metieron en seguida en el quirófano porque su estado era muy grave, apenas le quedaba una brizna de vida.

Todo esto lo supo después, cuando ya hubo salido del peligro. En cuanto tomó conciencia de lo que le había ocurrido, ya fuera de la UCI e instalada en una habitación, Barbara Simpson quiso conocer qué había pasado en el teatro tras su infarto y cómo resolverían en el Metropolitan haber dejado al público con la función a medias. ¿Se lo perdonarían? ¿Le ocurriría lo mismo que a la Callas en Roma? ¿Serían tan injustos con ella como lo fueron con Maria? Muchos las comparaban. ¿Este fracaso de su salud sería otro punto en común?

Fue Ruggero Raimondi el encargado de tranquilizarla. Le aseguró que su público le seguiría siendo fiel, de eso podía estar segura, y, tras animarla, le ofreció todos los detalles de cuanto había sucedido en el Met.

El director del teatro intentó por todos los medios que la función prosiguiera, después de informar al público de que harían una pausa de una hora para ver si la señora Simpson podía seguir cantando, restablecida de un desmayo propiciado por el calor y también por la emoción con la que interpretaba el personaje de la cantante Floria Tosca, a pesar de saber que sería imposible, puesto que la Simpson tal vez ni siquiera sobreviviría al ataque. Pero de ese modo, poniéndole al público esta excusa, ganaba tiempo. Tiempo para tratar de encontrar a alguna soprano que se supiera el papel, una meritoria que estuviera, quién sabe, en el mismo teatro o pudiera llegar con rapidez y con la misma celeridad se pusiera en situación para seguir representando *Tosca* en el punto en que Barbara Simpson la había dejado, porque la suplente del teatro estaba igualmente sin voz. Pero si el milagro no sucedía, si resultaba imposible encontrar una soprano adecuada, al gerente del Metropolitan se le ocurrió que la ópera continuara con el tenor y el bajo, que ambos cantaran sus arias como en un recitativo y de ese modo el público se volvería a casa con la sensación de que no había perdido el dinero. No fuera caso que tuvieran que devolver el importe de todas las entradas. Pero tanto él, Ruggero Raimondi, como Plácido Domingo se negaron a cantar sin ella. Era necesario, por dignidad, por respeto, suspender la función. Ninguno de los intérpretes estaba en condiciones de seguir como si nada hubiera ocurrido. Ni siquiera sabían si Barbara Simpson, la gran soprano, había muerto. Ni a Raimondi ni a Domingo los motivos económicos les importaban, aunque pudieran llegar a no cobrar la función, eso resultaba irrelevante en aquellos momentos. Además, llegado el caso, ya tratarían sus representantes de discutir esos pormenores con los directivos del teatro y estos con sus seguros.

La ópera se suspendió y el público aceptó con resignación que las entradas sirvieran para otro día. Una programación especial cuando menos, con los mismos cantantes y la diva en condiciones. Pero si eso no fuera posible, el Met los compensaría de alguna manera. Al gerente se le ocurrió la posibilidad de devolver el importe de media entrada, cosa de escaso recibo, aunque cuando la soprano dejó de cantar estaban casi a media función.

A Barbara no le gustaba nada lo que le estaba contando Ruggero sobre los manejos del Met, y quiso que mandáramos llamar al director del teatro, Timothy Morgan, para reñirle. Su visita fue la primera que recibió, tras las de Ruggero y Hans, que llegó inmediatamente, después de conocer lo ocurrido, y la gran Leontyne Price, de paso por Nueva York. A las demás personas que acudieron al hospital se les dijo que, por prescripción facultativa, no podían verla.

La Simpson estaba enfadada con Morgan, lo que significaba que se encontraba muy restablecida. En cuanto lo tuvo delante, comenzó a hacerle preguntas como si Raimondi no le hubiera contado nada:

—¿De qué manera se resarcirá al público? ¿Se ha quejado la gente? ¿Han aceptado que se trata de algo grave y no de un capricho mío?

Morgan le contestaba a todo muy afectuoso, dándole cuantos detalles le pedía, y se demoraba en alabanzas y comentarios encomiásticos sobre su voz, que la Simpson oía sin satisfacción, como quien oye llover, más interesada en seguir preguntando:

—¿Y los periodistas? ¿Cómo ha dado la noticia el *New York Times*? ¿Han sido comprensivos? ¿Y la televisión? La NBC y la CBS me respetan y me consideran y no habrán emprendido ninguna campaña en mi contra, pero los de la Fox me detestan. ¿Qué han dicho en la Fox, tan conservadora? ¿Han inventado alguna patraña asegurando que he simulado un ataque, sin siquiera admitir que jamás he dejado de cumplir mis compromisos? Incluso en los ensayos lo he dado todo. Nunca he bisbiseado, como hacen otras, reservándome la voz para el estreno.

Barbara no daba tiempo a que Morgan le contestara, seguía hablándole y preguntándole inquieta, desasosegada. Probablemente también le molestaba la sonrisa de vendedor de coches de segunda mano que Morgan mantuvo todo el rato y que también a mí me pareció demasiado obsequiosa, un punto condescendiente.

—Los medios americanos se han comportado muy bien. Y todos, incluida la Fox, abogan por su completo restablecimiento y se refieren a su voz incomparable...

—Es usted muy amable —zanjó Barbara—. Mi representante se encargará de arreglar con el Met la rescisión de mis contratos. Gracias por la visita, Morgan.

E inmediatamente, dirigiéndose a mí, me pidió que acompañara a Morgan hasta la puerta.

II

En cuanto se marchó Morgan, exigió que le dieran de inmediato otra habitación. La que tenía le pareció diminuta, igual que la salita contigua, aunque no lo eran. Tal vez no le gustaba porque las ventanas daban a un patio interior, por donde, según se quejaba, entraba poca luz y ella necesitaba que la luz le hiciera compañía. Al parecer, desde niña, desde que sucedieron los hechos que hubieron de cambiarle la vida, no soportaba la oscuridad. Tampoco los cuartos pequeños. Además, el de la clínica no era suficiente para dar cabida a los ramos de flores encargados desde los lugares más remotos por admiradores, compañeros y amigos, por los músicos, los directores de orquesta y los gerentes de los teatros en los que había trabajado.

La consolaba que las flores fueran lo primero que veía al despertarse y por eso no permitía que sacaran al pasillo los ramos que más le gustaban. Me dijo que al abrir los ojos y verlos olvidaba por unos segundos que estaba en cama con el brazo inmovilizado por un par de viales que conducían a diferentes tubos. Prefería imaginarse en su camerino. En todos los contratos exigía que lo llenaran de ramos de rosas amarillas y blancas, sus predilectas. Desde que empezó a ser famosa y reconocida, ningún teatro le negaba el capricho.

Las flores la habían acompañado siempre. Su madre se las ponía en el pelo entre los rizos. Cuando el dinero no le alcanzaba o no había donde comprarlas, las cogía de cualquier lugar, de los caminos, del bosque o de los parques públicos. A veces, en épocas de poco trabajo, hacía flores de papel y ella la ayudaba. Al recordarlo en el hospital le habían venido ganas de volver a probarlo, como si el hecho le sirviera para reforzar los vínculos mentales con su madre, con otros materiales. Pese a los años que hacía que faltaba, la seguía añorando y necesitaba sentirla cerca como cuando era niña.

En la nueva habitación, la «suite real» de la clínica, que acababa de quedarse libre —tras dar el alta nada menos que a Sophia Loren, me contaron confidencialmente—, con grandes ventanales, más amplia y luminosa que la primera, fue recobrando fuerzas. Pero eso la llevó a la vez a preguntarse obsesivamente por qué de repente no pudo entonar ni la primera nota del «Vissi d'arte», que había interpretado de manera maravillosa tantísimas veces a lo largo de su carrera, y a buscar un motivo que la convenciera. De modo maquinal volvía a llevarse la mano que no tenía inmovilizada al cuello en un gesto reiterado, un gesto que —según me dijo— había hecho también a menudo en una época lejana cuando tampoco le salía la voz, cuando se volvió muda de repente. Muda por la pena, primero, y después muda por el horror que le impidió pronunciar palabra, y unía los tres momentos. ¿Recuperaría la voz como en las dos ocasiones anteriores y podría volver a cantar? ¿Significaba eso su final? ¿Era el aviso de que estaba acabada?

Yo la tranquilizaba. Se trataba de una casualidad, pero ella me repetía que las casualidades no existen, que las cosas pasan por algún motivo que no podemos dejar de tener en cuenta.

Una tarde, cuando el doctor Ripper, el jefe del equipo psicotécnico del Presbyterian Hospital, pasó a preguntarle cómo se encontraba y le contó que trabajaba en un estudio sobre las ECM, las experiencias cercanas a la muerte, Barbara no tuvo inconveniente en referirse a la sensación que había notado, placentera y luminosa, como si flotara, fuera del tiempo y del espacio, liberada de su cuerpo, que podía ver en el quirófano, manipulado por los médicos. Algo que a su entender no tenía explicación. ¿Podía estar a la vez dentro y fuera de sí misma? ¿Tendría algún problema mental? ¿Lo habría soñado? Siempre fue proclive a los sueños. Incluso a soñar despierta, e imaginación no le faltaba.

El médico, tras pedirle permiso para sentarse junto a la cabecera de la cama, le preguntó si no tenía inconveniente en que grabara la conversación. Le aseguró que su ética profesional le impedía divulgar nada y que solo usaría la grabación para estudiar su caso y ayudarla. Ella aceptó.

Ripper sacó una pequeña grabadora del bolsillo de su chaqueta y la puso en marcha mientras tranquilizaba a Barbara. Le dijo que conocía otros casos, que muchos otros pacientes habían experimentado la misma sensación, y le preguntó si tenía algún motivo para tratar de regresar, para no abandonarse y dejarse ir envuelta en esa luz. Si un impulso más fuerte que su deseo de permanecer allí le mandaba volver para cumplir con algo que había quedado pendiente, algo inconcluso que debía cerrar.

Barbara asintió y se sinceró con Ripper. Le dijo que tenía el convencimiento de que si en aquellos momentos no regresaba, si no podía volver para cumplir con lo que consideraba una obligación, jamás podría retornar a la paz y al amor, que había percibido de un modo tan intenso.

—¿Tiene eso explicación científica? —le preguntó al médico. Ella había pensado que podía relacionarse con la obsesión por conseguir un tiempo libre, un sabático o, mejor, «sanático», y le contó hasta qué punto ese empeño se había convertido por aquellos días en primordial. Después le hizo otra confidencia—: Tal vez me quedé sin voz porque yo, que estudio cada uno de mis personajes, no solo en los aspectos musicales, claro está, sino en los psicológicos para poder entenderlos e interpretarlos del mejor modo posible, no estuve a la altura del aria de *Tosca*... No es verdad que yo, por ejemplo, *«non feci mai male ad anima viva»*, yo sí he hecho daño, aunque no de manera voluntaria.

—Tranquilícese —le dijo Ripper en un tono afectuoso, casi consolador—, se quedó sin voz a consecuencia de un infarto. No se atormente, puedo asegurarle que el infarto no tiene que ver con la letra del «Vissi d'arte» y sí con el estrés. El «sanático» obligatorio le sentará de maravilla, estoy convencido.

—Lo he conseguido, sí, he conseguido el «sanático», pero a un alto precio. Me pregunto si podré volver a cantar.

—Estoy seguro de que sí —afirmó Ripper de modo convincente y en seguida prosiguió—: Por favor, si no es una molestia, si no le incomoda, deme todos los detalles de su experiencia, de eso que denominamos ECM, experiencia cercana a la muerte. ¿La esperaba alguien ahí? La doctora Kübler-Ross, una de las científicas pioneras en estudiar las ECM, asegura que alguien querido que nos precedió en el tránsito nos espera en ese espacio que identificamos con la luz. ¿Reconoció usted a alguien?

—Por unos instantes vi a mi madre y también noté la presencia de alguien más, pero no pude reconocer quién era, fue cuestión de un segundo. Además no estoy segura del todo. En cambio tengo el convencimiento, doctor, de que esa sensación de bienestar no la inventé, que estuve allí, envuelta en luz, junto al arco iris, una obsesión de mi infancia. ¿Pude imaginarlo?

El doctor Ripper, que seguía el método iniciado por el doctor Van Lommel, insistió en que podía estar tranquila, que no se trataba de ningún simulacro. Y le repitió que otras muchas personas en el mismo trance habían experimentado algo parecido. Sin embargo, la Simpson quiso saber cómo era posible tal experiencia.

—Si yo estuve muerta, si mi cerebro se apagó, ¿cómo pude darme cuenta de lo que ocurría?...

—Desde el punto de vista científico cabe una explicación: la conciencia puede no estar ligada a la actividad neuronal y permanecer estimulada. Mi colega Greyson, el fundador de la International Association for Near-Death Studies, entre otros médicos, defiende que la mente puede funcionar al margen del cerebro. No obstante, habrá que investigar más y ser humildes; pese a los logros que hemos conseguido, hay millones de cosas que no entendemos todavía.

Ripper hablaba despacio. Barbara, tal vez porque era cantante, se sentía atraída por las personas cuyas voces consideraba atractivas y la del médico, según me dijo, le pareció más que agradable y persuasiva, cautivadora por la serenidad que conseguía transmitir, y eso le mereció confianza. Rechazó también su prevención de que fuera un aprovechado que quisiera utilizar lo que ella pudiera contarle y usara su nombre para difundirlo por ahí en alguna publicación.

—Resulta incluso difícil aceptar —prosiguió Ripper— hasta qué punto la física cuántica ha revolucionado los planteamientos científicos en todos los campos. —Y añadió con una gran sonrisa—: Tal vez eso permitirá en el futuro que uno pueda viajar sin tener que moverse del lugar, permaneciendo aquí y estando allá.

—Me vendría de maravilla que eso pudiera conseguirse cuanto antes, este mismo año —le dijo Barbara—, así no tendría que hacer el esfuerzo de marcharme, porque eso que le he contado, ese impulso tan fuerte que me llevó a volver, tiene que ver con la necesidad de tranquilizar mi conciencia y para eso tengo que viajar... Le juro, doctor, que me encantaría poder solucionarlo todo desde aquí, sin necesidad de moverme.

—Me ayudaría mucho si pudiera usted darme detalles sobre el motivo que la impulsó a regresar, si pudiera describirme de qué se trata. Habla usted de tranquilizar su conciencia. ¿De qué culpa? Se siente usted culpable de algo, ¿verdad?

—Sí, mataron a alguien y fui yo la responsable de esa muerte. Fue hace mucho tiempo —dijo casi al borde de las lágrimas—. Esa culpa, doctor, me llevó a regresar.

Pude ver cómo Ripper le cogía una mano y la apretaba entre las suyas. Ella, que evitaba cualquier contacto físico, quizá porque las divas solo se los pueden permitir con sus pocos iguales, se debía de sentir tan frágil e indefensa, tan necesitada de apoyo, que no lo rechazó.

—¡Nos han sido impuestas tantas culpas! Creo que a usted le ayudaría mucho ordenar sus recuerdos, recuperar sus sensaciones, en especial sobre cuanto se refiere a esa muerte de la que se siente culpable, aunque eso le duela. No ahora, por supuesto, cuando salga de aquí. Cuando sea capaz de analizar bien cuanto ocurrió se sentirá mucho mejor. Reflexionar sobre ello le permitirá asegurarse de que su ECM no fue una fantasía...

—Cuando recordé la experiencia no lo descarté. Lo habrás imaginado, me dije.

—Creer que se trata de imaginaciones tranquiliza y permite dejar de lado ciertas experiencias llamadas despectivamente paranormales. No se investiga lo que se considera de antemano pseudocientífico, y eso impide avanzar sobre lo que apenas sabemos. Además, no todos tenemos las mismas capacidades, ni abiertas las mismas puertas de la percepción, se lo aseguro. Pero no quiero importunarla ahora con explicaciones. Lo haré más adelante, si usted me deja, claro. Cuando se sienta fuerte. Lo que sí le pido es que escriba sobre su vida, sobre su infancia, de manera especial, y sobre la relación que ha establecido usted con sus muertos queridos, sobre esa culpa de la que quiere librarse... Todo cuanto recuerde me ayudará mucho, me servirá para comparar su caso con otros ya estudiados. Algunos pacientes me han hablado de una promesa incumplida, una deuda que debían pagar y por eso regresaban. Usted se refiere a algo más espinoso, aunque conozco otros casos que pueden, tal vez, relacionarse con el suyo.

—Cuando me desperté después de la operación me pareció que me encontraba en la montaña, quizá porque la noche antes del infarto me dormí recordando la leyenda de la Diosa Blanca que tiene que ver con mi infancia. Y eso sí se lo puedo hacer llegar mañana mismo. Mi maestra,

Pandora Brunellesky, a la que le debo tanto, la mandó copiar para mí y en los últimos tiempos me ha obsesionado...

—Pásemela, seguro que me interesará. Las leyendas cuentan mucho sobre nosotros, mucho más de lo que creemos y de un modo más eficaz. Pero también quiero que escriba sobre usted...

—No creo que pueda, doctor. No sé escribir. Solo sé de notas musicales. La música, que no requiere palabras, llega a todos, aunque yo me aprenda muy bien los libretos y trate de que se entienda lo que canto... La música transmite mejor que cualquier otro arte la emoción y no necesita traducciones.

—Estoy de acuerdo, la música es universal y usted, señora Simpson, sabe cantar como nadie. He podido comprobarlo, pero no creo que no sepa escribir. He leído en una entrevista que le gusta leer y lo uno suele llevar a lo otro. Además, seguro que cuenta con alguien de confianza a quien dictar o contarle sus recuerdos. Las grandes divas, como usted, no necesitan buscar biógrafos. Les salen de debajo de las piedras, aunque yo no le pido una biografía. Le pido otra cosa. Quiero que se enfrente con su pasado, que intente entenderlo.

Barbara asintió sin decir nada. Ante Ripper se sentía vulnerable. La personalidad del médico, su amabilidad y la situación en la que ella se encontraba le habían hecho olvidar su papel de diva, que tan bien sabía ejercer cuando le convenía. Se fijó en que la miraba a los ojos de una manera inusual, muy poco americana, tal vez porque Ripper no renunciaba a sus orígenes polacos.

—¿Me lo promete? ¿Escribirá?

—Sí —dijo la Simpson, sorprendida por la mirada directa y profunda del médico—. Si lo que yo pueda contarle le puede ayudar, le pediré a mi secretaria que lo escriba, le dictaré...

—Gracias. Aquí tiene mi tarjeta con mis datos personales. La espero, cuando vuelva de su viaje o antes, cuando quiera, con su escrito. No tarde, por favor, y hágame llegar la leyenda en cuanto pueda. Me marcho a Londres a un congreso en un par de días y me gustaría leerla antes, si es posible, o durante el viaje.

III

La visita de Ripper afectó mucho a Barbara. Lo sé bien porque estuve presente desde la salita contigua, por expreso deseo de ella, que me pidió que me quedara allí, con la puerta abierta, sin importarle que yo viera sus reacciones y escuchara sus confidencias.

En cuanto se fue el médico y me acerqué a la cama, la encontré en un estado de inquietud extrema. Me alarmé, y a punto estuve de llamar a la enfermera y pedir si podían administrarle un tranquilizante, pero ella me lo impidió.

Poco a poco fue calmándose. Pasó un rato con los ojos cerrados y luego en voz muy baja fue refiriéndose a su conversación con Ripper y a lo que supondría el compromiso adquirido con él, que la llevaría a tener que remover cosas de su pasado, y, en cierto modo, a lo que supondría también para mí —me anunció—, porque yo le habría de servir de intermediaria. Me lo dijo riéndose, lo que me hizo pensar que se sentía mejor. En seguida, tras pedirme un vaso de agua, me advirtió que pensaba delegar en mi persona la petición del médico, como había hecho después de salir de la UCI, con todo cuanto la concernía.

Debo señalar, me parece, que durante los días que Barbara Simpson estuvo internada en el hospital no me moví de su lado. Sabía lo importante que era para ella preservar su intimidad y a la vez sentirse arropada por el afecto de alguien cercano.

La Simpson no tenía apenas familia, unos primos segundos que vivían en Nueva Orleans y a los que veía de tarde en tarde, cuando iba a actuar en algún teatro de Luisiana, cosa que, de un tiempo a esta parte, no hacía puesto que sus compromisos se centraban en los grandes teatros de ópera del mundo. En cuanto a sus relaciones sentimentales, andaban de capa caída. No hacía demasiado que había despachado a su última pareja, dependiente en todos los niveles, pero en especial en el económico, de la diva. Así que yo, que al principio no era otra cosa que una secretaria que atendía el día a día de su agenda —de la Agenda con mayúscula se ocupaba Hans—, poco a poco me fui convirtiendo en la persona que Barb tenía más cerca y en muchas ocasiones me demostró su afecto, y más aún durante aquellos días en que me pidió, sin decírmelo, solo con la mirada, que no la dejara sola.

Por mi parte, yo también le fui tomando cariño, pese a los prontos de su carácter inestable, a ratos despótico —«Yo no aconsejo, yo ordeno», le oí repetir algunas veces, y recuerdo lo perpleja que me quedé la primera vez que, delante de otros cantantes, se lo soltó a un tenor joven—, y sus imposiciones caprichosas, más con el ánimo de afianzarse en su papel de diva, de sorprender, de marcar territorio, que con cualquier otro fin, y todo ello, quizá, para enmascarar una fragilidad infinita.

Aquella tarde me pidió que a la mañana siguiente fuera a su casa, abriera el cajón de la derecha de su mesilla de noche, donde encontraría un cuadernillo en cuya cubierta constaba en letras de molde «La Diosa Blanca», y, con mucho cuidado de no extraviarlo, lo llevara a una copistería de confianza. Insistió en que fuera alguna recomendable, donde, sin dañar el original, pudieran hacer una copia de buena calidad. Le propuse la que yo conocía y a la que solía acudir en mis años de estudiante para que me imprimieran los trabajos universitarios de manera presentable, y más adelante, cuando colaboraba en el periódico *Impacto Latino*, justo antes de que la soprano me contratara, y que se caracterizaba por su rapidez, pulcritud y precios ajustados, aunque esto último a Barbara no le importara demasiado.

Me ordenó —lo que me indujo en seguida a pensar que estaba recuperando fuerzas, aunque el tono de su voz era débil— que me diera prisa. Quería entregarle a Ripper cuanto antes una copia y como tenía miedo de que pudieran traspapelarlo —para ella, al parecer, era un documento fundamental—, me exigió que realizaran el trabajo delante de mí, que yo montara guardia mientras descosían el borde de los pliegos, porque no quería bajo ningún concepto que lo deformaran al fotocopiarlo, hacían la copia en el mismo formato y le ponían unas tapas lo más parecidas posible a las originales, de buena cartulina y no plastificadas, por supuesto. La Simpson detestaba el plástico. Le daba grima su contacto y una vez estuvo a punto de cancelar una actuación porque el escenario estaba adornado con flores de plástico, que exigió cambiar por otras verdaderas. Le sugerí, dada la importancia que parecía tener para ella el texto, que en vez de una copia hiciéramos por lo menos dos y me hizo caso. Incluso me dijo que una la guardara yo y entregara la otra a Ripper, tras devolver el original al cajón de su mesilla de noche.

Como sentía una enorme curiosidad por conocer de qué se trataba y ya que una copia aparentemente iba a ser para mí, aunque no sabía si eso de que la guardara incluía el permiso de leerla, lo hice antes de que me lo diera o me lo denegara, mientras iba en el metro hacia la copistería, diez estaciones desde donde lo tomé, en Grand Central, tras apearme del tren que me había traído de Long Island a Nueva York. Al abrir el cuadernillo se me cayó una nota que pude recoger al instante con alivio. No quería imaginar qué habría pasado de haberla perdido. La soprano no me lo habría perdonado, y quién sabe si me habría quedado sin trabajo. De manera inmediata quizá no, porque me necesitaba a su lado, pero tal vez más adelante —difícilmente olvidaba los fallos de los demás, tampoco los suyos—, porque la nota estaba firmada por su querida maestra, Pandora Brunellesky, y se refería a que nunca debía olvidar la importancia de la Diosa Blanca ni dejar de invocar su protección. Estas palabras acentuaron todavía más mis ganas de saber de qué trataba la historia. La leí con tanto ensimismamiento que no me di cuenta de que me había pasado de la parada más cercana al 2082 de Broadway, donde estaba y está la copistería, y tuve que retroceder andando.

Si me adelanto a copiar aquí lo que yo leí entonces es porque me parece una pieza fundamental para tratar de entender el comportamiento de la soprano tras el infarto, que, en efecto, la propulsó a enfrentarse, de una vez por todas, con su pasado.

La leyenda de la montaña sagrada de la Diosa Blanca parece un relato, originalmente transmitido de manera oral, que Pandora Brunellesky transcribió o mandó transcribir con letra clara y caligrafía inglesa e iba dirigido especialmente a Barbara.

Hubo un tiempo en que todas las montañas eran consideradas sagradas.

Algunas, a consecuencia, casi siempre, de los depredadores humanos, fueron perdiendo esa condición, pero otras, como la del Teix, tu montaña, querida Barb, la conservaron.

La diosa que habitaba allí, la reina del lugar, velaba para que se cumplieran los pactos antiguos que formaban parte de una alianza ancestral entre los hombres y la naturaleza, cuando la sangre roja que circulaba por las venas de nuestros antepasados no se suponía de mayor calidad que la sangre blanca de la savia que nutría los troncos, ramas y hojas de los árboles.

Todas las criaturas, la naturaleza y sus elementos, el aire, el fuego, el agua y la tierra, formaban parte de un mismo principio indisoluble, y así lo sentían y aceptaban los humanos.

La diosa, que protegía el lugar, tenía la facultad de decidir quién le parecía digno de permanecer para siempre en su templo, situado en la cima más alta. Y allí, después de una serie de ritos de iniciación, otorgar a la persona elegida, si la creía digna, el don de la eterna juventud y una vida plena, sin dolor alguno, sin penas ni trabas, con la única misión de cuidar de la montaña y todo cuanto la montaña comporta, por toda la eternidad, en un goce absoluto de los sentidos, sin limitación alguna de los deseos que cada uno de ellos suele llevar aparejado.

Por eso, en los tiempos antiguos a los que hace referencia la leyenda, eran muchos los jóvenes que llegaban desde distintos lugares de la isla de Mallorca para emprender el camino hasta la cima. Otros venían de tierras muy alejadas, tras largos viajes por mar en frágiles embarcaciones. Todos atraídos por la historia de la diosa y sus milagrosos atributos que habían oído contar en diversos lugares del Mediterráneo.

Peregrinaban hasta la montaña en cuya falda se encontraban los pueblos de Fosclluc, Foscgran, Deià, Sóller o Valldemossa para emprender, sin otro equipaje que la ropa apropiada y unas alpargatas resistentes, el camino de subida hacia la cumbre, al finalizar el otoño.

No solían hacerlo a solas sino en grupos pequeños porque la montaña era peligrosa, aunque sabían que no todos, solo uno, sería el escogido entre los pocos que finalmente pasaran las diferentes pruebas antes de llegar al encuentro con la señora, a la que llamaban también la Diosa Blanca, puesto que quienes la habían visto no solo decían que iba vestida de blanco, con una larga túnica, sino que se referían a la luminosidad que emanaba, como si toda ella estuviera hecha de luz, una luz pálida, como la de la luna, que nos permite mirarla sin cegarnos. No como la del sol, que quema y priva de la vista a quien se atreve a fijar los ojos en él sin protección. La de la diosa era una luz distinta, benéfica, mágica, luz de eternidad, la eternidad que ella prometía a quien mereciera permanecer a su lado.

Para llegar hasta su templo había que subir muy arriba y conocer muy bien los preceptos de la montaña. Hablar su lenguaje. Los que no los conocían o no estaban dispuestos a respetarlos desistían en seguida.

El primer precepto era el del agua. Había que seguir el camino hacia las fuentes que permitían saciar la sed y aportar la energía que solo aquella agua y no otra ofrecía. Hacía falta además usar solo la necesaria. Beber únicamente la justa para poder continuar el ascenso y esperar a la próxima fuente sin hacer ninguna provisión.

Si el camino hacia la cumbre no estaba equivocado, si se respetaban las leyes de la naturaleza, no había nada que temer porque la sed sería colmada igual que el hambre. La montaña proveía de frutos del bosque para poder alimentarse y seguir hacia arriba, con la frugalidad imprescindible que se exigía para la iniciación y sin necesidad de aprovisionarse de nada.

A partir de la primera fuente había dos caminos: uno por el que se atajaba y otro más largo. Solo los verdaderamente elegidos sabían que había que tomar el largo porque su purificación, hasta llegar a la cumbre, no podía ser corta. Había que subir disfrutando del paisaje, llenar los sentidos de todo lo que ofrecía el bosque. Impregnarse de los aromas del romero, de la estopa, de los de la resina de los troncos, o de los olores de la hojarasca. Escuchar los rumores de las ramas movidas por el viento, el trinar y gorjear de las distintas especies de pájaros, el estridular de las cigarras, tan penetrantes los días de sol, el zumbar de los insectos. Mirar los verdes tan diversos, los distintos colores de la tierra, los grises y blancos de las piedras y rocas. Levantar los ojos al cielo, contemplarlo liso, terso, sin resquicio de arruga como sábana o mantel recién planchados. También festoneado por encajes de nubes, nubes de raras formas. Observar su ir y venir, sus danzas, la manera como van sucediéndose, haciéndose y deshaciéndose, entre claridades o neblinas. Tocar el follaje, coger su olor, palpar con suavidad los lentiscos, las matas de romero, el tomillo, abrazar los árboles. Los que con las prisas pasaban por alto estas premisas y optaban por el atajo olvidaban oler, ver y tocar, y muy pronto se daban cuenta de las dificultades del camino escogido.

A ratos el bosque se hacía impenetrable y la hojarasca resbaladiza complicaba el ascenso. Además, según qué días, comparecía de repente la niebla, una niebla densa y magmática que impedía ver, y no sabían si avanzaban de modo acertado porque se quedaban sin ningún punto de referencia y a menudo no hacían otra cosa que dar vueltas en el mismo entorno. Sin poder ascender ni tampoco volver atrás, pedían auxilio a gritos sin que nadie los oyera o los quisiera oír para ir a ayudarlos.

Algunos habían acabado por morir de sed y de hambre, pero sus voces, las voces de sus espíritus, seguían vagando eternamente por la montaña y eran muchos los que habían podido escucharlas, porque las voces de los espíritus a veces son mucho más persistentes que las que salen de la boca de los vivos.

Las pruebas para los que habían escogido el buen camino, que no era precisamente el que conducía más recto ni más deprisa hacia la cima, no se habían acabado, había más.

Tal vez el deseo de llegar los había hecho olvidar la primera y más sencilla de las pruebas. Ya divisaban por el lado derecho de la cumbre la construcción maravillosa del templo de la diosa y su luminaria de encantamiento y eso los llenaba de esperanza. Pero tenían mucha sed y mucha hambre e intentaron mitigarlas con los frutos de los madroños, los piñones e incluso las bellotas que habían ido encontrando por el camino. De todo habían hecho provisión sin recordar que estaba prohibido llevarse nada del bosque.

Solo uno de los cuatro que habían subido juntos tenía los bolsillos vacíos y apaciguaba la sed y el hambre con el deseo de llegar, a pesar del cansancio.

La luz mansa y difusa del atardecer, que iba apagándose, apenas les permitía avanzar porque hacerlo a tientas implicaba la posibilidad de una caída peligrosa, puesto que el camino, según subía, iba bordeando el precipicio. Pero había que seguir, para intentar llegar antes de que la oscuridad se lo impidiera y tuvieran que pasar la noche a la intemperie helada, a pesar de que era otoño.

Ya no faltaba mucho. El templo de la diosa parecía casi al alcance de la mano e irradiaba una luz blanca maravillosa, un halo mágico. Y por eso todos se apresuraron. Pero de repente uno de ellos se cayó, rodando hacia unas rocas, hacia el precipicio. Si se entretenían en ayudarlo no llegarían arriba a tiempo de que las puertas estuvieran todavía abiertas y la decisión de subir habría sido inútil, pero si no lo hacían, si lo dejaban allí malherido, posiblemente moriría.

Tenían que decidir qué hacer con rapidez. Ya estaban muy cerca. «No podemos caer en la tentación de la piedad —dijeron dos—. Tenemos que ser fuertes si queremos ser inmortales». Y continuaron.

Solo uno intentó ayudar al herido; consiguió devolverlo al camino y lo cargó a la espalda. Quizás aunque estuvieran las puertas cerradas cuando ellos llegaran le harían la caridad de abrirlas para curarlo. «Pedid que nos dejen entrar», gritó a los que les habían tomado ventaja, pero ellos no llegaron a oírle, porque, de repente, de la cumbre bajó una avalancha de piedras y rodaron precipicio abajo. Cuentan que también ellos quedaron convertidos en piedras.

El que había sido compasivo, con el compañero cargado a la espalda, pudo esquivar las piedras del talud y, con mucho esfuerzo, llegar hasta la cumbre. Las puertas todavía estaban abiertas y allí, rodeada de doncellas vestidas de blanco, le esperaba la Diosa Blanca.

«Esta era la tercera prueba —le dijo al acogerlo—. La prisa por llegar no puede impedir nunca ayudar a quien lo necesita. Pasa y descansa. Sacia la sed y el hambre y duerme. De hoy en adelante vivirás aquí y por siempre jamás me ayudarás a proteger la montaña».

«¿Y él, mi compañero, el herido?».

«Lo curaremos —le contestó la diosa— y mañana mis doncellas lo acompañarán de bajada a Fosclluc, para que todo el mundo conozca por su boca lo que ha pasado. Para *que lo cuente y les recuerde hasta qué punto esta montaña es mágica y yo la seguiré custodiando por los siglos de los siglos para proteger a aquellos que así lo merezcan».*

IV

Regresé a casa de Barbara para dejar el original y una copia, y con la otra fui al Presbyterian Hospital. Encontré a Barb mucho más animada. Me pidió que buscara de inmediato a Ripper y le entregara en mano, de su parte, el texto, tras aprobar la presentación. El tono de la soprano era de los que implican urgencia. De manera que me acerqué en seguida a recepción para que me pusieran en contacto con el doctor. Tuve suerte. Estaba todavía en su despacho, aunque eran más de las ocho de la tarde, y aceptaba que fuera a verle en diez minutos. El tiempo, dijo, muy amable, para contestar unos correos que no podían esperar.

En cuanto entré en su despacho, Ripper, muy sonriente, se levantó de la silla que ocupaba tras la mesa de cristal, limpia de papeles y sin más objetos que un marco con el retrato de una niña y su portátil abierto, y fue a sentarse, tras pedirme que yo lo hiciera, junto a mí, en unos cómodos sillones tipo Bauhaus. Me fijé en que sobre un velador que quedaba a un lado había un ramo de rosas amarillas que a Barbara le hubieran encantado; también le hubiera gustado que el despacho fuera funcional y sobre todo muy luminoso.

Me pareció que el médico estaba verdaderamente predispuesto, tal y como me dijo, «a ayudar a la cantante americana más importante del mundo». Por eso leería con atención el folleto que yo le traía y se comunicaría con ella en cuanto lo hubiera hecho. Pero más que la leyenda de la Diosa Blanca, lo que le interesaba era que Barbara escribiera sobre su vida. Si yo era su secretaria, podía ayudarla en tal menester mejor que nadie.

—¿Está dispuesta a hacerlo? ¿Puedo confiar en usted? —Me miró a los ojos y me sonrió con la mirada, al tiempo que contestaba antes que yo—: Seguro que sí.

Inmediatamente quiso saber, aunque lo preguntó casi sin preguntar, con excesiva delicadeza, si Barbara al salir de la UCI me había confiado lo de su ECM. Le dije que, en efecto, me lo había contado, pero que yo no era demasiado proclive a creer en este tipo de experiencias. Apunté que la señora Simpson, antes del infarto, pasaba por un mal momento, había roto con su pareja no hacía mucho, se sentía alicaída, había vuelto a someterse a un régimen de adelgazamiento y quizá por eso, a consecuencia de su debilidad, aventuré, había experimentado esa visión placentera, en cierto modo compensatoria. Necesitaba paz, descanso...

Le estaba contando eso cuando Ripper me interrumpió:

—¿Cree usted que hay vida después de la muerte?

La pregunta me sorprendió. No la esperaba, hubiera podido divagar pero le contesté con sinceridad:

—Mi educación en un colegio de monjas irlandesas y también la influencia de mi madre, cubana, muy creyente, fue católica... La religión cristiana asegura que hay un cielo para los buenos y un infierno para los malos. Se trata, me parece, de una cuestión de fe. La mía flaquea, en este sentido. Yo creo que no hay nada después de la muerte. Más bien me parece que vinimos de la nada y volvemos a ella...

—He vivido en Nicaragua y un gran poeta nicaragüense, Rubén Darío, tiene unos versos que me recuerdan su afirmación: «No saber a dónde vamos, ni de dónde venimos».

—Sería bonito pensar que venimos del amor, que somos engendrados por amor, que ese espermatozoide que triunfa y penetra el óvulo es fruto del amor, que somos producto del deseo de dos seres que se aman... Pero ¿qué le voy a contar, doctor Ripper, que usted no sepa? Soy periodista, no científica.

—Me gusta lo que me dice, es poético, por lo menos, aunque no siempre somos engendrados por amor.

—No, claro, no hay que olvidar a los engendrados a consecuencia de una violación.

—¿Y volvemos al amor?

—Eso me parece más difícil, doctor.

—Esa luz cobijadora a la que por unos instantes accedió Barbara podríamos denominarla amor, plenitud. Esa es, quizá, la vida que nos espera después.

—Nadie ha vuelto para contárnoslo. ¿No le parece raro, doctor Ripper? Si hubiera algo lo sabríamos.

—No necesariamente. Nuestra percepción es distinta a la de quienes han sido desencarnados. Nadie, ninguno de nosotros dispone de percepciones activadas que permitan acceder a algo diferente de las tres dimensiones en las que nos movemos. ¿Vemos acaso las ondas electromagnéticas con que nos es posible disfrutar de nuestro programa de televisión favorito? Y no obstante es un hecho probado que gracias a ellas... La ciencia, curiosamente, y por muy paradójico que parezca, refuerza la posibilidad de que haya vida después de la muerte y no solo por el recuerdo dejado aquí.

—Sería estupendo. Todos queremos sobrevivir a la muerte. Por eso inventamos la religión...

Ripper me interrumpió y continuó con lo que yo iba a decir:

—Sí, seguro que usted piensa que incluso inventamos a los dioses para que nos garantizaran esa inmortalidad, no ellos a nosotros. Los creamos porque no queríamos morir...

—¿Me leyó el pensamiento?

—Claro. —Y soltó una carcajada—. No soy brujo, se lo aseguro. Era fácil adivinar que usted continuaría con esa afirmación, así que me atreví a leérselo... Pero de todos modos, le diré que cuentan que Einstein, cuando un físico teórico amigo suyo le dijo que era dado a creer en la telepatía, le respondió: «Quizás eso se relaciona más con la física que con la psicología».

Luego Ripper desvió la conversación:

—Y ahora cuénteme de la señora Simpson. ¿Cuánto hace que está a su lado?

—En junio se cumplirán cinco años.

—Un tiempo más que suficiente para conocer a alguien y saberlo todo o casi todo —añadió con una sonrisa amplia y cómplice—. Ayúdela, lo necesita. No le será fácil enfrentarse a una herida no cerrada tan grave como la suya. Hable con ella. Deje que le cuente. Escriba al dictado. Grabe lo que le diga. Tome notas y elabore el texto después. Sabrá hacerlo muy bien.

—No estoy segura, doctor.

—En cambio yo sí estoy seguro. ¿No me ha dicho que es usted periodista?

V

Barbara Simpson salió del Presbyterian Hospital casi un mes después de haber entrado. Pasó la convalecencia en Long Island, cerca del faro de Montauk, en el lugar más salvaje del condado de Suffolk, donde siempre que podía se refugiaba, dispuesta a cumplir con la promesa hecha a Ripper.

Hacía un par de años que le había comprado la casa a una mezzo ya retirada, Eudora Wellis, que la había aborrecido porque quien se la había regalado, un amante millonario con el que finalmente se casó, acababa de dejarla. Se había ido insultándola, diciéndole que tenía un culo de hipopótamo, andaba como una elefanta y su voz era inodora, del todo insípida. Por más que la pobre mezzo ponía la música enlatada que siempre la acompañaba con el máximo de decibelios que le permitía la potencia de los aparatos, seguía escuchando los gritos insultadores de su ex y no se sentía con fuerzas para prolongar por más tiempo una humillación tan vejatoria. Era como si la voz del maltratador hubiera penetrado incluso en las paredes y como si estas propiciaran sus ecos, que la perseguían por todas partes, incluso cuando salía al jardín o nadaba en la piscina. Los calmantes de sus terapeutas no consiguieron acabar con la pesadilla y los amigos le aconsejaron que se fuera de allí, que se mudara a otro lugar, con la seguridad de que en otro sitio dejaría de oír los improperios. O las verdades, que tan difíciles resultan de aguantar, afirmaban algunos malvados para sus adentros, porque la pobre Eudora Wellis había acabado sin voz y tan deformada y enorme que los elefantes y los rinocerontes se enfadarían si fueran capaces de comprender las alusiones de su ex.

La decisión de Eudora jugó a favor de Barbara, que buscaba una casa por la zona. Procuró que le rebajara el precio y lo consiguió utilizando el método del consuelo y asegurando que las opiniones descabelladas de aquel sinvergüenza estúpido eran mentira. Las dos, Eudora Wellis, «la vendedora», y Barbara Simpson, «la compradora», se sintieron satisfechas, especialmente la compradora. Siempre había deseado tener una casa como aquella, luminosa y alegre. Cambió por completo los muebles y la decoración. A pesar de que la mezzo no quiso llevarse ni un objeto que le recordara los años pasados con su exmarido, la soprano tampoco quiso aprovechar nada. Durante una semana de vacaciones convocó a pintores, carpinteros y tapiceros, les dio muchas instrucciones para que pudieran empezar el trabajo cuanto antes. Era la primera vez que decidía sola, sin un hombre al lado, sin tener que hacer ninguna concesión a cómo tenía que ser el lugar donde quería vivir, y eso la animaba. Eligió colores claros para las paredes porque invitaban a la calma, muebles de líneas simples, en absoluto barrocas, camas gigantescas, en especial las que mandó poner en las habitaciones de los invitados, puesto que sus amigos, la mayoría cantantes, solían ser de tallas más bien XXXL, de acuerdo con la potencia de sus voces.

La casa tenía unos ventanales enormes abiertos sobre el acantilado, y dormirse mecida por el rumor de las olas era algo que siempre había deseado. Además, podía cantar sin que nadie tuviera que llamarle la atención, a cualquier hora, cuando le apeteciera. El jardín era extenso, y los cipreses que rodeaban la verja que lo cerraba le parecieron de muy buen augurio porque le recordaban la Toscana, donde había sido feliz, y servían para preservar del ruido que pudiera llegar de fuera y también para recoger allí dentro su voz, las de sus amigos y discípulos, a los que le gustaba reunir, siempre que podía, por lo menos una o dos veces al año, dependiendo de los contratos, para cantar juntos arias improvisadas, también blues y las queridas canciones de folk americano, gracias a las que había pisado por primera vez un escenario, además de su predilecta, «Over the Rainbow».

Ahora tendría que esperar a recuperar fuerzas antes incluso de cerciorarse de si podría volver a cantar, si sus facultades habían menguado, si estaría en condiciones de continuar su carrera con la misma calidad de voz. Y antes siquiera de comprobarlo, debía tomarse las cosas con calma, mucha calma, como con su tono más autoritario le había mandado el cirujano que la había devuelto a la vida, haciéndola nacer por segunda vez, según le advirtió, con una sonrisa llena de dientes blanquísimos, el único elemento atractivo de su cara de piel más bien verdosa, que me aseguró que le recordaba la de las ranas, y con ojos prominentes, como los de ese animal. Quizás había sido rana en otra vida, apuntaba la Simpson, divertida, y se había reencarnado en uno de los médicos más respetados de Nueva York.

—Tiene que ser usted muy pero que muy buena —le insistió él.

Y luego le dijo que su corazón funcionaba gracias a un *bypass* y ese hecho, al que debía ir acostumbrándose, la condicionaría de por vida.

Barbara me transmitió los detalles que le pidió al médico y lo que este le había contado. Había entrado en el quirófano en una situación desesperada: la arteria se le había ido estrechando y endureciendo hasta bloquear el paso de la sangre hacia el corazón. «Tienes el corazón demasiado duro», le había dicho su último marido antes de separarse, y ahora había podido comprobar que, en cierto modo, era verdad, ella lo aceptaba. Con un corazón blando, con un corazón dócil no hubiera llegado a ninguna parte, estaba convencida.

—He necesitado un corazón duro, doctor, todavía lo necesito —me contaba que le dijo—, espero que usted no me lo haya ablandado demasiado...

El médico no hizo ningún comentario. Las metáforas no le gustaban, tampoco la ópera. Por eso no la trató con más deferencia que a cualquier otro paciente. A él no le interesaba nada más que su trabajo, que consideraba fundamental, y, en sus visitas rápidas, usaba pocas palabras. Las suyas pertenecían además a un vocabulario técnico con el que acrecentaba su respetabilidad clínica, pero cuando pensaba que no le entenderían, como era el caso, porque la Simpson no debió de parecerle ninguna lumbrera, se limitaba a traducirlo al habla común y corriente. Trató así de explicarle cómo había realizado la angioplastia. Había cortado una arteria sana del muslo y la había empalmado, como hacen los buenos fontaneros con las tuberías, con la coronaria por un lugar aún no endurecido. La operación, como todas las que él hacía, había sido un éxito. En cuanto la cicatriz estuvo cerrada y tuvo la certeza de que todo funcionaba como era esperable gracias al *bypass* la mandó a casa, sin más prescripciones que una convalecencia larga, una serie de píldoras de por vida y las revisiones pertinentes.

Fue su médico, que siempre la atendía con todo afecto —eso de que la diva confiara en él le halagaba muchísimo—, el encargado de decirle que para su pronta recuperación era imprescindible que se portara muy bien. Y le dio una lista de prohibiciones. De momento, tenía que abandonar los viajes, sobre todo los transatlánticos. Durante una larga temporada debía quedarse en casa. Las habitaciones de hotel, por muy lujosas y confortables que fueran, no le convenían y menos todavía el estrés de las representaciones, la fatiga de los ensayos. Tampoco los cursos de canto que impartía, a los que tantas jóvenes promesas querían asistir y concursaban para ser admitidas. Necesitaba cumplir con un régimen estricto, sin una gota de alcohol y total ausencia de carnes rojas. Adiós a los entrecots que tanto le gustaban, y a los platillos mexicanos muy especiados que a menudo se hacía preparar. Tenía que hacer reposo e integrar paulatinamente el ejercicio físico. Nunca había hecho deporte, para perder kilos se sometía a regímenes además de contar con la ayuda de las representaciones. Al acabar cada una estaba segura de que había adelgazado. Aceptó todo lo que su médico de cabecera le exigió con una sola excepción: hacer el viaje que había planeado como una obligación irrenunciable. Un viaje, le insistió al médico, que nada tenía que ver con su trabajo y mucho, muchísimo con su vida y para el que debía prepararse. Para la posibilidad de ir y quedarse a la vez, como le había dicho Ripper, todavía faltaba bastante, pero la seguridad de que su sensación en el quirófano no había sido fruto de una alucinación sino de su conciencia, que lo que había notado era real, la había ayudado a aceptar que antes de emprender el viaje debía comenzar por el principio.

Ripper la había llamado en varias ocasiones para saber cómo se encontraba y le había enviado una nota muy cariñosa desde Londres después de leer la leyenda, que le había interesado mucho, le decía, y quería comentarla con ella despacio cuando volvieran a verse. Pero eso solo sería después de que le hiciera llegar lo que le había encomendado que escribiera. Tal vez hacía esa puntualización para incentivar su interés en los deberes pendientes. Estaba convencido de que recuperar sus recuerdos de infancia le permitiría atar los cabos sueltos y para ello la larga convalecencia prescrita, el «sanático», le iba a resultar primordial.

Segunda parte

I

Desde que volvió a casa, todavía bastante débil, Barbara se propuso cumplir con la palabra dada a Ripper, pero como no se veía con ánimos de empezar estando sola me pidió que me quedara a su lado. Me ofreció pagarme como horas extras todas las que permaneciera en su casa e incluso, añadió, las que dedicara a dormir.

Me dijo que me lo agradecería eternamente porque para ella, a pesar de contar con tres personas de servicio de toda confianza —Claire, la cocinera y mujer de Stephen, el chófer, y la sobrina de este, Melany—, yo era en aquellos momentos la pieza fundamental para el buen funcionamiento del orden doméstico.

Dijo pieza y no persona, posiblemente por su nuevo interés por los puzles, con los que a ratos se entretenía porque le costaba menos que concentrarse en la lectura, una de sus aficiones, y quizá también por no ponerse sentimental y conservar su ironía, un poco menguada desde el postoperatorio. Para que no le pusiera ningún tipo de traba y aceptara en seguida la propuesta, me prometió no agobiarme, dejarme horas libres para pasear por el jardín, bañarme en la piscina o hacer deporte.

Para cumplir con la promesa hecha a Ripper, no solo la suya, sino también la mía, puntualizó, no podía ir y venir de un sitio a otro, debía quedarme en su casa hasta terminar el trabajo. Si quería convertirme en la mano que mece la pluma o la tecla del ordenador, apuntó muy seductora, tenía que abandonar el horario de oficina de antes por una dedicación *full time*.

No estoy segura de que fuera solo por una cuestión de trabajo por lo que me pidió de una manera tan persuasiva y amable —antes, cuando estaba en plena forma, lo hubiera hecho exigiéndolo— que me trasladara a vivir con ella, sino porque se sentía mucho más débil y necesitada de la protección que a menudo ofrece la compañía de alguien en quien poder confiar.

Me trasladé, pues, desde mi pequeño apartamento del Soho, que no llegaba a treinta metros, al chalé de más de mil de Barbara Simpson y ocupé una de las habitaciones de invitados. Me dejó elegir la que más me gustara y escogí la de la planta baja que se abría al jardín. A pesar de que era la más pequeña de las tres, me pareció que mi apartamento cabría allí entero.

Esperé a que Barbara me diera instrucciones sobre el método que quería seguir. Estaba acostumbrada a que me dictara e incluso a veces que dictara a un magnetófono cuya grabación yo transcribía, y suponía que trabajaríamos del mismo modo. No obstante, me dijo que primero quería releer unos cuadernos de su madre, para extraer lo que consideraba fundamental. Y así lo hizo durante un par de días, tomando notas para pasármelas. Era evidente que prefería reservarse aspectos que no se atrevía a confiar a nadie.

El contenido de los cuadernos, sin duda, tenía un enorme valor para ella y a mí, precisamente por eso, me habría sido muy útil acceder a su lectura de manera directa. No obstante, se negó a dejármelos con la excusa de que me harían perder mucho tiempo. «Mi madre lo anotaba todo, desde las cuentas domésticas hasta sus sensaciones, pasando por la lista de los pueblos donde actuaban o la letra de las canciones que tenía que aprender», me aseguró. Yo evité decirle que, a pesar del batiburrillo que pudiera encontrar, acceder a todo el contenido resultaba primordial para mi misión, que no era en absoluto diferente de la suya. Era exactamente la misma. Además, intuía que los cuadernos guardaban claves que muy probablemente me permitirían transmitir a Ripper aspectos que quizá Barbara no se atrevería a tratar en sus notas y menos aún a verbalizar.

Yo ya sabía que su madre era, incluso más que Pandora Brunellesky, su maestra, a la que siempre repetía que le debía todo, la figura fundamental en la vida de la soprano, y que por eso Barbara vio o creyó ver que ella la estaba esperando al otro lado, junto a alguien más, aunque solo pudo vislumbrar una sombra blanca en su ECM.

La percepción de ese encuentro del que decía sentirse cada día más segura y que Ripper por supuesto apoyaba tal vez motivó que durante la convalecencia, cuando se despertaba muy a menudo, en medio de la noche, lo hiciera, según me contó, interrumpiendo un sueño en el que siempre aparecía su madre. Lo que más le apetecía era escuchar su voz, pero no lo conseguía. No obstante, de niña le bastaba la voz de su madre para volver a dormirse. Estuviera donde estuviera, tanto en los moteles destartalados donde solían instalarse cuando conseguían algún contrato como cuando se quedaban en la caravana en la que vivían.

Oyendo sus susurros se sentía arropada y por eso creía que si fuera capaz de evocar la voz de su madre con precisión, si pudiera volver a escucharla, recuperaría con nitidez su infancia remota, como escribió en el primer papel que me pasó, en el que apuntó que lo primero que su memoria le traía era la música a la que, sin saberlo, estaba predestinada.

Margaret cantaba blues acompañando a Mike, que tocaba el saxo, y de este modo intentaban ganarse la vida. En invierno iban hacia el sur y en verano hacia el norte, pendientes de los bolos que les pudieran surgir o actuando por su cuenta, como músicos callejeros.

Durante los primeros días de nuestro trabajo conjunto Barbara, para que yo pudiera empezar su historia por el principio, me describió con detalle cómo y dónde se conocieron sus padres. Al parecer ellos se lo habían contado mil veces y ella se lo había imaginado otras tantas. Había sido de manera casual, en Lambeland, condado de Apalakawa, un pueblo cercano a la ribera del Misuri, donde vivía su madre.

Comprobé en seguida, no era nada difícil averiguarlo, que se trataba de un pueblo vulgar, uno de tantos de la América profunda, situado en medio de la monotonía de un paisaje llano, con grandes extensiones de apariencia yerma, antes plantadas de algodón, y ahora prácticamente sin cultivos, con la excepción de los campos frondosos próximos al río.

Barbara además añadió muchos pormenores sobre ese primer encuentro, tan vívidos como si ella lo hubiera presenciado, y le dio mucha importancia aunque en realidad esos antecedentes familiares no tenían que ver directamente con el encargo de Ripper, ya que eran previos a su nacimiento. ¿Trataba así de dilatar, quién sabe si de modo inconsciente, lo que de verdad importaba? ¿O consideraba que era fundamental para Ripper conocer sus circunstancias familiares? Yo recogí cuanto me contó, grabó e incluso fue anotando en una libreta.

Comenzó por referirse a que su madre tenía una buena posición, superior a la de su padre, ya que era hija del pastor anabaptista. Había aprendido música y cantaba en la iglesia los domingos como solista. Los días laborables trabajaba de ayudante de la maestra en la escuela, que acogía a los niños del lugar, también de las pequeñas pedanías vecinas y de las granjas diseminadas unas cuantas millas a la redonda.

A Michael, al que todos llamaban Mike, recién llegado a Lambeland con su banda para actuar en la fiesta de la boda del alcalde, Margaret le pareció la chica más guapa que había visto en su vida. Debe de estar casada, pensó, y decidió preguntárselo directamente, con la misma naturalidad del que pregunta qué hora es.

—Todavía no —le contestó ella—, pero pronto lo estaré. En cuanto acabe de bordar la cenefa del último juego de sábanas —dijo, enrojeciendo de pies a cabeza.

—Prohibido acabar de bordar nada —la amonestó él, sonriéndole, y enlazándola por la cintura la sacó a bailar, ya que todavía no le tocaba actuar, era el turno de los músicos de los pueblos cercanos a Lambeland.

Mientras bailaban le susurró al oído con decisión:

—Solo te puedes casar conmigo, y no necesitamos ninguna sábana bordada.

Después bromeó sobre el tipo de marido que habría de ser el que, como prometido, dejaba que fuera sola a la fiesta y no la quería acompañar. Ella le contó que su novio era pastor, como su padre, y que los responsables de la Iglesia anabaptista de Saint Louis lo habían convocado a un cursillo y por eso no estaba en Lambeland. Volvería dentro de un mes para la boda.

La fiesta del alcalde fue sonada. Se adornaron los porches de las casas con las viejas banderas del Old Glory, que se sacaban solo en las grandes ocasiones. Hubo una gran variedad de fuegos artificiales. Muchos petardos estruendosos que asustaron a los perros y precipitaron la llegada al mundo de un novillo demasiado prematuro, en una granja de las cercanías. A pesar de que el alcalde no dejó a nadie por convidar y no escatimó ni en la comida ni en la bebida, no todos en Lambeland recordarían la celebración con agrado. Algunos incluso llegarían a desear que nunca hubiera tenido lugar.

Durante las horas que duró el sarao, el saxofonista y Margaret solo se separaron cuando él era reclamado para seguir tocando. Lo hacía sin dejar de mirarla. Sin disimular lo más mínimo, sin importarle que todo el mundo lo viera. Los ojos de un azul cobalto casi violeta, color que no había visto nunca en otra cara, lo habían imantado. Presintió que no podía hacer nada para deshacer tal hechizo. Así se refirió Barbara al primer encuentro de sus padres, añadiendo que su *amour fou* siempre le dio envidia, y aludiendo también a las artes seductoras de su padre y a su capacidad de decir a cada uno lo que quería oír. De ese modo trataré de contarlo.

A pesar de que Mike había tenido numerosas aventuras, nunca se había arriesgado a contraer compromisos ni vínculos que sobrepasaran un par de semanas. Pero ahora estaba convencido de que lo que le sucedía iba a ser distinto y definitivo. Caía bien a las mujeres. Sabía cómo tratarlas y presumía de ello. Conocía al dedillo la receta de las palabras que había que emplear en cada momento y según las circunstancias. Había palabras que servían de atajo para adelantar y otras para retroceder. Palabras que ponían trabas, palos en las ruedas, y más palabras que podían arruinar en un segundo, tan solo al ser pronunciadas, lo alcanzado con años de esfuerzo. Mike alardeaba de esos poderes. Pese a que las palabras estaban ahí a disposición de todos, porque no eran de nadie, pocos las sabían usar como él, en beneficio propio. No le importaba ayudar a sus compañeros de la banda cuando le pedían frases eficaces para enternecer el corazón de alguna soltera, pero, sobre todo, para doblegar la voluntad de las casadas difíciles, las consideradas más fieles y estrechas, con resultados casi siempre excelentes. Tal vez por la facilidad en lograrlos, usando las palabras más apropiadas, los amores del saxofonista habían sido tan numerosos como transitorios, hasta el 5 de septiembre de 1959, en que notó de pronto que había dejado de ser libre.

Debía poner el mayor empeño en encontrar las palabras infalibles que le permitieran vencer todas las dificultades que se le pusieran por delante para hacer suya a la ayudante de la maestra de Lambeland.

Margaret volvió a casa de madrugada, acompañada por Mike. Él había deseado que la fiesta no se acabara nunca para seguir allá, mirándola, por eso pidió a los músicos que tocaran media docena de piezas más de balde, fuera de las pactadas, porque en el contrato se estipulaban con detalle las horas de trabajo. Cuando el alcalde y su mujer subieron al coche con el cartel de *Just Married* pegado en el capó y se fueron de Lambeland, coreados por el ruido de las latas atadas al guardabarros de la carrocería, los invitados comenzaron también a marcharse. Mike pidió a sus compañeros que siguieran tocando porque estaba convencido de que solo de ese modo ella continuaría allá, escuchando.

Cuando se dio cuenta de que se iría, puesto que apenas quedaba media docena de personas en el campo de béisbol donde se celebraba la fiesta, le pareció que había llegado el momento de que la banda se despidiera. Él mismo se encargó de hacerlo. Guardó con celeridad el saxo en su funda. De un salto bajó del pequeño escenario improvisado para la ocasión, donde se habían colocado los músicos, y se acercó a Margaret para decirle que solo podía ser suya y por eso quería saber dónde vivía, para volver a buscarla. Lo haría cuando pasara por Lambeland, de retorno hacia el sur, a la vuelta, muy pronto. Y sin pedirle permiso comenzó a andar a su lado.

—Te esperaré a la puerta todas las mañanas, todas las tardes, todas las noches que hagan falta, hasta que me digas que sí, que me quieres y que te casarás conmigo.

Margaret negaba con la cabeza y trataba de desviar la conversación hacia la música que habían interpretado y que ella conocía bien, porque una de las cosas que más le gustaban era cantar.

—Razón de más para que te cases conmigo. Formaremos un dúo. Ya está decidido. Acuérdate del momento en que te lo digo. ¿Qué día es hoy?

—Cinco de septiembre, sábado.

—No, seis ya. Un día de buena suerte. De la tuya y de la mía. No lo olvides —afirmó con la misma arrogante convicción con que había dicho todo lo demás, desde el primer minuto en que se le acercó.

Al despedirse ante la verja del pequeño jardín de la casa de Margaret, Mike intentó besarla, pero ella retiró la cara a tiempo cuando notó que desde cualquier ventana sus padres, que seguramente la esperaban despiertos, podían verla. Y le dio la mano. Él la estrechó entre las suyas, después se la puso sobre el corazón. Buscándole los ojos, se la acercó a los labios, pero no le besó el dorso, donde las manos suelen ser besadas, sino la palma. Ahí depositó un beso largo «porque ese es el lugar donde los besos se quedan por siempre jamás», le dijo, justo antes de que ella, enrojeciendo y casi temblando, corriera hacia la puerta.

Apenas la vio entrar, el reverendo John Frederick Johnson la recibió a gritos. Le dijo que no velaba por su buen nombre, que se ponía en evidencia aceptando que un desconocido la sacara a bailar y luego la acompañara a casa a deshora. Tenía que haber vuelto, si no al principio de la fiesta, con él y con su madre, que se había ido a la cama del disgusto, por lo menos cuando lo hicieron sus vecinas, en cuanto se fueron los novios, y no quedarse ahí de cháchara con ese saxofonista forastero, pasada la medianoche, y dejándose acompañar por él. A su prometido cuando se lo dijeran, porque sin duda correrían a contárselo, aunque fuera por carta, no le gustaría nada.

Nunca había visto a su padre tan enfadado. Menos mal que Rita, su madre, estaba acostada y no había salido también a reñirla. Estaba segura de que al día siguiente le reprocharía no guardar ausencias a Thomas. A ambos, que se sentían felices por el hecho de que se casara con otro pastor, les debía de parecer imperdonable que su hija en público se hubiera comportado sin estar a la altura de lo que se esperaba de ella.

Margaret se disculpó ante su padre, aunque sostuvo que no se había comportado mal. Bailar cuando todo el mundo baila en una boda no le parecía que fuera pecado, aunque admitió que a su novio no le hubiera gustado nada.

Mientras se desvestía en su habitación, pensó que en el fondo era una suerte que Mike tuviera que irse del pueblo, con sus compañeros del cuarteto, aquella misma mañana, muy temprano, ya que al día siguiente actuaban en otro lugar del condado, a una distancia de trescientas millas. Una suerte y también una desgracia. Nunca bailando con Thomas había notado que los pies se le convertían en alas que la hacían volar lejos ni nunca nadie la había mirado como lo había hecho el recién llegado, con unos ojos que le buscaban el alma, ni le habían dicho palabras tan tiernas, palabras que jamás pensó que pudieran dirigírselas a ella. Hasta entonces había creído que no le concernían, que esas palabras pertenecían a ámbitos distintos al suyo ya que solo las había leído en alguna novela o escuchado en alguna película, las pocas veces que había ido al cine, en algún viaje a Saint Louis. No obstante, se preguntaba a cuántas chicas más Mike habría mirado y hablado del mismo modo. Para él debía de ser algo corriente. Mejor olvidarlo, porque lo más probable era que él se olvidara de sus promesas de regresar. Seguro que se lo prometía a cuantas chicas le gustaran, con la misma vehemencia. Y dio gracias a Dios por no tener que verlo nunca más.

Dios, sin embargo, se hizo el sordo o si la escuchó no aceptó sus gracias anticipadas, porque él decidió volver. De regreso al motel donde se hospedaban, les dijo a sus compañeros que a la mañana siguiente telefonearía a un amigo, Bobby Milton, que también tocaba el saxo, estaba sin trabajo y era de la zona, para que le sustituyera porque él tenía que regresar a Lambeland lo antes posible para casarse con Margaret.

Tuvo suerte. Bobby aceptó y encajó bien con la banda. Cuatro días después, de madrugada, Mike estaba de nuevo en el pueblo. Un camionero que trasladaba ganado y pasaba por la carretera de Lambeland accedió a llevarle. Mike fue directo al único motel del lugar, donde ya había estado. Pagó por adelantado su estancia de diez días y pidió que le ajustaran el precio. Necesitaba ahorrar todo lo posible porque iba a casarse en seguida y eso traía gastos, les dijo, con su mejor sonrisa, para que lo difundieran. Decidió dormir unas horas y pidió que le llamaran a las siete. Quería esperar a Margaret en la puerta de casa a las ocho en punto, limpio, bien afeitado y con la mejor ropa que tenía.

Ella, pese a haber pasado todas las horas de aquellos días magnetizada por el encuentro, repitiéndose cuanto le dijo Mike y con el deseo de que cumpliera su palabra de volver, al verle le suplicó que se fuera. Le pidió por Dios que se marchara, aunque deseara con todas sus fuerzas que hiciera lo contrario. Le recordó que estaba comprometida, que su padre no le perdonaría que no se casara con el pastor. La habían destinado a él desde muy joven...

Mike la miraba sonriendo y embelesado, sin hacer caso de sus palabras. Esperó a que acabara y buscándole los ojos le dijo:

—He vuelto por ti. He dejado el trabajo por ti y no pienso irme hasta que no deshagas tu compromiso y nos casemos —añadió con la vehemencia arrogante que lo caracterizaba—. Por cierto, ¿cómo se llama tu exnovio?

—Thomas Curtis —contestó, sin protestar por aquello de ex.

—Es necesario que le avises. No le puedes entretener. No estaría bien. En cuanto lo hagas iré a hablar con tus padres.

Durante aquellos diez días Mike consiguió lo que se había propuesto y Margaret escribió a Thomas una carta breve y precisa. Le pidió perdón por el daño que le hacía, un daño que estaba por encima de su voluntad, que era superior a sus fuerzas. Admitió que no podía evitarlo, que de repente se había dado cuenta de que no le quería lo suficiente para casarse con él. El matrimonio no funcionaría por culpa suya.

Mike acompañó a Margaret a depositar el sobre en la pequeña oficina de correos. Cuando consideró que la carta habría llegado a Saint Louis y dio por deshecho el compromiso, se presentó en casa de los futuros suegros para anunciarles que pensaba marcharse del pueblo con su hija, pero que antes quería casarse con ella. El reverendo podía celebrar la ceremonia religiosa cuando le apeteciera, porque él ya había apalabrado al juez del condado. Mike tuvo que decírselo desde el jardín, porque el padre de Margaret no lo quiso recibir y prohibió a su mujer que le abriera la puerta. Asomado a la ventana lo maldijo y le aseguró que también maldeciría a su hija si se iba con él y el fruto de su vientre, porque tenía la seguridad de que había cedido a las tentaciones de la carne antes de tiempo, antes de que Dios los uniera, inducida por el forastero, que no podía ser otro que el demonio.

A los gritos del clérigo comparecieron algunos vecinos, gustosos de asistir al espectáculo. En el pueblo nunca ocurría nada que llamara la atención y excepto en aquellos días, amenizados, primero, por la boda del alcalde y, después, por el músico que había seducido a la hija del pastor, el aburrimiento se respiraba en el mismo aire que permitía llenar los pulmones. En Lambeland pasarían muchos años para que volvieran a suceder unos acontecimientos tan excitantes como aquellos.

II

Mike y Margaret se marcharon del pueblo legalmente casados por el juez, pero no por el reverendo Johnson, que a partir de aquel momento contaba a quien quisiera escucharle que ya no tenía hija. En vano Margaret había intentado convencerle de que su amor por Mike era mucho más fuerte que el que nunca había sentido por Thomas y que era incapaz de casarse con alguien del que ya no estaba enamorada. Se casaría con Mike y además cuanto antes. Tanto el reverendo como su mujer desaprobaban una decisión tan precipitada. También le reprochaban que no tuviera en cuenta sus obligaciones filiales y que abandonara su carrera de maestra, sufragada por ellos con esfuerzo, y la escuela en la que hacía las prácticas, de las que hasta entonces había asegurado que estaba encantada, puesto que había descubierto que la enseñanza y no el canto era su vocación auténtica.

Durante los días previos a su partida los padres de Margaret insistieron todavía más en que recapacitara sobre lo que suponía dejar la vida tranquila de Lambeland, donde todo el mundo la respetaba hasta la llegada del forastero, por otra muy incierta y marcharse lejos con alguien que no tenía más oficio ni beneficio que tocar el saxo.

El reverendo Johnson sospechaba que había otros intereses oscuros en aquella boda apresurada, aparte —eso le parecía evidente— de los carnales, tentaciones del demonio en las que resultaba fácil caer. ¿Quién sabe si el mismo demonio no se había disfrazado de músico para llevarse a su hija robándosela a quien estaba destinada? Además, no podía aceptar de ningún modo que se pusiera en entredicho su autoridad al deshacerse el compromiso de una boda concertada por él. Y por todo eso la tarde antes de que Margaret se marchara, con la Biblia en la mano, como cuando preparaba sus prédicas más importantes, la llamó y la hizo sentar frente a sí para sermonearla a conciencia.

—El diablo es hábil —empezó por decirle—, escoge con el mayor sigilo a sus presas, y no es ni mucho menos la primera vez que utiliza la música como reclamo. No solo los profetas o los reyes de Israel, como David, fueron músicos, también hubo antes de la creación de la tierra ángeles músicos que con sus instrumentos alababan a Dios, pero se rebelaron.

El reverendo miró a su hija y después abrió su manoseado ejemplar de la Biblia y buscó un pasaje, el de Ezequiel 28:11-19. Pero no lo leyó, se limitó a resumirlo: Lucifer, el más preciado ángel músico, se rebeló contra Dios y a partir de aquel momento los sonidos de su música se convirtieron en maléficos. La soberbia perdió a Lucifer igual que al rey de Tiro, poseído por el demonio. Y luego, tras una pausa dramática —solía usarla ante los feligreses con garantía de éxito—, preguntó a su hija:

—¿Acaso no es soberbio el tal Mike Simpson, que se cree superior a Thomas Curtis, un ministro del Señor? Parece que ni siquiera has reflexionado sobre ello, que ni siquiera —insistió— se te ha pasado por la cabeza.

Margaret negaba con un gesto. Había intentado interrumpir a su padre en varias ocasiones, pero él, tal vez demasiado acostumbrado a pronunciar largos sermones que nadie se atrevía a cortar si no era con aplausos, no se lo había permitido. Sin embargo, las últimas preguntas que le hizo sí exigían respuesta.

—El diablo escoge con todo sigilo a sus rehenes. Lo dice la Biblia. ¿Lo sabes?

—Sí —contestó ella—, pero yo no soy el rehén de nadie.

—Estás equivocada, Margaret, todavía estás a tiempo de liberarte de esa posesión. Pide perdón a Thomas, él lo espera y te perdona. Hemos hablado y me lo ha dicho. Hazlo y todo volverá a ser como antes.

—No puedo engañarle, eso sí que sería pecado. No le quiero, no puedo casarme con él.

Según recuperó Barbara de sus cuadernos, anotándolo para mí, Margaret se refirió con detalle a la última tarde que pasó en su casa de Lambeland. En sus apuntes transcribió la conversación con su padre y también dos aspectos consoladores y familiares a los que prestó atención, tratando, seguramente, de que las palabras del reverendo le causaran menos dolor: el aroma de la tarta de manzanas que su madre, como postre de la cena de cada domingo, acababa de sacar del horno, mezclado con el de las rosas que aquella mañana ella misma había cortado del pequeño jardín.

También anotó en el cuaderno su deseo de volver pronto a ver a sus padres, en especial a Rita, su madre, por la que sentía mucho cariño, cuando se les hubiera pasado el disgusto por su boda con Mike, de aquel modo tan repentino e insospechado siquiera quince días atrás. Y no se le escapaba que el reverendo hacía suya la decepción de Thomas, porque él era su valedor; además, perdía también la posibilidad de imponer su voluntad sobre la de Thomas. Mike, en cambio, aunque fuera un trotamundos, no se dejaría manejar, y eso también debía de molestarle.

A Margaret le habían inculcado el respeto a los padres y la importancia de la obediencia y la sumisión que, especialmente como mujer, le correspondía, pero ahora había decidido olvidarlo, y se disponía a ser libre por primera vez. Las advertencias de su padre sobre Mike y el demonio no la habían convencido. Por el contrario estaba segura de que Dios, con su infinita misericordia, le había enviado a Mike, un ángel bueno y protector, frente a los ángeles terribles a los que se refería el reverendo. Además, cuanto le había dicho su familia sobre que debía recapacitar, esperar un tiempo a casarse con Mike, intentar conocerse mejor, porque nada sabían del pasado del músico, no le había hecho mella. Aseguraba —constaba por escrito, como lo anterior— que no necesitaba tiempo para recapacitar ni para conocerle porque ya le conocía. En cuanto a su pasado, poco le importaba, porque él tenía que ser su futuro. Además, no quería vivir en el mismo pueblo al que, en un par de semanas, volvería Thomas. No quería encontrárselo. Tampoco ser el blanco de las habladurías locales y menos aún quería separarse de Mike. Él no podía quedarse en Lambeland, donde no tenía trabajo como músico. Su decisión era firme: se buscarían la vida juntos en otro lugar.

Según transcribió Barbara para mí, Margaret anotó también que durante aquella semana su madre lloraba sin parar y que fue ella quien le confió que su padre había insinuado que tal vez fuera necesario enviar a buscar de nuevo al reverendo George Dunnam. Por eso le aconsejó, con enorme dolor, que se marchara antes de que su marido tomara la decisión de recurrir a Dunnam.

La mañana en que Margaret se fue, a su madre ya no le quedaban lágrimas. Con los ojos hinchados, la cara descompuesta, la acompañó hasta la verja y la abrazó muy fuerte. Su padre, por el contrario, ni siquiera se movió. Siguió leyendo o fingiendo que leía su viejo ejemplar de la Biblia y no le dio un beso ni dejó que ella le besara. Solo en el último momento sustituyó las palabras habituales de despedida por una advertencia cruel: «Dios, que siempre acaba por hacer justicia, se encargará de hacerla y te castigará». Rita le pidió que no dijera aquellas cosas horribles; no obstante, a Margaret —lo puntualizó en su escrito— no le hicieron mella. Le pareció que no tenían importancia. Dios no podía castigarla por el hecho de querer al músico. De eso estaba segura.

En las hojas que Barbara me pasó sobre la ruptura de Margaret con la familia me llamaron mucho la atención dos detalles: la referencia al consejo de su madre y la maldición de su padre. La soprano no los omitía tal vez por lo que, a su entender, podrían suponer para su futuro. Además, era algo que a Ripper le interesaría mucho conocer.

III

Con los pocos ahorros que tenía Mike y el dinero que Margaret guardaba para ayudar a preparar la boda con Thomas compraron una caravana de segunda mano. Ya no les haría falta buscar los rincones de sombra para besarse de manera furtiva, ni abrazarse pendientes de los relojes. La caravana les serviría de casa y a la vez les permitiría trasladarse donde encontraran trabajo haciendo música. Mike decidió que actuarían juntos. No quería dejar a Margaret sola para ir de un lado a otro con los compañeros. Mike le enseñó a cantar sus blues predilectos. Fue una alumna aplicada. Tenía una voz espléndida, cálida y cobijadora, que en los primeros tiempos, cuando trabajaban a salto de mata, les servía de reclamo.

Llegaban a los pueblos en domingo y buscaban la iglesia para esperar la salida de los feligreses. La voz de Margaret atraía al público, que en seguida se paraba a escucharla, rodeándola. Después él atacaba con el saxo y antes de pasar la gorra, con sus dotes de mago de las palabras, las iba soltando para que la propina fuera más generosa, anunciándoles las posibilidades de su repertorio, por si los quisieran contratar.

Siempre, en donde actuaban, elogiaba el lugar, la gente y el paisaje —igual que solía hacer Barbara en sus comienzos, según pude saber— como si fueran los mejores, los más bellos y los más acogedores que había visto. Tanto, concluía, que a ambos, a su mujer y a él, les gustaría muchísimo quedarse allí una buena temporada. Toda la vida, si fuera posible, si les dieran un poco de trabajo como músicos, remataba, con la sonrisa más franca.

¿No había en el pueblo alguna pareja que quisiera casarse?, preguntaba. Él estaba a favor del matrimonio, y miraba a Margaret con ojos tiernos y a veces se le acercaba y, haciéndole una reverencia, se le arrodillaba a los pies, le cogía la mano y dirigiéndose al público decía:

—Yo le pedí que se casara conmigo, así, de este modo, arrodillado, y fue lo mejor que pude hacer en mi vida.

Ella, con sorpresa la primera vez, después ya de manera aprendida y desenvuelta, le contestaba:

—Le dije que sí, dormida. De tanto repetírmelo me entró sueño.

—A mí se me durmió la pierna por tener que mantener la misma postura durante tanto tiempo.

Y se levantaba y se hacía el cojo un rato, intentando que la concurrencia le riera la gracia. Luego, con aire serio, pero sin perder el humor, pasaba lista a los motivos que todos tenían para saborear mejor las alegrías, para hacerlas cundir un poco más, y eso solo sería posible con música.

En primer lugar, la felicidad de una boda. Margaret y él podían tocar y cantar en el baile, a un precio asequible, por eso no había que preocuparse. Más adelante, la llegada de un hijo al mundo. ¡Nada mejor que un buen convite con música para amenizarlo! Además, Margaret tenía un repertorio de nanas precioso y podía enseñárselas a las madres primerizas.

También el cumpleaños de las chicas. Algunas habría próximas a los dieciocho, fecha señaladísima. ¿Y unas bodas de plata? ¿No merecían esos acontecimientos invitar a la familia y a los amigos y animar el encuentro con música?

En los pueblos grandes les preguntaba si acaso no querrían celebrar la victoria del equipo local de béisbol. ¡Seguro que habían ganado o que pronto ganarían!, y la música no podía faltar en una ocasión como aquella. Cualquier excusa era válida para escuchar a Mike and Margaret, remataba, con mucha seguridad.

Según el público que tuviera delante, Mike utilizaba un repertorio u otro. No solo tocando el saxo, sino también escogiendo las palabras.

Siempre les hablaba de la música con una gran convicción. La misma con que muchos años después me hablaría la soprano, tras preguntarme qué suponía para mí. Si era capaz de emocionarme con Verdi, con Mozart, con Puccini, con tantos otros maestros, lo recuerdo muy bien, cuando me entrevistó por primera vez. Quería saber si encajaba para el puesto de secretaria, que se había quedado vacante tras la muerte en accidente de tráfico de mi antecesora. Mi respuesta fue fundamental para obtener el empleo, según me dijo. No soportaba tener cerca a nadie que no amara la música, que no fuera capaz de sentirse transportado a otro lugar escuchando un aria de ópera.

Mike, según había anotado su mujer y copiado Barbara en las notas que me pasó, cambiaba las virtudes salutíferas de la música a su conveniencia, atendiendo a los intereses de quienes escuchaban, dependiendo del sexo y de la edad. Si eran granjeros ya mayores, solía recomendársela para mermar una lista de males.

—Oír música calma la ansiedad —decía—, fortifica los huesos, remedia los dolores de cabeza, ayuda a que la sangre circule más ligera. Si los enfermos escuchan música se curan antes que los que no lo hacen. Para las personas con dificultades para moverse, las aquejadas de reuma y artrosis, la música supone un tipo de gimnasia mental, oxigena el cerebro y devuelve la alegría de la juventud. Bueno, no toda —se corregía—, pero sí la mitad o la mitad de la mitad —matizaba con un guiño cómplice, dirigido a alguna de las mujeres que escuchaban, para hacerse perdonar tal exageración.

Si había alguna embarazada se refería a la importancia que tenía la música durante el parto. Tanto que lo acortaba y hacía llegar sanos y salvos a los niños al mundo.

—A mí me ocurrió —confesaba con orgullo—, yo salí rapidito, no hice sufrir a mi madre. Vengo de familia de músicos. Además, está científicamente demostrado —y repetía lo de «científicamente demostrado» con gran convicción— que desde el útero materno los niños pueden escuchar los sonidos, y eso a la mayoría los estimula e incluso los pone a bailar en el vientre de sus madres. Yo bailaba, o bueno, eso me contó mi madre...

En otros lugares en los que le parecía que el público era en general pobre y vivía pendiente de su trabajo en el campo —lo único con lo que contaba para salir adelante—, aseguraba que los efectos de la música no solo beneficiaban a los humanos, sino a las cosechas y a los animales, excepto a los perros, admitía, por justificar con aquella referencia que decía la verdad, puesto que ofrecía la excepción que confirmaba la regla. Por el contrario, las vacas daban más leche si escuchaban música y parían novillos más fuertes que si no la escuchaban. Él y Margaret se ofrecían, insinuaba riendo, para ir a dar un concierto benéfico, casi de balde, a cualquier establo dos o tres días cada mes, a un precio módico, solo para que pudieran hacer la prueba...

Otras veces, si con sus referencias a las bondades maravillosas de la música había tenido éxito y veía al público más receptivo con las monedas, mirando a Margaret, con una complicidad grande, les relataba el mito de Orfeo y Eurídice, que su hermano mayor, Bob, tras oírselo a un amigo italiano, le había contado con pelos y señales, al volver a casa, después de acabada la guerra europea en la que había participado. Mike, con sus buenas dotes de actor, lo escenificaba a medias, tocando el saxo en vez de la lira. Cambiar de instrumento no tenía demasiada importancia ante unos auditorios sin duda ayunos de mitos griegos.

Había otras coincidencias además del amor a la música entre la soprano y su padre. Tal vez por eso abundó en mostrármelas. Barbara, que apenas se refería durante la convalecencia a su ECM, quizá por lo trascendental que debía de considerarla, aunque todo durante aquellos días me pareció que iba encaminado a entenderla mejor, siguiendo los consejos de Ripper, fue desde siempre —o al menos desde que yo la conocí— proclive a tomar, no sé si de manera absoluta, pero por lo menos bastante en serio, ciertos aspectos relacionados con el esoterismo. Por ejemplo, consideraba que era mucho mejor debutar en día 7 o acabado en 7 que en cualquier otra fecha y así se lo pedía a su representante, aunque añadía, con una ironía muy razonable, «siempre que sea posible y no fastidie nuestros intereses».

No obstante, los gustos esotéricos de Mike —en realidad, la posibilidad de actuar como lo que hoy llamaríamos un mago de salón— me parecieron mucho más coyunturales que otra cosa, sin duda sujetos a sus necesidades alimenticias, ya que con ellos, al parecer, atraía a un público mucho más amplio que con la música. Así empezó por hacer juegos de manos que dejaban boquiabiertos a los niños y a algunos no tan niños, también. Se atrevía a adivinar los colores predilectos de las personas y los acertaba en un elevado tanto por ciento. A veces por pura intuición. Sin hacer ningún tipo de trampa, cuando lo veía muy claro. Por ejemplo, cuando alguna jovencita de ojos azules iba vestida del mismo color, decía azul. Sin pensarlo dos veces. Y volvía a decir azul, y lo adivinaba de nuevo, cuando observaba el embeleso con que la pareja de la mujer de azul la miraba. Si acaso el azul no fuera su color, hubiera sido un desaire declarar ante todo el mundo que su predilecto no coincidía con el de su prometida. Por otro lado, el azul era un color con muchos adeptos, él lo sabía por experiencia propia.

Otras veces, acertaba los colores leyéndolos en unas tarjetas que antes había mostrado a la concurrencia para que pasaran de mano en mano y todos pudieran comprobar que no había engaño posible. Después Margaret, que le hacía de ayudante, las recogía y las volvía a mezclar en un mazo único, según habían convenido, en un orden determinado: cero, blanco, uno, rojo, dos, naranja, tres, amarillo, cuatro, verde, cinco, azul, seis, violeta, siete, rosa, ocho, negro, a pesar de que este último era un color poco solicitado.

Mike pedía al público qué color quería que le mostrara e inmediatamente, con gran rapidez, empezando a contar por la izquierda, blandía la tarjeta que coincidía con el color de la petición. También hacía desaparecer y aparecer monedas dentro de su mano y de parecido modo gracias a un vaso mágico con capacidad de esconderlas, pero también de volverlas a encontrar. Cuando se dio cuenta de que era más fácil, con las sesiones de magia, que las propinas salieran más rápidamente de los bolsillos pese a todo mermados y perezosos de los granjeros de los pueblos, consideró que había que añadir más trucos.

Cambió en primer lugar su nombre artístico. En vez de The Musical Duo Mike and Margaret se presentarían como The Magic Musicians Mike and Margaret, porque a pesar de que a menudo fueran los trucos los que les permitieran vivir, Mike no renunciaba a ser músico ni a hacer música ante un auditorio que la supiera apreciar. Pero aun así la necesidad de ampliar el repertorio mágico se imponía. Era preciso buscar más información. Seguro que había libros donde pudieran encontrarla; por eso, cuando entraban en algún pueblo grande o en alguna ciudad pequeña —dejaban de lado siempre las ciudades importantes, en las que sus números no tendrían cabida—, Mike le decía a Margaret que preguntara si había una librería. Le parecía que le harían mucho más caso a ella porque creía, como tantos hombres, que la lectura era un entretenimiento femenino, perfectamente demostrable por propia experiencia. A Margaret le gustaba leer, a él se le hacía cuesta arriba.

Una mañana que pasaban cerca de Crystal City, en el condado de Jefferson, donde habían encontrado algunos pueblos con gente más amable y menos estrecha de bolsa que en otros lugares, Margaret le dijo que entrara en la ciudad y la llevara al centro. Quería averiguar si había una librería en la que, además de alguna novela que le pudiera gustar y comprársela, si el precio se lo permitía, pudiera encontrar algún libro con trucos de magia. Cuando hacía de asistente de la maestra, un comercial de una editorial que pasaba por la escuela le había enseñado uno para entretener a los chicos. Pero ella no lo había comprado. Tenía demasiado trabajo para poder jugar con los alumnos. Su obsesión, por encima de todo, era que aprendieran con la mayor rapidez a leer y escribir, porque muchos dejarían pronto de ir a la escuela si sus padres los necesitaban en el campo.

La única librería de Crystal City, la Mac Millan Book Store, estaba en el centro, junto a la iglesia. La localizó en seguida y tuvo suerte: en unas pilas, junto al letrero de *Sales*, había ejemplares de segunda mano y allí encontró los dos libros que buscaba, un volumen sobre juegos de manos, *Magic Made Easy*, y una edición barata de la novela *Gone with the Wind*, que a medio leer había dejado en casa de sus padres, de donde se fue sin llevarse nada, con excepción de una maleta con su ropa.

Cuando oscurecía, si no tenían otro cobijo que la caravana, solían pararse en cualquier lugar que les parecía adecuado para no ser molestados pero que no fuera peligroso. Demasiado a menudo escuchaban contar historias terribles de ladrones que para robar cuatro dólares eran capaces de disparar o de apuñalar hasta la muerte al primer desprevenido que encontraran. Después de cenar, una cena más o menos larga según lo que Margaret hubiera podido cocinar, porque a veces se tenían que conformar con abrir unas latas, y luego de que ella, como tenía costumbre de hacer en casa de sus padres, leyera uno o dos pasajes de la Biblia, se dedicaban a ensayar.

El libro les proporcionó muchas novedades y Margaret, que las captaba en seguida, las estudiaba con detenimiento. A Mike, por el contrario, le costaba más, pero en cuanto practicaba los trucos unas cuantas veces daba la impresión de que no se había dedicado a otra cosa en su vida, además de añadirle todo el encanto de su seducción.

Era necesario, le decía a Margaret, que el público los viera como verdaderos magos y no como unos aprendices necesitados de ganarse la vida, y se esmeraba en preparar las actuaciones. No obstante, de ninguna manera quería renunciar a la música. Invitaba a Margaret a aprender nuevas canciones y él ensayaba con el saxo porque no concebía dejar de ser músico ni tampoco que su mujer olvidara que lo era.

IV

Los papeles de Margaret habían llegado a Barbara a través de su padre, cuando, poco antes de que este muriera, se reencontraron. Ella aprovechó una de sus giras triunfales por el sur, donde actuó en Atlanta, Savannah y Miami, para acercarse hasta Coral Gables. En las afueras de la ciudad vivía Mike con su tercera mujer, veinte años más joven. Llevaba mucho tiempo sin verlo, sin apenas saber de él. Muchos años de alejamiento, insistió, sin decirme a qué era debido, aunque pareció insinuar que el motivo tenía que ver con su agitada vida, con actuaciones continuas en tres continentes, aunque eso no me pareció excusa suficiente para perder el contacto.

Fue en este último encuentro cuando Mike le entregó los escritos de su madre para que no la olvidara, le dijo, como si no supiera lo fundamental que su recuerdo era para ella, y le insistió en que también le recordara a él y le perdonara. ¿Perdonarle por qué? Barbara no me lo dijo y yo no me atreví a preguntárselo.

Una semana después de que empezáramos a trabajar, a propósito de una pregunta mía sobre la relación —a mi parecer mitificada— de sus padres que posiblemente la incomodó, me ordenó, esta vez con su tono imperativo de antes, que no le hiciera preguntas, que me limitara a transcribir lo que me contara. Traté de cumplir a rajatabla con lo que me había pedido, aunque a menudo tuviera muchos interrogantes por cerrar.

Así que me quedé sin saber el motivo por el que su padre le pidió perdón. En cambio sí noté el esfuerzo que le costaba a Barbara referirse a este recuerdo triste, y me llamó la atención porque hasta el momento la evocación de Mike siempre había sido alegre.

Deduje que tal vez era la figura de su padre, no la del Mike anterior a su nacimiento, la que permanecía «amortajada por telarañas de niebla» y ella se refería a eso cuando me dictó la frase que, puedo constatarlo ahora, no procede de una novela de Coetzee, como supuso, sino de otra, de Jesús Moncada, un autor catalán —del que le habían hablado en Peralada, cuando actuó por primera vez en el Festival, y cuya novela *The Towpath*, la traducción inglesa de *Camí de sirga*, encontré entre sus libros, con una dedicatoria muy cariñosa de su amiga Carmen Mateu, a cuya familia pertenecía el castillo de Peralada y era el alma del Festival—. Leí la novela casualmente o no tan casualmente, y por eso he podido identificar la cita y restituirla, aquí, a su legítimo dueño.

Fue a continuación de sus referencias a la última visita a su padre, tal vez porque me adivinó el pensamiento, como había hecho Ripper, cuando insistió en que durante aquellos días de reposo estaba empezando a «quitar las telarañas». Y se rio pensando en la frase que Hans —instalado en su cuartel general de Londres, desde donde nos llamaba cada domingo— consideraría inapropiada y que para ella tenía un significado fundamental: las telarañas habían sido tejidas por las arañas para usarlas como trampa para cazar insectos de los que después se alimentarían y también como vivienda protectora.

Los hilos de seda de un blanco sucio que pronto se volverían de tono gris podían servir de envoltorio preservador de secretos. Las arañas, además, no solo tejían, también destejían —como Penélope, cuyo papel en una ópera no demasiado conocida de Fauré había interpretado para ser grabada—, y eso le hacía pensar en los aspectos misteriosos que comportaban sus hábitos y en la necesidad de disimular y de engañar.

Me dijo que cuando era niña se había entretenido en observarlas y le llamaba la atención su inmovilidad. A veces se quedaban en el centro de su telaraña, otras parecían dormidas en un extremo. En varios lugares, inmovilizados entre los finísimos hilos había moscas y mosquitos, los preciados alimentos que esperaban en la despensa para ser deglutidos, o que ya lo habían sido y solo quedaba la carcasa de su envoltorio amojamado, como trofeo.

Precisamente la tarde en que aludió a las telarañas, sacó de un armario un pequeño cofre de madera tallada. Me dijo que Pandora Brunellesky, a la que le debía cuanto era —insistía en repetirlo siempre que la nombraba, como una especie de mantra—, se lo había regalado hacía muchos años para que guardara en su interior, a salvo de posibles curiosos, sus primeros secretos de adolescente. Ella había metido allí, además de un sobre grande con recuerdos de sus primeros amores, según me dijo y que ni siquiera abrió, unas pocas fotografías de cuando era pequeña, tres programas donde figuraban, entre otros nombres, los de sus padres, dibujos suyos, pruebas de operaciones de aritmética, dictados corregidos por su madre y un librillo con el título de *My diary*.

Barbara esparció sus trofeos privados —tan distintos a los profesionales, que guardaba en una vitrina del salón— sobre la gran mesa del comedor, que solo se usaba cuando había invitados, puesto que ella desayunaba en la cama y prefería almorzar y cenar en el office si no lo hacía en el jardín. Los fue clasificando en dos mitades: apartó lo que creyó que no necesitábamos para el trabajo de afrontar las cosas que le habían pasado y separó lo que, por el contrario, consideraba fundamental. Entre esto último escogió *My diary* y me lo tendió:

—Son notas de mi madre jovencita, puedes leerlo.

A mí, además de esa oferta de lectura, lo que más me llamó la atención fue un retrato de estudio de sus padres en el que posaban como artistas del dúo The Magic Musicians Mike and Margaret. Fue entonces cuando me fijé en que la fotografía de su madre que Barbara tenía en un marco sobre la cómoda de su habitación procedía de aquella, de la que había sido eliminada la figura de su padre. De él no había ninguna foto en ningún lugar de la casa. ¿Por qué, con lo atractivo que parecía? Y de nuevo, como si otra vez Barbara me leyera el pensamiento, me dijo:

—Era guapo, ¿verdad? Alto y fuerte..., le sacaba dos cabezas a mi madre... —Y se le saltaron las lágrimas.

Leí minuciosamente el *My diary* de Margaret, según Barbara muy anterior a los cuadernos que le había dado su padre y de los que extraía las notas que me iba pasando, pero a los que solo me había dejado acceder de manera sesgada y bajo su estricta supervisión. En cambio en seguida me ofreció *My diary*, sin ninguna cortapisa, y me permitió llevármelo a mi habitación o donde más cómoda estuviera para poder examinarlo con tranquilidad, según me dijo, dejándome bastante confusa. ¿A qué venían ahora tantas confianzas, sobre todo si las comparaba con la intransigente determinación de ocultamiento censor de antes? ¿Quizá porque a Margaret le faltaban todavía algunos años para ser su madre me permitía ver sus escritos y, en contraposición, me prohibía los de cuando ya lo era?

Probablemente alguna amiga le habría regalado a Margaret el librillo de apenas un palmo, 20 × 20 para ser más exacta, encuadernado con tapas blancas satinadas y cantos metálicos, que se cerraba con un pequeño candado cuya llave, diminuta, se habría perdido.

Busqué en internet y encontré que, en efecto, era un regalo de cumpleaños muy frecuente porque se había puesto de moda y lo solían usar las adolescentes a mediados de los años cincuenta del siglo pasado, la época en que Margaret era joven, para anotar, en un alto tanto por ciento, su despertar sentimental.

A veces, las más osadas y menos puritanas dejaban constancia de su despertar sexual, un tabú para las mujeres de entonces del que, naturalmente, no se atrevían a hablar. El diario, en cambio, les servía de confidente. Margaret sí había aludido en aquellas páginas al deseo de besos y caricias, a la sensación de licuarse por dentro, como si todo su cuerpo se convirtiera en un fluido que fuera a parar al lugar por donde M. se fundió con ella la primera vez que hicieron el amor, y cómo esa sensación persistiría durante mucho tiempo. ¿Quién era M.? No podía tratarse de Mike, a no ser que todo lo que Barbara me había contado resultara mentira y Mike y Margaret fueran amantes desde tiempo atrás, algo, por otra parte, descabellado. Seguramente M. aludía al nombre de alguien con quien mantuvo una relación anterior. ¿Anterior a Thomas Curtis, su prometido? En las páginas no constaba fecha alguna, por lo que resultaba difícil datarlas. Había también alusiones a un embarazo. ¿El de Barbara? Si era así, era bastante factible que Margaret se hubiera ido de Lambeland embarazada y eso explicaría la maldición del reverendo. ¿Intentaba transmitirme eso? ¿Deseaba que lo supiera sin tenérmelo que decir? Aunque si se había ido de casa apenas un mes después de haber conocido a Mike, como se insistía en las transcripciones de Barbara, no era fácil que su familia constatara que ya esperaba un hijo. ¿Permaneció más tiempo en Lambeland antes de marcharse definitivamente? Por la fecha del nacimiento de Barbara, o al menos por la fecha oficial, 6 de julio de 1960, esta sí conocida por todos, la concepción de la niña era posterior, nueve meses preceptivos, a la boda de sus padres, que según las referencias aportadas se habrían casado a finales de septiembre o principios de octubre de 1959.

¿Quizá la soprano deseaba que yo me enterara de que su madre había concebido otro hijo antes de que naciera ella, abortado, seguramente? ¿Tan importante le parecía el dato? No conseguía entender que eso pudiera ser relevante para el trabajo que Ripper nos había encomendado.

También me llamó mucho la atención un párrafo en que Margaret insistía en que era inocente. «No la he empujado, lo juro», repetía hasta tres veces. «Linda rodó por la escalera sin que yo la empujara. No soy Caín, aunque papá insista. Jamás le haría daño a mi hermana». «No puedo sentirme culpable de un pecado tan horrible», así lo había escrito. Un pecado que su padre, el pastor, le atribuía y por eso anotó que se pasaba las noches llorando desconsoladamente, horrorizada ante la amenaza de la llegada de George Dunnam.

Me había comprometido con Barbara a no hacerle preguntas y, en consecuencia, tampoco podía pedirle aclaraciones sobre cuanto había escrito Margaret y sobre quién era Dunnam, cuya visita la tenía aterrorizada y que ya había sido mencionado con anterioridad en las notas de Barbara, sin decirme de quién se trataba. A pesar de que mi curiosidad era grande, decidí esperar a que me hiciera algún comentario aclaratorio, que nunca llegó.

Por mi cuenta busqué información en internet sobre el reverendo George Dunnam. Imaginaba que se trataba de un pastor anabaptista como John Frederik Johnson y gracias a una serie de pesquisas de un link a otro link, relacionadas con la Iglesia anabaptista de Georgia, di con un tal George Dunnam, exorcista importante a finales de los años cincuenta y primeros sesenta del siglo pasado, en cuyo haber tenía la expulsión de los espíritus malignos de numerosas personas poseídas, cuyas familias habían acudido a él en busca de ayuda. ¿Tal vez explicaban estos datos el horror que sentía Margaret ante la posibilidad de su llegada? ¿Se habría cumplido la amenaza de su padre?

Suponía que Barbara me había permitido leer las páginas de *My diary* no porque no recordaba qué había escrito Margaret allí, sino porque consideraba importantes las informaciones aportadas por su madre y que, llegado el momento, habría que tenerlas en cuenta, aunque tal vez yo, no ella, tendría que ser la encargada de transmitírselas a Ripper.

V

Barbara me contó que vino al mundo la tarde del 6 de julio de 1960, a unas cuantas millas de Dodge City, en el condado de Cullman, Alabama. El parto fue muy rápido. Mike ni siquiera hubiera tenido tiempo de llevar a Margaret al hospital, en caso de que económicamente se lo hubiera podido permitir.

La niña nació en la caravana, aparcada en una gasolinera con cantina sobre la que había unas cuantas habitaciones de alquiler para huéspedes de urgencia. Margaret y ella, su hija, estuvieron de suerte porque la pareja que regentaba el negocio las ayudó. Joan cortó el cordón y con el agua caliente que en una gran tina había transportado James, su marido, hasta la caravana lavó a la pequeña, la envolvió en una toquilla y la puso sobre el pecho de su madre. Después preparó un suculento caldo de gallina y se lo ofreció a la parturienta para que recobrara fuerzas. Por entonces jamás debieron de imaginar que sus nombres, Joan y James Brown, aparecerían en un libro sobre la vida de la gran Barbara Simpson.

A Barb le encantaba que su madre le contara cómo fue su nacimiento y también que cuando pasaban cerca del sitio donde había tenido lugar se pararan a saludar a los Brown, en especial porque Joan le regalaba chucherías y siempre, por su cumpleaños, le compraba algún juguete y se lo guardaba para dárselo en el próximo encuentro. La economía de sus padres no les permitía gasto superfluo alguno, en especial en las temporadas en que no conseguían ningún tipo de contrato y se tenían que conformar con las actuaciones dominicales junto a las iglesias.

Durante los primeros meses, Margaret cantaba con su hija colgada a la espalda o en brazos. A veces los llantos de esta le impedían continuar y tenía que interrumpir la actuación. Sin embargo nunca pensaron en dejarla, a pesar de que los Brown se lo habían ofrecido, de balde. No tenían hijos y podían hacerse cargo de la niña, el tiempo que hiciera falta. Pero Margaret y Mike estaban de acuerdo en no querer separarse de su hija, seguros de que la mala racha pasaría. Margaret se lo pedía a Dios todas las noches y por una vez pareció escucharla.

Un empresario que tenía unos teatros de varietés en Jacksonville los vio actuar un día en un barrio periférico de Coral Gables. La mezcla de música y juegos de manos le pareció que podía tener éxito y les ofreció un contrato por un par de semanas. Tampoco entonces se plantearon dejar a Barbara. Decidieron contratar por horas a una niñera que se quedaba detrás del escenario con la pequeña mientras duraba la actuación de sus padres y por eso alguna vez el público había podido percibir sus llantos. Margaret entonces anunciaba que Mike les ofrecería unos solos con su saxo o avanzaba el entreacto para amamantar a su hija y dormirla, antes de que el auditorio protestara.

A partir de aquel primer contrato consiguieron otros. A pesar de que fuera en lugares de escasa categoría y cobraran poco, les sirvieron para poder salir adelante una temporada. Además, a veces les pagaban una habitación de motel, una comodidad desacostumbrada. Como marca publicitaria y reclamo, pintaron su nombre artístico con grandes letras (THE MAGIC MUSICIANS MIKE AND MARGARET) en la caravana y la aparcaban frente a los locales donde actuaban.

La vida nómada de sus padres no había permitido que Barbara fuera a la escuela. Había sido su madre la que le había enseñado las primeras letras en un libro que todavía guardaba, una de las pocas pertenencias infantiles que tenía y que me mostró, aunque sin permitir que lo tocara.

«Se desencuaderna», me dijo, como disculpa. También Margaret, tal vez con la nostalgia de su trabajo de maestra, la había adiestrado en hacer sumas y restas, una capacidad que conservaba puesto que nunca acudía a la calculadora y tenía maravillado a Hans por la celeridad con que era capaz de contar mentalmente incluso cantidades acompañadas de un reguero de cifras.

Barbara me contó que cantando consiguió saberse las tablas de multiplicar de manera rápida y que en los márgenes de cualquier periódico o en las bolsas de papel del supermercado había probado a hacer las primeras divisiones. Pero eso fue el último año que pasó con sus padres, cuando ella tenía ocho. El mismo año que aprendió el repertorio de canciones de Margaret sin apenas esfuerzo, solo de oírla, y pidió que la dejaran participar en alguno de los números de sus padres. Mike al principio se opuso pero Margaret intercedió porque sabía lo importante que era para Barbara, que desde muy pequeña afirmaba, con una convicción extraordinaria, que quería ser cantante.

Margaret soñaba para su hija un futuro brillante en los grandes escenarios de ópera, que la fascinaban. La había descubierto oyendo la radio en la caravana, mientras iban de un lugar a otro. Una emisora retransmitía las funciones que se estrenaban en el Metropolitan y Margaret las escuchaba con enorme fruición y decía que se consideraba dichosa porque su historia de amor era comparable a las de las heroínas de las óperas, por la intensidad con la que la había vivido. Además había acabado bien, sin que la abandonaran, como a la pobre madame Butterfly, sin tener que suicidarse, como la desgraciada Tosca, sin morirse de tisis como Violetta de *La traviata* o Mimí de *La bohème*. Aseguraba sentirse feliz por haberse casado con Mike Simpson en lugar de con Thomas Curtis, y seguía rezando a Dios para que nunca se arrepintiera y lo afirmaba, riendo delante de su hija, cuando su marido le recordaba a veces, medio en broma o medio en serio, al novio que dejó plantado. Entonces Margaret aseguraba que con Thomas tal vez hubiera podido ser feliz, pero no hubiera podido tener a Barb. Estaba convencida de que a los hijos que hubiera tenido con Thomas no los hubiera querido tanto como a su niña.

Además, su hija llegaría donde ellos nunca podrían llegar. Soñaba con poder pagarle una profesora de canto. Tal vez si actuaba con ellos quién sabe si alguien se fijaría en su voz maravillosa y le ofrecería una oportunidad. En la radio había concursos de todo tipo para descubrir jóvenes talentos. Margaret le dijo a Barb que esta podría ser una buenísima manera de empezar, pero a Mike no le hacía gracia; no obstante, transigió en que, si se presentaba la oportunidad de que los acompañara en el escenario, no se opondría y le prometió también que se las ingeniaría para buscarle una profesora de canto, aunque tuvieran que raptarla y llevársela con ellos en la caravana.

VI

A los ocho años Barbara empezó a actuar con sus padres en algunos pueblos del condado de Liberty, en Georgia. Se acordaba de manera muy precisa de aquellos días de su debut, cuando su padre le permitió que acompañara a su madre en el escenario, interpretando a dúo un par de canciones que el público les pedía que bisaran. Margaret estaba muy contenta. Tenía la intuición de que pronto la oportunidad que su hija necesitaba se presentaría, que su vida iba a dar un giro fundamental.

Las cosas les iban mucho mejor aquellos meses. Ya no tenían necesidad de actuar en los pueblos, a la intemperie, a la salida de las iglesias. Habían subido de categoría. Actuaban bajo contrato.

A mediados de marzo acamparon en un camping cerca de Savannah. La ciudad se preparaba para celebrar Saint Patrick y estaba llena de forasteros. Muchos, igual que ellos, habían llegado con sus caravanas. Unos, para buscar trabajo. Otros, como vendedores ambulantes a la búsqueda de compradores de sus variadas mercancías, ofrecían ropa, zapatos, enseres domésticos o artesanía a buen precio; además de conservas, mermeladas, galletas o *cakes* de elaboración casera, con ingredientes de primera calidad, según aseguraban los carteles de sus puestos, instalados en un amplio mercadillo junto al río.

Los visitantes más ricos se alojaban en hoteles. Vestidos con trajes de una elegancia que Barbara nunca había visto, se paseaban ociosos por las calles de Savannah.

Había también figurantes que lucían la indumentaria de la época en que los primeros irlandeses se asentaron en el lugar. Como en la ciudad el número de sus descendientes seguía siendo elevado, la celebración del patrono de Irlanda era sonada y atraía a mucha gente por la vistosidad de sus fiestas. El ayuntamiento mandaba teñir de verde el agua de sus fuentes y cubrir con guirnaldas del mismo color los viejos troncos de los robles. Los coches de caballos, enjaezados de verde, daban vueltas por Savannah tratando de buscar clientes entre quienes quisieran conocer la ciudad cómodamente sentados, a la manera de antes, cuando todavía no había automóviles. Mike preguntó cuánto costaría dar una vuelta. Acordó un precio que podía permitirse e invitó a Margaret y a Barbara, que se sentía enormemente feliz. Era la primera vez que se subía a un coche de caballos.

Los cocheros eran los encargados de contar, ahorrándoles trabajo a los guías turísticos, la historia de Savannah. A los Simpson se la contó el suyo, Sam, que era negro, como casi todos los del oficio. Les dijo que la ciudad había sido el principal puerto de América por donde se exportaba al mundo el algodón, producido en los ingenios por las manos esclavas, y que si no había sido incendiada como Atlanta, de la que no quedó nada, era porque cuando se estaba acercando a Savannah el general *yankee* William Tecumseh Sherman, con el ánimo de destruirla, salió a recibirle el alcalde acompañado de un grupo de ciudadanos ilustres y le ofreció la rendición de la ciudad. A cambio tenía que jurar no arrasarla y dejar con vida a todos sus habitantes. Sherman accedió y puso un telegrama al presidente Lincoln, que los niños de las escuelas de Savannah se sabían todavía de memoria: «Ruego acepte como mi regalo de Navidad la ciudad de Savannah, con ciento cincuenta cañones y munición abundante. Así como con veinticinco mil balas de algodón».

Si algún forastero, especialmente entre los llegados del norte, parecía poner en cuestión la actitud del alcalde considerándola antiheroica, los cocheros, orgullosos como buenos savaneses de su condición y con la lección bien aprendida, solían ponderar la actitud pragmática de quienes, con su sentido común, habían evitado una catástrofe. De no haber actuado de aquel modo nada quedaría en pie y quienes defendían hoy las heroicidades estúpidas condenadas al fracaso jamás hubieran podido contemplar la ciudad de Savannah, que tanto les gustaba por su trazado y sus edificios históricos, porque nada de eso existiría.

Mike escuchó la perorata sin interrumpir al cochero y lo único que le dijo cuando este acabó fue que el alcalde debía de ser un hombre muy rico, seguro que dueño de ingenios algodoneros, como quienes le acompañaron a rendirse, más interesados en preservar sus bienes que las vidas de sus conciudadanos. Margaret, por el contrario, aseguró que para ganar es necesario tener que sacrificar algo siempre. Seguro que los que rindieron Savannah también perdieron, pero consiguieron salvaguardarla para la mayoría.

Barbara, al contarme todos aquellos acontecimientos tan pormenorizadamente, me aseguró que las palabras de su madre se le habían quedado bien grabadas en la memoria.

El paseo en coche de caballos incluía una visita al principal cementerio de la ciudad, el de Bonaventure. La abundancia de flores y plantas lo había convertido en un parque enorme. Igual que en toda Savannah y su entorno, abundaban las flores de variedades diferentes, adelantadas de la primavera a punto de llegar: camelias, glicinias moradas, que pendían de los troncos como racimos de uvas, madreselvas, macizos de azaleas de colores diversos, rosas, fucsias, rojas, blancas, y por detrás de ellas asomaban las nubes de las flores del cornejo.

Tras el recorrido, decidieron pasar el tiempo que les quedaba hasta su actuación deambulando por las calles que bullían animadísimas, con innumerables desfiles no solo de savaneses de origen irlandés, sino de otras procedencias: escoceses, alemanes y también de personas de color. Había carrozas que recordaban los días de las luchas entre confederados, con uniformes grises, y unionistas, con uniformes azules. Margaret le contó a Barb lo que había supuesto la guerra de Secesión para la liberación de los esclavos. La niña la escuchó como siempre atenta, aunque lo que más le llamó la atención fueron las bandas de música, cuyos integrantes lucían casacas verdes, y los gaiteros que hacían sonar sus instrumentos con absoluta dedicación, conscientes de que Savannah tenía que ser la capital del sur que aventajara a cualquier otra en la importancia de la conmemoración del Saint Patrick's Day. Los gaiteros, pagados por una sociedad que tenía como misión la restauración del centro histórico de Savannah, fascinaron a Barb; quizá por eso, muchos años después, en la fiesta de su cuarenta cumpleaños, que le ayudé a preparar, recién incorporada a mi trabajo de secretaria, sorprendió a sus amigos con los sones de las gaitas, pero esta vez tocadas por mujeres.

En la ciudad se habían organizado además muchos otros entretenimientos: carreras, concursos de tiro al blanco, exposiciones de caballos, perros y gatos, tómbolas benéficas. En un descampado contiguo al río se había instalado una enorme noria a la que Barb se subió. Savannah le encantaba. Sería su ciudad predilecta, le dijo a su madre, en especial porque en Savannah ella, Barbara Simpson, debutaría.

Fue su madre la que, sabiendo lo feliz que se sentiría, la anunció como una propina del concierto de The Magic Musicians Mike and Margaret. Cantó con gran éxito unas cuantas canciones folclóricas y se llevó muchos aplausos y una rosa amarilla que un señor le tiró desde el palco proscenio. La primera rosa conseguida gracias a su voz. La recogió en el aire y también por primera vez en su vida la besó, como había visto hacer a Margaret en una ocasión.

Quien se la había tirado lo había hecho, tal vez, con el mismo propósito intencionado de echar el lazo a un joven potro para domarlo. Era el empresario y dueño del teatro, cuyo gerente había contratado para tres actuaciones a The

Magic Musicians, con motivo de las fiestas de Saint Patrick. La de aquel día, 17 de marzo de 1969, era la última.

Apenas bajado el telón, pintado con una enorme variedad de árboles que simulaban un bosque, quiso conocer a Barbara. Fue directo al pasillo que conducía a los camerinos. Conocía bien el camino y le debía de parecer que ser el propietario le daba derecho a anunciarse alborotando y gritando si le venía en gana. Hizo, pues, una entrada triunfal, como muchos años después Barbara vería hacer también, en alguno de los grandes teatros del mundo, a otros personajes con semejantes ínfulas, aunque con mucho más poder.

—¿Dónde está la niña prodigio? ¡Que venga a saludarme! —preguntó primero y ordenó después, con gran aplomo, seguro de que al instante se cumpliría su imposición.

Margaret y su hija estaban terminando de recoger con cuidado los trajes alquilados que habían usado para la representación, en el camerino destinado a las mujeres.

—¿Dónde está la pequeña que ha cantado «Oh, Susanna» como un angelito? Que salga en seguida —seguía preguntando y ordenando cada vez con un tono más autoritario.

Barb, halagadísima, con la mano en el pomo de la puerta, estaba a punto de abrirla para ir al encuentro del señor que la reclamaba, pero su madre la retuvo. Aún tenía que meter la ropa en la maleta y no quería que su hija fuera sola a presentarse ante aquel bravucón. Además, prefería esperar a que Mike saliera del camerino de los hombres. Habían quedado en que se acercaría a recogerlas, y él sí sabría cómo tratarlo.

—¿Dónde está la niña prodigio?, que la quiero para mí. Que salga ahora mismo y no me haga esperar.

La voz sonaba amenazante frente al camerino. Margaret hizo señas a Barbara para que no dijera nada y se estuviera quieta. Desde dentro oyó a Mike, que se acercaba.

Lo que más sorprendió a Mike del dueño del teatro, visto de cara, fue su afición al rojo: las mejillas enrojecidas a conjunto con una corbata roja y un clavel rojo en el ojal de la solapa. En la mano derecha sostenía un sombrero y en la izquierda un bastón, como una caricatura de sí mismo.

—Quizá se refiere usted a mi hija —le dijo, con el mismo tono de voz contundente— y nadie puede quererla para él, pero tiene usted razón, es una niña prodigio —añadió con orgullo.

El empresario no estaba acostumbrado a que nadie le contradijera lo más mínimo y por eso miró a Mike con cierta repulsa que se intensificó al darse cuenta de que este no le conocía.

—¿Con quién tengo el gusto de hablar? —le preguntó el saxofonista.

—Brad Reynolds, empresario y cazatalentos. ¿Le parece poco? —le contestó mientras le tendía una mano grande y sudada que Mike consideró demasiado blanda, porque al estrecharla creyó que estrechaba un hígado de vaca.

—Algunos tienen mucha suerte —sentenció Mike, sin acabar la frase que tenía en la punta de la lengua con la palabra «inmerecida».

—Me gustaría ver de cerca a su hija y oírla cantar otra vez. Supongo que esto sí me lo permitirá, señor... —añadió con ironía Reynolds.

—Mike Simpson. Le preguntaré a mi mujer qué le parece y a ella, a Barbara, por supuesto. Supongo que no tendrá inconveniente.

—Si la obligan a salir al escenario —apuntó Reynolds, de manera impertinente—, no me explico que ahora necesite su consentimiento. —Y se rio con una risa estentórea, profundamente burlona.

Visto de espaldas, desde donde le veían Margaret y su hija, Reynolds parecía una especie de gigante peculiar. Cabeza pelada, cuello corto, su brazo izquierdo, seguramente con la mano medio escondida bajo la manga de la americana, se prolongaba en un bastón mientras que el derecho lo hacía en una mano que sostenía un sombrero. Las dos se le acercaron deprisa y fue Margaret la que, con la sonrisa más amable de la que fue capaz y con el tono de voz más cordial que pudo fingir con sus dotes de actriz, se apresuró a meter baza antes de que su marido le soltara al hombretón alguna impertinencia que hiciera imposible aprovechar la posibilidad que les brindaba.

—Gracias por alabar a nuestra hija, señor Reynolds; como puede ver, es una niña preciosa, con una gran voz. Quizá no sea correcto que yo, que soy su madre, lo diga, pero es verdad. ¿Qué prueba querría hacerle y dónde? A nosotros nos gustaría asistir, como comprenderá.

Barbara miraba a Reynolds con sorpresa. Desde el escenario no le había parecido tan alto —lo era mucho más que su padre—, ni tan barrigudo. Su aspecto de hombretón le producía extrañeza e incluso perplejidad, pero el hecho de que llevara una flor en el ojal de la solapa le gustó y le llamó la atención que la cinta del sombrero se rematara con un pequeño pájaro de trapo y plumas verdaderas, precioso.

Reynolds se dio cuenta y desatando la cinta se lo ofreció:

—Para ti, encanto. La semana que viene ven a mi estudio y harás unas pruebas y, si me gusta tu voz, te presentaré a un concurso de Radio Savannah este mismo mes. ¿Qué te parece? ¿Estás de acuerdo?

—Gracias —contestó Barb, mirando a sus padres, con ojos suplicantes, sin atreverse a decir que sí.

—No podemos esperar una semana —terció Mike—. Somos músicos pobres —puntualizó—, pero ahora tenemos una buena racha.

—Tiene razón —afirmó el empresario—, me han encontrado a mí.

Margaret trató de nuevo de suavizar la situación porque sabía que la frase de Reynolds no sería del gusto de su marido, precisamente porque él solía dejarlas caer del mismo estilo. De manera conciliadora, dulcificando cuanto pudo la voz, apoyando su mano en el brazo de Mike en un gesto afectuoso con el que le pedía silencio y calma, dijo:

—Mi marido quiere decir que tenemos contratos firmados para la semana que viene en Charleston y no podemos anularlos, no podemos seguir aquí, esperando...

Pero Mike no la dejó continuar, necesitaba hablar, ponerse a la altura del contrincante. No podía permitir que fuera su mujer la que condujera la situación:

—Ya sabemos que nuestra Barbara tiene una voz preciosa. Su madre, mi esposa Margaret, también la tiene, como usted ha podido comprobar, pero no podemos quedarnos en Savannah más que tres días. Si quiere, puede hacerle la prueba mañana. Deme una dirección y yo la acompañaré. ¿Tú quieres hacer la prueba, Barb, te gusta lo que dice este señor?

—Sí —contestó, y todavía añadió como una persona adulta—: Con el mayor gusto. —E hizo una reverencia como las que había visto hacer a Margaret cuando la aplaudían mucho.

Brad Reynolds sacó varias tarjetas de una cartera de piel repujada que llevaba en el bolsillo y escogió una. Luego, mirando a los Simpson, pareció que dudara acerca de a quién debía dársela. Se la tendió primero a Mike, pero luego la retiró y se la ofreció a Barbara.

—Ahí está la dirección de mi estudio. Te espero mañana a las cuatro. Seamos indulgentes con los músicos pobres.

Margaret apretó de nuevo el brazo de su marido con fuerza para que no reaccionara ante la insolencia del empresario y se apresuró a hablar:

—Se lo agradecemos. Y mire, tengo el convencimiento de que Barbara, nuestra hija, el día de mañana será rica gracias a su voz, gracias a la música.

VII

Le pasé a Barbara la reescritura de cuanto me había contado sobre su encuentro con Reynolds para que me dijera si había interpretado bien lo me había ido transmitiendo durante varias tardes. Añado ahora de manera directa sus palabras posteriores, que complementan y continúan el relato. Las grabé, de ahí que pueda reproducirlas con total exactitud:

Mi madre, Rose, estaba muy ilusionada con la prueba que yo tenía que hacer. Además, estaba convencida de que el pretencioso de Reynolds era en el fondo una buena persona e incluso aceptaba que, en efecto, estábamos de suerte por haberle encontrado, como él nos había dicho, porque habría de ayudarme. Claro que lo haría, como puntualizaba mi padre, por la cuenta que le traería convertirse en mi representante, y ahí sí que tendrían que estar muy atentos con las condiciones. No se dejarían embaucar. Tampoco permitirían que Reynolds se quedara conmigo en Savannah, con la excusa de prepararme para los concursos radiofónicos.

Mi padre consideraba ofensivo eso de «la quiero para mí». Mi madre le decía que era una manera de hablar. Se parecía mucho a la que él había utilizado con ella en el momento en que la conoció. Solo que yo era una niña con padre y madre, le replicaba él, los únicos que podían quererla para sí. Aunque, ciertamente, ese «para sí» solo me perteneciera a mí, puntualizaba mi madre.

Yo los escuchaba, disimulando, unos pasos por delante... Caminaban cogidos de la mano de regreso al camping, solo a un par de millas de Savannah, un recorrido que hacíamos a pie, porque mi padre aseguraba que venía bien estirar las piernas. Yo, como siempre, trataba de no perderme nada de lo que decían. En aquellos momentos se referían a que debían hacer cuanto estuviera en su mano para que yo pudiera ser cantante en el futuro. De repente, al ver que me había quitado la chaqueta, mi madre me pidió que volviera a ponérmela y me echó un piropo que nunca he olvidado...

—Tu voz es preciosa, Barb, y hay que cuidarla, no vayas a enfriarte...

Barbara hizo una pausa. Me pareció que se emocionaba. Después se refirió a que a lo largo de su vida había tratado de seguir los consejos de su madre, en especial los de aquellos días de marzo, tan excitantes, en que parecía que habían de abrírsele las puertas de un paraíso particular. Deduje que tal vez por eso de no enfriarse, siempre que la acompañaba a cualquier lugar tenía que recordarle que se llevara un chal, tenía tantos que creo que los coleccionaba, o acordarme de cogérselo yo, por si sentía frío, y en verano me hacía pasar calor porque detestaba, como la mayoría de los cantantes, el aire acondicionado.

La tarde en que me contaba lo que había sucedido antes y después de la entrevista con Reynolds, hizo hincapié en hasta qué punto el encuentro con el empresario hubo de marcar, y de qué modo, su vida, de una manera hasta entonces inimaginable.

También gracias a los cuadernos de su madre pudo reconstruir aspectos que le habrían pasado por alto si Margaret no los hubiera recogido con mucha minuciosidad, y así pudo transmitírmelos para que yo los describiera, a ratos incluso leyéndome párrafos:

Hoy ha hecho calor. La temperatura ha subido a casi 68 grados. Hemos regresado a la caravana andando. Bordeando la carretera hay muchos macizos de azaleas que a Barb le han encantado, como a mí, aunque no sabe que las azaleas vene-

nosas pueden causar la muerte si se chupa su néctar, confundiéndolo con el de las inofensivas, que es muy dulce.

Según el lenguaje de las flores, la azalea significa felicidad misteriosa, aunque la felicidad nunca deja de serlo y a veces la felicidad de unos lleva aparejada la desgracia de otros.

Barbara hizo otra pausa y a continuación me dijo que suponía que su madre cuando escribió estas frases pensaba en Thomas, y no sabía si alguna vez había llegado a tener noticias suyas. ¿Se habría quedado soltero o estaría casado? ¿Habría seguido manteniendo Margaret contacto con sus amigos de Lambeland? Barbara sabía que con su familia había tratado de seguir relacionándose de manera esporádica y dificultosa. Cuando ella nació les escribió en seguida para comunicárselo y les envió una fotografía de recién nacida en un sobre sin remite. Tal como puntualizó en sus notas Margaret, no lo puso porque no lo tenía. No tenía un lugar fijo donde poder recoger el correo porque no sabía a dónde los llevaría su vida de músicos ambulantes. Además, en el momento de cerrar el sobre, el hecho de no disponer de un lugar a donde pudieran enviarle respuesta no le había parecido un inconveniente. Al contrario. De ese modo evitaba que sus padres le devolvieran la foto de su pequeña, mostrándole su rechazo. Si la fotografía de Barb, en vez de ir a parar a un marco sobre una mesa de la sala de estar para enseñársela a las visitas, acababa en la basura, rota en mil pedazos, no le llegaría la noticia. No tener dirección fija, ni siquiera en alguna oficina de correos de la zona por donde se solían mover, distinta en verano que en invierno, evitaba saberlo, cosa que consideraba mejor. Le parecía que así la amenaza de su padre en nombre del Dios justiciero que él representaba surtiría menos efecto. No obstante, a pesar del tiempo transcurrido desde que se fue de casa, a veces continuaba pensando que Dios seguía sintiendo la ofensa que ella le había hecho sin querer, al enamorarse de Mike y no casarse con Thomas.

Por eso rezaba pidiendo perdón y hacía rezar a su hija. Aunque ahora que las cosas les iban bien, sin duda Dios había olvidado las súplicas de su padre y había aceptado las suyas.

Barbara supo igualmente que durante muchos años, la víspera del día de Acción de Gracias, Margaret intentaba buscar una cabina para telefonear a su familia. Si era su padre quien se ponía al teléfono colgaba en seguida, tras oír su voz, sin mediar palabra. Por el contrario, si tenía la suerte de que su madre lo cogiera, hablaba con ella. Llamaba a escondidas de Mike, que se había sentido despreciado por sus suegros y se había prometido olvidarlos para siempre, empeñado en que su mujer hiciera lo mismo, en especial desde el momento en que nació su hija.

La tarde en que me contaba cuanto he transcrito, la soprano, quizá porque se sentía cansada tras leerme los párrafos que entresacaba de las notas de su madre, me ofreció el cuaderno para que fuera yo la que continuara leyendo en voz alta y así lo hice, mientras ella, con los ojos cerrados, la cabeza apoyada en el respaldo de la *chaise longue*, que a veces utilizaba porque le permitía estar tumbada y le servía para ironizar sobre mis cualidades de psiquiatra, se concentraba en escuchar:

Hoy al atardecer, como tantas veces, he sentido un ramalazo de nostalgia por mi vida en Lambeland y me he dicho que tenía que volver a ver a mis padres. Hace tanto que no sé de ellos. Como si moviera un calidoscopio han ido entremezclándose recuerdos positivos con otros negativos, que he tratado de rechazar. El accidente de Linda ha vuelto estos días a torturarme. La voz de mi hija pidiéndome que le pusiera flores en el pelo me ha liberado de la tristeza y me he acercado a los macizos de azaleas que como en tantos lugares de Savannah también rodean el camping, que, según los colores, simbolizan aspectos diferentes. He escogido las blancas, que ofrecen serenidad y pureza en consonancia con el amor maternal, el inmenso amor que siento por ella, y que también influyen en el éxito cuando se tiene que pasar por una prueba importante, como le ocurrirá a Barb mañana. Se las he ido sujetando entre los rizos con mis horquillas y me ha pedido que también le pusiera entre las flores el pájaro que le había regalado Reynolds, para ver cómo le quedaba, porque mañana quiere lucirlo. Después, muy sonriente, se ha mirado al espejo que llevo en el bolso y se ha quedado muy contenta con su imagen. Luego, como es una niña generosa, ha querido corresponder conmigo y ha ido con su padre a buscar flores para mí.

Han vuelto con un ramo de azaleas amarillas, las más raras. Supongo que las han escogido de este color porque se han fijado en mi vestido de tonos pajizos y han pensado que armonizaban mejor que las rojas. Ambos me las han ofrecido. Barb con una reverencia, la misma que estos días hace con gracia al público. Tras recibirlas me he acordado de que mi madre siempre decía que las amarillas entrañan un maleficio. Aunque ese maleficio debe de quedar sin posibilidad de cumplirse cuando quien las regala lo desconoce, como es el caso de Barb y de Mike. Me pregunto ahora si no debería haberlas rechazado.

Lo que sí he hecho es dejarlas fuera de la caravana, un poco preocupada por si las azaleas amarillas podían influir de alguna manera negativa en la actuación de Barb o en algo que la pudiera afectar. Naturalmente, no le he dicho nada. Tampoco a Mike. He tratado de olvidarme de las flores y me he puesto a preparar la cena. Quiero que Barb se acueste temprano. Debe recuperar fuerzas para estar exultante mañana, aunque es probable que le cueste dormirse, como a veces le ocurre. Seguro que tendré que quedarme a su lado mucho rato y acariciar su frente y decirle que el hombrecillo que trae en su saco el sueño acaba de entrar y lo está desparramando, como si fueran diminutos granos de arena, sobre sus párpados. Barb y Mike ya han vuelto de comprar leche. Hasta mañana, diario.

Esto fue lo último que escribió Margaret con fecha de 17 de marzo de 1969, me dijo Barbara con mucha emoción. Luego añadió que al día siguiente se despertó muy temprano, quería ensayar con su madre las canciones que interpretaba mejor y escoger las más adecuadas. Su padre opinaba que debían ser las mismas que habían gustado al empresario pero su madre consideraba que era mucho mejor que eligiera otras que no había cantado delante de él, pero que también se sabía porque las había interpretado con ella, para que Reynolds advirtiera que su repertorio era más amplio y su voz muy versátil.

Finalmente, mis padres decidieron que cantaría algunas que Reynolds no me hubiera escuchado y «Oh, Susanna», que, al parecer, tanto había llamado la atención del empresario, pero llevaría preparada hasta media docena, por si él quería escuchar otras. Estaba muy nerviosa, Rose, creo que mucho más que el día de mi debut en el Met, o al menos así lo recuerdo, y no hacía más que repetir una y otra vez:

—¿Y si al señor Reynolds no le gustó? ¿Y si lo hago mal?

—Le vas a gustar —contestaba mi madre—, ya lo verás. Y lo harás muy bien. Tienes que tener mucha seguridad en ti misma, vas a necesitarla, durante toda tu vida, Barb.

El estudio de Brad Reynolds quedaba en el centro de Savannah, justo detrás de la Whitefield Square. Una secretaria muy circunspecta nos hizo pasar a una salita. Habían sido tan puntuales, o impuntuales —nos advirtió, con una sonrisa que pretendía ser amable, aunque encerrara una reprimenda velada, como a veces las de Hans, ya le conoces—, porque faltaban diez minutos para las cuatro, que el señor Reynolds todavía no había llegado. Él era exacto, como el mejor reloj. Podíamos esperarle sin problema. ¿Nos apetecía un poco de agua? Parecíamos muy acalorados, la temperatura había subido mucho.

Justo cuando la secretaria entraba con tres grandes vasos en una bandeja, oímos la voz de Reynolds desde el porche.

—¿Ya está aquí la niña prodigio? ¡Que salga a saludarme!

Mi padre torció el gesto, pero mamá me empujó hacia fuera para que le saludara. Le hice una reverencia, como cortesía y para que viera su pájaro entre mis rizos.

—Muy bien, pequeña. ¿Estás preparada?

El espacio en que, por lo menos en apariencia, iba a jugarme el porvenir estaba insonorizado y no tenía ventanas. El empresario me hizo subir a un pequeño estrado y él se desparramó en un sillón amplio, casi doble, el único apto para que cupiera su corpachón. No esperó a que mis padres se sentaran en las sillas que mandó traer a la secretaria.

Lo primero que hice, como me había aconsejado mi madre, fue agradecer al señor Reynolds la oportunidad que me daba de actuar ante un público tan distinguido... Él y mis padres. Yo era una niña tímida, asustadiza, apocada, no obstante en el escenario cambiaba. Me había dado cuenta aquellos días. Ya entonces por una curiosa intuición pero de manera inconsciente trataba de captar al público, de atraerlo. Ya sabes que los críticos dicen que soy una de las pocas cantantes que ha conseguido que la voz sirva de reclamo del auditorio, porque de este modo tú no vas hacia ellos, ellos vienen hacia ti..., como en el canto de las sirenas, como hacían las sirenas.

La prueba salió muy bien. Te aseguro, Rose, que jamás he olvidado los aplausos de Reynolds, ni su veredicto.

—Serás cantante. Y tienes suerte. Tu familia no tendrá que esperar. Pasado mañana hay concurso en Radio Savannah. Te presentaré. Ganarás. Ganaremos, estoy seguro.

VIII

Barb pasó la mañana del día siguiente a la prueba ensayando con su madre en la caravana y por la tarde, como premio, la llevaron a Savannah, al cine, a donde nunca había ido. La película que vio, *The Wizard of Oz*, no solo la entusiasmó, como suponía Margaret, porque ella ya la había visto, sino que la dejó boquiabierta.

Insistió en pormenorizarme con entusiasmo el efecto enorme que le produjo:

En cuanto se apagaron las luces de la sala, dejó de estar sentada entre su padre y su madre en el cine Kursaal. Por arte de magia, se sintió empujada hacia lo que estaba viendo frente a ella y viviéndolo a la vez.

Sintió que cuanto le sucedía a Dorothy le sucedía también a ella, aunque tuviera la gran suerte de no ser huérfana, como la pobre Dorothy, a la que no le quedaba otra posibilidad que vivir con sus tíos.

Creía que era a ella y no a Dorothy, o a ella dentro del cuerpo de Dorothy, a quien le pasaba todo lo que veía. Primero en Kansas, después dentro de la casa voladora, empujada por el tornado. Se hizo amiga del espantapájaros sin cerebro, del hombre de hojalata sin corazón y del león que quería ser valiente y anduvo con ellos al encuentro del mago...

Las aventuras de Dorothy no le parecieron fruto de un sueño, sino reales. Ella dormía poco y, por el contrario, soñaba mucho y a menudo contaba a su madre sus sueños, divertidos y estrambóticos, como el de la caravana que se convertía en una barcaza —parecida a las que veían navegando por los ríos que a veces bordeaban por carreteras secundarias— para llegar a los pueblos donde los habían contratado.

Margaret recogió en uno de sus escritos, bajo el epígrafe «Barb y la caravana voladora», lo que su hija le había contado. Así me lo hizo transcribir:

En la caravana convertida en barca íbamos y veníamos por los ríos, y nos alimentábamos de los peces que papá pescaba y tú cocinabas, hasta que un pez grande, todavía no pescado, nos empezó a gritar desde el agua.

—No permitiré que os comáis a ningún miembro de mi familia. Os aviso de que si tratáis de hacer daño a alguno de mis hijos, os arrepentiréis porque lo pagaréis muy caro. Juro que me vengaré de manera terrible. Os hundiré esta mierdosa barca, que no se sabe muy bien qué es... Si es que no hago con vosotros algo peor.

—Anda, cállate, bobalicón. Si no quieres ser pescado ya puedes espabilar e irte bien deprisa. A mí nadie me grita y menos un pez como tú. ¡Quién te has creído que eres! —le dijo *papá, y echó el anzuelo tantas veces cuantas le pareció oportuno para conseguir una buena cena.*

Cenamos los peces pescados que tú cocinaste, pero al acabar de comer ni tú ni papá os encontrabais bien. Os picaba todo el cuerpo y empezasteis a rascaros y mientras os rascabais comprobasteis que el picor provenía de que os estaban comenzando a salir escamas. Desde la frente hasta las uñas de los pies os ibais convirtiendo en salmones. Papá, en un salmón muy grande que hacía tambalear la caravana-barca y tú, en una salmona también bastante grande...

—¿Y a ti qué te pasaba? ¿No te convertías en pez? —le he *preguntado yo a Barb.*

—Yo no. Yo me quedaba igual. Pero por la boca y por las orejas me empezaron a salir pececitos que debían de ser los hijos de los salmones y cuando papá y tú os tirasteis al agua, porque ya no podíais aguantar más el picor, yo me quedé sola en la barca, rodeada de peces pequeños, pero sin ser un pez...

Y lloraba por la pena de no ser un pez para poder irme con vosotros.

—Ya sé cómo acaba la historia —le he dicho yo—. No eras un pez, eras una sirena, te convertiste en sirena.

Y le he contado la historia de La sirenita, pero no como la leí en el libro de Andersen, sino edulcorada, porque siempre me ha parecido una historia demasiado triste.

A Barb eso de ser una sirena le ha gustado bastante, pero no tanto como yo creía, porque si ella se convertía en sirena tendríamos que vivir separados y en seguida me ha preguntado:

—¿Qué relación hay entre los salmones y las sirenas? ¿Podríamos estar juntos, ser una familia?...

Me gusta que Barb tenga sueños tan imaginativos e incluso que su imaginación sea tan poderosa que considere que solo puede ser soñado cuanto imagina...

Barbara, tras leerme las notas de su madre, me insistió en que era cierto que Margaret se alegraba de que tuviera imaginación, porque con la imaginación podría suplir muchas de las carencias de la vida. También le gustaba que fuera capaz de inventarse juegos para poder jugar sin compañía, cuando su padre y ella ensayaban o actuaban y Barb tenía que esperarlos sola. Incluso de inventarse que tenía un perro, Totó, que ella misma se había fabricado con una caja de zapatos llena de trapos viejos, atada a un cordel. Cuando aparcaban la caravana en algún lugar tranquilo lo sacaba a pasear. Deseaba un perro y les costó mucho a sus padres no permitirle que se llevara un cachorro abandonado que encontraron en una vieja granja deshabitada. Pero no se lo podían permitir a pesar de que la niña se lo pidiera y se lo volviera a pedir y llorara enrabietada cuando le dijeron que no. No obstante, ahora su perro, Totó, el perro que ella había confeccionado y había dejado en la caravana, el perro que no era más que una caja de zapatos llena de trapos, había pasado a convertirse en un perro de verdad.

Estaba allí con Dorothy. ¿Acaso no era igual y tenía el mismo nombre?

También me contó que otras veces había soñado que la caravana se transformaba en un helicóptero, porque su padre inventaba un motor para poder volar. Y sobre el techo de la caravana atornillaba unas grandes palas, construidas por él aposta, y conseguía que se elevara de manera vertical, cielo arriba.

En los sueños de Barbara la caravana se convertía en helicóptero y nunca en un avión, tal vez porque el helicóptero por sus proporciones y el aire de pajarraco grotesco no era nada elegante, como en cambio le parecían los aviones que volaban alto. De modo que el helicóptero resultaba mucho más apropiado para la caravana, cuyas formas no eran precisamente muy airosas.

En la caravana-helicóptero iban mucho más deprisa, pero su padre, que lo conducía, debía tener mucho cuidado en no atropellar a los pájaros que ella saludaba cantando y que le devolvían el saludo con gorjeos afectuosos. Lo que más le divertía de la aventura viajera —aceptaba, en efecto, que no siempre soñaba dormida sino también despierta— era perseguir las bandadas de gansos que cuando notaban el ruido del motor que se acercaba aún volaban más rápido y ellos no los podían alcanzar. Había observado, aunque había sido su madre la que se lo había hecho observar, que siempre avanzaban en forma piramidal. Un ganso abría camino al resto de la bandada y todos lo seguían. Cuando estaba demasiado cansado, otro ganso también experimentado le cambiaba el lugar porque ser el cabecilla demasiado rato resulta agotador, por más que ese puesto dirigente fuera un honor y no estuviera al alcance de todos, puntualizaba Margaret, algo que también ocurría en la vida de las personas.

A Barbara, de su onírica experiencia voladora —me lo contaba con una enorme dosis de nostalgia— lo que más le gustó fue ver desde el cielo, como quien dice al alcance de la mano, el arco iris, que tenía los mismos colores que su padre enseñaba al público en las cartulinas con las que conseguía adivinar el color predilecto de cada cual, con sus trucos de magia. Era el mismo arco iris que había vislumbrado en su tránsito hacia el más allá.

El arco iris, con el color rojo en la parte más exterior y el violeta en la más interior y después del rojo, el naranja, el amarillo, el verde, el turquesa y el morado, le pareció precioso y le pidió a su padre que, por favor, lo sobrevolaran. No lo quería contemplar desde abajo, como muchas veces lo había hecho, por la carretera o en los lugares donde se paraban al caer la tarde para pasar la noche, lo quería ver desde lo alto.

También le decía a su padre que dejara un momento aparcado el helicóptero sobre el arco iris, muy segura de que aguantaría el peso del aparato, aunque debían de tener cuidado en escoger uno que por los dos lados se apoyara en tierra firme, no en una nube, y así no podría caerse porque estaría muy bien apuntalado en el suelo. Ella entonces aprovecharía para bajar un minuto y poner sus manos sobre aquellos reflejos maravillosos. Había tratado de probarlo cuando hacía pompas de jabón que también reflejaban los mismos colores, pero al intentar tocarlas siempre se diluían y fundiéndose desaparecían. Solo estaban hechas para ser miradas.

Todos los sueños que llevaba consigo le permitieron entender mucho mejor los de Dorothy y cuando, sentada en la butaca de la sala donde se proyectaba *The Wizard of Oz*, le escuchó cantar «Over the Rainbow» se quedó casi sin aliento.

En cuanto se acabó la película, le dijo a su madre que le enseñara la canción. Seguro que ella la sabía. Le había gustado tanto que la quería cantar en el concurso de la radio. Todo, letra y música, le había producido una impresión extraordinaria.

Ella ya había estado en sus sueños con la caravana voladora en el arco iris y quizá sí que, como decía la canción de Dorothy, lo que deseaba con todas sus fuerzas se haría realidad si también la cantaba.

Al salir del cine, Margaret y Mike buscaron en una tienda de discos una grabación de «Over the Rainbow», que tanto había entusiasmado a su hija. Si la quería cantar en el concurso de la radio había que apresurarse y poner todos los medios. Encontraron la versión original de Judy Garland grabada en 1961 en el Carnegie Hall y alquilaron un aparato reproductor en la misma tienda de música.

Barb y su madre se pasaron las horas que les quedaban hasta el concurso del día siguiente trabajando la interpretación. La niña lo hacía incluso con más gracia que Judy Garland. Su expresión era menos meliflua que la de la actriz. La voz de Barb era infantil y Garland no era una niña cuando rodó la película, era una adolescente. La voz de Barb resultaba perfecta para «Over the Rainbow».

IX

Al señor Reynolds le pareció una muy buena idea que interpretara «Over the Rainbow» en la radio, porque la canción ya era muy conocida y tenía la seguridad de que todavía lo sería más. Barbara podía ser el contrapunto perfecto de Judy Garland, para una parte de América, que ya había empezado a asegurar que también tenía sueños que deseaba que se cumplieran. Eran los sueños de Martin Luther King, los sueños que había que atreverse a soñar con el deseo de llegar a tocar el arco iris.

Margaret y Mike estaban exultantes. Su hija había cantado de manera maravillosa y había cerrado su actuación con la canción de Garland. Dejó al público del estudio casi levitando y a Reynolds más que entusiasmado. Nunca en Radio Savannah habían aplaudido tanto a ninguna de las jóvenes promesas ni nunca el éxito de un concursante había sido tan unánime como el de Barb.

Reynolds, que se sentía feliz con su descubrimiento, dijo en seguida que quería firmar un contrato con la niña. Además del Price de Savannah tenía dos teatros más en la zona. Uno en Charleston y otro en Pooler. En el de Savannah, después de Saint Patrick, acostumbraba a cambiar el cartel y ofrecía a Barb una actuación estelar, para cerrar el espectáculo. Tendría que cantar las mismas canciones que había cantado en la radio y después, convirtiéndose en Dorothy, en el número final, interpretar «Over the Rainbow». Se lo dijo acercándose a ella, casi al oído, y luego en voz alta, dirigiéndose no solo a los padres de la niña, sino a todo el mundo que lo quisiera escuchar, puesto que el público que había acudido a la radio todavía permanecía allí comentando su entusiasmo con la concursante. El empresario utilizó su tono bravucón:

—Les aseguré que estaban de suerte cuando me conocieron... Esta preciosidad si no llega a ser por mí habría seguido dando tumbos por ahí sin que nadie descubriera sus posibilidades. Ahora las tiene, yo la contrato.

Un señor mayor que llevaba una americana blanca y una corbata muy llamativa le quitó la palabra a Margaret, que iba a decir algo antes de que lo pudiera hacer su marido, porque conociéndolo sabía que la afirmación de Reynolds no le gustaría y quizá le replicaría de mala manera, echándolo todo a perder. Pero no hizo falta y escuchó al desconocido:

—Esta preciosidad, como dices, Reynolds, tiene una voz magnífica y por eso es necesario que la eduque. Podría cantar ópera en el futuro. Mi amiga Leontyne Price está demasiado atareada para darle clases, pero la llamaré para que nos ayude. Habría que pensar en quién podría hacerlo. Nos interesan voces como la suya, por muchas razones. Además esta niña es del sur, estoy seguro, como Leontyne. Podría ser la Price del futuro.

Margaret intervino, le pareció que era muy oportuno todo lo que decía aquel señor y que lo decía muy convencido.

—Muchas gracias. Nuestra hija quiere ser cantante de ópera y eso es lo que querríamos también nosotros.

—De momento yo la contrato, Richard, después ya veremos —dijo Reynolds al señor que había intervenido y presentándolo—: Richard Warfield fue violinista de la orquesta de Savannah, no me refiero a la sinfónica, sino a la nuestra, claro. Él siempre acierta, Barb, puedes estar contenta. ¿Lo estás?

Barbara, pese a su timidez y sus pocos años —me lo recalcó—, le contestó muy seria:

—Estoy muy contenta, señor Reynolds, pero si me contrata a mí, también tiene que contratar a mis padres.

No me dejarán sola y necesitan actuar. Tenemos algunos contratos pendientes, habrá que cumplirlos y a mitad de abril volveremos...

—Vaya, eres muy pequeña para tantas imposiciones, pero estoy de acuerdo. Los contratos que tenéis los anularé yo mismo. Encontraremos alguna posibilidad para The Magic Musicians Mike and Margaret. Buscaremos la manera de integrarlos —dijo condescendiente—. Es demasiado pronto para que quieran vivir de tus ganancias.

—No pensamos hacerlo —dijo Mike, que se tenía que tragar las ganas de hacer frente a su arrogancia porque sabía que esto le podía costar caro.

—Nunca diga de esta agua no beberé. Su mujer ya me anunció que Barb se haría rica. En cuanto al número de ustedes, he pensado que podrían hacer magia con los colores del arco iris. Usted, Mike, practique haciendo grandes pompas de jabón. A la gente le gustan las pompas de colores que reflejan el arco iris de sus sueños.

A Mike la propuesta le pareció ofensiva, insultante. ¡Qué se había creído! Pero se contuvo las ganas de mandarlo a la mierda. Solo se atrevió a decir:

—Lo siento, Reynolds, nosotros somos músicos, mi mujer canta y yo toco el saxo. No nos dedicamos a hacer pompas de jabón.

—No se ofenda —plegó velas el empresario—, no es nada que no tenga que ver con los colores del arco iris. Se tratará de un elemento más del espectáculo. Veremos la manera de que puedan actuar también con su música.

Barbara, que recordaba todo aquello de manera muy vívida, me aseguró que tenía miedo de que su padre se enfadara, a pesar de que pensaba que Reynolds tenía, en buena parte, razón. Los colores de las pompas de jabón eran iguales a los del arco iris.

Margaret propuso que celebraran el triunfo de la niña llevándola a cenar a un restaurante. Solo había ido un par de veces a un McDonald's y le haría ilusión.

Paseando por Savannah aquellos días habían visto algunos locales lujosos. A través de unas cristaleras enormes habían podido observar a los comensales, sentados ante mesas con manteles blanquísimos que llegaban hasta el suelo, y a los camareros vestidos con chaquetilla y pantalones negros, camisas muy blancas y pajarita que los atendían al parecer con mucha ceremonia. Iban y venían de un lado al otro, llevando y trayendo grandes bandejas plateadas con bebidas y platos. Su padre le dijo que allí ellos no podían entrar. No todavía. Algún día seguro que ella sí. A ella se le abrirían todas las puertas. Buscarían otros restaurantes más sencillos, aunque igualmente buenos, donde podría elegir el plato que más le apeteciera. Él sabía de uno que quedaba al borde del mar y donde había estado hacía años con los músicos de su banda. Si todavía existía, la comida estaba muy rica y a buen precio.

La alegría de Barb era enorme. En la cena, en el restaurante modesto a donde los había llevado Mike, Barb probó por primera vez las ostras y le gustaron muchísimo. Y también por primera vez, para brindar con sus padres por su futuro, tomó vino, un vino blanco de color amarillo pajizo, como el ramo de azaleas que había regalado a su madre, y le propuso cortarle más.

—De color rosa —dijo Margaret—. Las cogeré yo para ti.

Tal vez pensó de nuevo en que las amarillas traían mala suerte. Pero no debía de ser verdad porque la suerte de Barb, y también la de ellos, era buenísima. Por lo menos de momento.

X

El debut de la pequeña Barbara Simpson estaba previsto para la primera semana de abril de 1969. Reynolds accedió a que participaran los padres de la niña en la parte final del espectáculo.

Bastante tiempo después, cuando Barbara regresó a Savannah para dar su primer recital como soprano, quiso averiguar cuanto pudo sobre el teatro Price.

Le contaron que, en efecto, a finales de los años sesenta del siglo pasado era un teatro muy popular y tenía mucho éxito por la variedad de sus representaciones. La fórmula consistía en utilizar un hilo argumental con el que ensamblar actuaciones diversas, algo que, por entonces, gustaba tanto a los habitantes de Savannah como a los que llegaban de las cercanías e incluso a quienes hacían escala en su puerto, que, pese a no tener la importancia de otras épocas, seguía siendo el de más tráfico del sur de los Estados Unidos. También las tripulaciones de los cargueros, al atardecer, cuando los estibadores ya no trabajaban, para aprovechar las horas muertas antes de ir a las tabernas y a otros lugares destinados casi en exclusiva a hombres solos, habían adquirido la costumbre de frecuentar el Price de Reynolds, donde tenían el entretenimiento garantizado. Sus artistas cantaban, bailaban, tocaban instrumentos e incluso algunos mostraban las habilidades de animales amaestrados, como un mono sabio y un perrito saltimbanqui. Otros, utilizando sus dotes presuntamente paranormales, dejaban boquiabiertos a los espectadores, a los que a veces llamaban al escenario para que colaboraran con ellos.

Reynolds había potenciado esta parte de sus espectáculos al comprobar que la gente estaba deseosa de que le adivinaran el porvenir, la hipnotizaran un rato, le descubrieran cuáles eran sus preocupaciones, cómo fue su pasado y sería su futuro, e incluso le ofrecieran alguna solución a sus amores contrariados o a sus trabajos precarios, sin tener que pagar más que el módico precio de una entrada de teatro. Por eso Matthew Campbell, el mago de Savannah, así se le anunciaba, era uno de los pocos artistas que tenían con Reynolds un contrato permanente, en atención a sus méritos.

El empresario solo le pedía que variara de vez en cuando su sistema de actuación para continuar haciendo lo mismo, porque, en el fondo, escrutando las presuntas vísceras de un pájaro o de un conejo, mirando una bola de cristal, consultando las cartas del tarot, observando una redoma de agua donde veía las señas que le ofrecían los espíritus que estaban en el mismo teatro, quizá fuera, pero muy cerca, aseguraba, o examinando las rayas de la palma de la mano de cualquiera de los voluntarios que siempre hacían cola, tenía el éxito asegurado. De lo que se trataba era de que dejara al público asombrado o por lo menos intrigado, con ganas de repetir.

En aquella época, la ciudad todavía no había descubierto que sus fantasmas podían constituir un atractivo turístico, como empezó a suceder a partir de los años noventa del siglo pasado, cuando las casas con espíritus incorporados se fueron convirtiendo en hoteles con gran éxito. Ahora, en el siglo XXI, hay diversos. Destacan el Marshall House, el Hamilton-Turner, el 17Hundred90 Inn. Este es uno de los más conocidos y se levanta sobre una casa histórica construida entre 1821 y 1823. La gente interesada por los fantasmas y deseosa de establecer contacto con ellos reserva unas determinadas habitaciones. Hay cola para pedir la 214, donde vivió, al parecer, una mujer llamada Anne. Puedo asegurarlo porque me quedé unos días en Savannah cuando asistí en 2007 al homenaje que le hicieron a la soprano en el teatro Lucas de la ciudad. No obstante, a finales de los sesenta, cuando Barb debutó en el Price, la industria turística de los atraídos por los fantasmas todavía no existía y ellos, los fantasmas, llevaban una vida normal, como la mayoría de la gente que creía y cree que hay espíritus entre nosotros. Cuentan que unos se manifiestan y otros no. Y otros más se quedan aquí porque antes de descansar para siempre necesitan hacernos partícipes de algo y solo con nuestra colaboración podrán, finalmente, marcharse en paz.

El empresario hubiera podido organizar sus espectáculos en torno a los asuntos esotéricos en exclusiva y hubiera tenido seguramente un éxito mayor, pero no le interesaba. De ninguna manera quería que lo tildaran de montar negocios relacionados con cuestiones que mucha gente consideraba que tenían que ver con la brujería.

Brad Reynolds había podido ir a la Universidad de Tuskegee y pertenecía, como su amigo Richard Warfield, a una asociación ciudadana, Civil Rights Defenders, que luchaba por los derechos de las personas negras, además de ser miembro de la National Association for the Advancement of Colored People, y no deseaba que las autoridades de Savannah, con las que mantenía buena relación como empresario, lo asociaran con antiguas prácticas vudús y encantamientos tribales.

Reynolds y Warfield, con otros amigos de Savannah, Atlanta y Charleston, habían hecho propaganda entre sus conciudadanos para que acompañaran a Martin Luther King a la «Marcha sobre Washington por el trabajo y la libertad», porque ambos estaban implicados en la lucha por los derechos civiles de los afroamericanos y habían escuchado desde muy cerca de la tribuna —no en vano el violinista era muy amigo de King— el discurso que dejó emocionados no solo a los negros sino también a muchos blancos. Y no porque King dijera cosas extraordinarias ni utilizara otras palabras que las de cada día, sino porque repetía, una y otra vez, «*I have a dream*», tengo un sueño. Es el sueño de la libertad. «Y solo lo conseguiremos cuando los blancos y los negros lleguemos a ser iguales. Seremos iguales los hijos de los exesclavos y los hijos de los ex propietarios de esclavos. Solo así el sueño americano será el sueño de todos».

King murió en Memphis el 4 de abril de 1968 y como uno de los cambios de espectáculo del Price era siempre después de las fiestas de Saint Patrick, Reynolds decidió que el estreno del nuevo fuera el mismo 4 de abril de 1969, coincidiendo con el primer aniversario del asesinato del líder de la lucha por los derechos raciales. Por eso, en homenaje a Martin Luther King, lo bautizó *Dreams*. Sueños. Sueños de todos, de los negros, de los blancos, de los asiáticos. Sueños privados, también, los de cada uno.

El empresario reunió a los artistas del Price y les pidió que le contaran cuáles eran sus sueños y sobre esos sueños quiso montar el nuevo espectáculo. Le pareció que Barbara, transformada en Dorothy, encajaba muy bien como cierre, porque «Over the Rainbow» hablaba del sueño de llegar hasta el cielo, de los sueños hechos realidad. Y el de ella de actuar en un teatro, sola, lo era. Y quiso abrirlo con una referencia directa a King e invitó al músico Ben Branch a cantar la canción predilecta del líder asesinado, la que Branch hubiera interpretado para él la tarde que le dispararon, «Precious Lord, Take My Hand», entre otras baladas góspel como «Peace in the Valley».

Barb me contó, y me parece importante destacarlo, que se preparó para el estreno a conciencia. Ensayó la escena final, vestida de Dorothy, con ropa que le cosió la sastra del teatro y calzada con los zapatos rojos milagrosos que obraban, cuando se golpeaban tres veces, según las instrucciones de un hada, el poder de volver a casa. También ensayó otras canciones con las que cerraría la primera parte. Previa a su actuación estaba la de sus padres. El empresario les dejó tocar el saxo y cantar, antes del primer número de su hija, y los convenció para que después intervinieran utilizando la magia de hacer unas grandes burbujas de colores y les proporcionó las disoluciones jabonosas adecuadas y los enseres para conseguirlas.

Mike and Margaret empezaban su segunda actuación haciendo unas burbujas enormes mientras hablaban de los colores de los sueños. De los sueños de un saxofonista y de una cantante que a menudo miraban el cielo buscando la estrella que los guiara para conseguir un mundo mejor para su hija.

El número de The Magic Musicians acababa con música. Un solo de saxo y dos canciones: «Blowin' in the Wind» y «This Land Is Your Land», muy apropiadas para la función.

El diario *Savannah Morning News* ofreció el 5 de abril una crítica del estreno del teatro Price. No lo hacía casi nunca, pero aquella vez, quizá porque el descubrimiento de la voz de Barbara había sido difundido por Radio Savannah, donde la niña había actuado en dos programas más y también porque había sido entrevistada por la televisión local, lo consideró de interés. Elogiaba la voz de Barbara, la llamaba «niña prodigio» y le auguraba un gran futuro en los escenarios de ópera, siempre que pudiera formar en condiciones su voz. Para que esto sucediera era imprescindible que tomara clases. El crítico George Smith insistía en que las clases de música eran fundamentales para que su voz pudiera ser educada convenientemente.

Barbara Simpson no guardaba entre sus tesoros la crítica de su debut en el Price. El recorte de periódico original debió de perderse durante los días tristes que siguieron al estreno, pero a mí me fue fácil pedir que me enviaran una copia escaneada desde los archivos del *Savannah Morning News*, de donde he sacado los datos transcritos más arriba.

La familia Simpson —cuyo apellido coincide con la famosa serie televisiva a la que de mayor Barbara sería adicta— actuó solo durante siete días en el Price. Aunque

Reynolds les había ofrecido un contrato para todo el verano, para que actuasen primero en Savannah y después en sus teatros de Charleston y de Pooler, no lo llegaron a firmar. La propuesta del empresario incluía una cláusula por la que tenía que ser el representante de Barbara, al menos durante diez años, renovables, y ese compromiso no les gustaba.

Hablaban de todo esto Margaret y Mike mientras volvían al camping, porque habían preferido quedarse en la caravana y no en el motel que les ofrecía Reynolds y así cobrar algo más. Andaban por el camino de siempre, el arcén izquierdo de la carretera lleno de azaleas. Barb, muy contenta, separada unos metros por delante de sus padres, saltaba y cantaba.

En el cielo liso, sin asomo de nubes, se iba apagando el atardecer, pero todavía quedaba un poco de luz. Por eso no les pareció extraño que el camión que se acercaba no llevara todavía los faros encendidos y sí, en cambio, que en lugar de seguir por la carretera maniobrara hacia el arcén donde estaba Barb. Pero la niña tuvo suerte, instintivamente se apartó junto a una gran mata de azaleas y el conductor dio un golpe de volante hacia el otro lado, como si hubiera perdido el control. Después continuó en línea recta y acertó de pleno a Margaret, que había corrido hacia su hija.

Cuando la ambulancia llegó todavía respiraba.

XI

Reynolds en persona, cariacontecido y con corbata de luto, salió al escenario antes de que el espectáculo empezara para anunciar que las actuaciones de The Magic Musicians y de Barbara Simpson, su hija, se habían tenido que suspender a consecuencia del accidente que Margaret había sufrido el día anterior. En su lugar, Bladi Morgan y Susan Hamilton, dos artistas de Savannah, les ofrecerían sus números musicales. Deseaba de todo corazón que Margaret se restableciera cuanto antes para poder actuar otra vez y comunicaba que su hija no estaba en condiciones de intervenir, pues se encontraba muy afectada por lo que había pasado.

Desde que atropellaron a su madre, Barbara apenas podía articular palabra. Se había quedado sin voz. Daba a entender que notaba un peso que le oprimía la garganta y en un gesto reiterado se llevaba la mano al cuello.

Presa de una afonía atroz, lloraba inconsolable porque su obsesión era actuar en el Price para obedecer a su madre puesto que ella se lo había pedido cuando, finalmente, la habían dejado entrar a verla en la UCI del hospital. Su padre, pensando en la impresión que habría de producirle, había intentado evitarlo. Creía que era mucho mejor que recordara cómo era Margaret antes del accidente, que no en aquel estado, inmóvil, llena de tubos que la conectaban a una máquina que le prolongaba la vida, de la que, al parecer, prácticamente carecía. No obstante, a la insistencia de Barb para ver a su madre se unía el hecho de que los médicos consideraron que tal vez, antes de tomar la decisión irreversible sobre el estado terminal de Margaret, que seguía inconsciente y gravísima, el contacto con su hija podía ser determinante.

Quizá si la niña le hablaba, si le estrechaba la mano, si se daba cuenta de que era ella, su hija, la que estaba a su lado, Margaret tendría una mínima reacción. Bastaría un pequeño gesto, un parpadeo leve, un movimiento minúsculo. Si reaccionaba, aunque fuera un segundo, significaría que todavía quedaba alguna esperanza de que despertara. Llevaba en coma casi dos semanas, conectada a un respirador que le insuflaba el oxígeno que ella, por su cuenta, no podía inhalar. Si se lo retiraban, seguro que se moriría. El médico permitió que la niña se quedara a su lado un rato largo y la abrazara con mucho cuidado de no mover las vías que le amorataban el brazo.

Cuando la enfermera consiguió por fin que Barbara saliera de la UCI, porque la niña insistía en quedarse allí, le dijo que había hablado con su madre y que ella le había dicho que continuara haciendo de Dorothy en el Price de Reynolds y que cantara las canciones que habían ensayado juntas. Le pidieron que lo escribiera en un papel, porque el hilo de voz con el que hablaba resultaba ininteligible: «Mi madre me ha dicho que cante, pero yo no puedo», puso.

Lo que Barbara aseguraba era imposible que hubiera sucedido. Desde detrás de los cristales de la mampara el médico y las enfermeras habían observado la absoluta inmovilidad de la paciente, que, además, no podía pronunciar ninguna palabra a consecuencia del respirador acoplado a su boca. Dado su estado, lo máximo que podía hacer era un gesto mínimo, un parpadeo, pero no hablar.

Los médicos dedujeron que lo que la niña escribió en el papel era solo fruto de su deseo, aunque ella creyera que eran palabras pronunciadas por su madre. Además, Barb no podía obedecerla y eso añadía todavía más pena a la que sentía. Desde que Margaret fue atropellada apenas podía hablar, y cuando lo hacía su tono era casi inaudible.

La secretaria de Reynolds llevó a Barbara al mejor foniatra de Savannah, quien aseguró que las cuerdas vocales no estaban dañadas, que recuperaría la posibilidad de cantar, que era solo cuestión de tener paciencia y esperar. La desgracia que acababa de vivir era terrible y su cuerpo lo había somatizado de aquel modo. Cuando pasara un tiempo, podían ser semanas o meses, eso no lo podía asegurar, volvería a cantar. No era la primera vez que se encontraba con un caso parecido.

La visita de Barbara al doctor Johnson coincidió con la hora del entierro de Margaret, en una tumba cedida por Reynolds. Mike no quiso que su hija asistiera. Cuando la niña se hubiera recuperado volverían a Savannah. La llevaría al cementerio de Bonaventure junto a la tumba de su madre y a ver a Reynolds, que insistía en querer ser el representante de Barbara en cuanto pudiera volver a cantar, porque consideraba que tenía un porvenir extraordinario. Si se la educaba musicalmente, podría triunfar en la ópera. Estaba seguro. Su amigo Richard Warfield ya había escrito a Leontyne Price para pedirle consejo. Los dos querían ayudarla.

Cuando Mike le dijo que su madre había muerto, Barbara se negó a admitirlo. No era verdad. No podía serlo. Su padre la engañaba. Su madre seguía en el hospital. Tendría que quedarse allí mucho tiempo para poder curarse de las heridas y después irían a buscarla para que se fuera con ellos en la caravana y continuar actuando juntos. Si no podían permanecer a su lado, haciéndole compañía, era porque necesitaban ganarse la vida y ahorrar mucho para pagar a los médicos que la estaban tratando.

La niña se agarraba con todas sus fuerzas a esa convicción. No aceptaba lo que su padre le había dicho e insistía, por el contrario, en preguntarle cuánto tiempo tardaría su madre en ponerse bien. Mike intentaba desengañarla, repitiéndole que debía aceptar que su madre nunca se curaría porque había muerto. Las heridas habían sido tan graves que los médicos no habían podido hacer nada por salvarla. Era necesario que lo admitiera, por mucho que le costara, como también le costaba a él. No obstante, le aseguró que Margaret continuaría con ellos para siempre y eso sí que se lo podía jurar. Aunque no la pudieran ver como antes, la verían de otro modo.

Barbara le creyó porque su madre le había enseñado a rezar, le había hablado de Dios, al que tampoco veían, pero que, según Margaret, velaba por todos, niños y mayores, jóvenes y viejos, hombres y mujeres de cualquier raza, animales de todas las clases y especies, pájaros, peces, perros, gatos, árboles y plantas... Todas las criaturas creadas por su infinita gracia. Si velaba por todos, quería decir que estaba allí, junto a ellos, aunque el día que el camión había atropellado a su madre se hubiera distraído, cosa que Barbara le había reprochado con toda su alma. ¿Por qué estaba ausente o en qué otra cosa andaba ocupado en aquel momento?

Si Dios estaba en todas partes, en cualquier lugar, y no lo veían, también podía suceder lo mismo con su madre. Ella estaba allí, aunque no la vieran. Además, a Dios no lo había visto nunca, pero a su madre sí, y la reconocería en seguida si se le apareciera. Encontró consuelo en esa idea y a menudo con los ojos cerrados veía a Margaret y le pedía que intercediera para que encontraran trabajo, como antes ambas se lo pedían a Dios. Pero a veces ni esas creencias ni su imaginación le resultaban suficientes para calmar el vacío que le había dejado su madre. La echaba de menos de un modo absoluto. Mike la acariciaba y la consolaba para que se durmiera y muchas noches, cuando la niña se despertaba llorando, la abrazaba muy fuerte y le aseguraba también que su madre estaba allí con ellos, y le pedía que volviera a dormirse.

Barbara, a veces, tanto en sueños como despierta, notaba la mano de su madre, una mano de tacto suavísimo y palma muy blanca que le acariciaba el pelo como hacía a menudo antes, e incluso le oía susurrarle al oído alguna nana de las que le solía cantar cuando era pequeña.

Una mañana, mientras su padre preparaba el café, Barbara puso tres platos y tres boles sobre la mesa. Si su madre estaba con ellos, si aquella noche había notado como nunca su presencia, también ahora se sentaría a la mesa y desayunarían juntos. Su padre, sin hacer ningún comentario, como si el tercer plato y el tercer bol fueran fruto de una distracción, los volvió a guardar, pero la niña los sacó de nuevo. Fue entonces cuando él le dijo:

—Tu madre no necesita desayunar, Barb.

—Me has dicho que está aquí, con nosotros —le dijo esforzándose en que le saliera una brizna de voz—, y debe de tener hambre.

—No tiene hambre, guarda el plato y el bol. Está con nosotros porque la llevamos dentro, en nuestro interior.

—¿Se alimenta de lo que nosotros comemos? —preguntó la niña, con lágrimas en los ojos.

Mike no supo qué contestarle porque no entendió si lo decía porque de verdad lo consideraba así o era una impertinencia, en respuesta a que él le hubiera mandado recoger el plato y el bol.

—Tu madre se alimenta de nuestro recuerdo —le dijo—. Cuando seas mayor lo entenderás, ahora eres demasiado pequeña, Barb, y te prohíbo que llores.

XII

Hacía casi dos semanas que habían dejado Savannah y habían bajado desde Georgia hacia Florida, donde el dúo The Magic Musicians Mike and Margaret tenía unos cuantos contratos todavía no suspendidos por Reynolds, que solo había llegado a un acuerdo con las funciones pendientes durante la primera semana del mes de abril, mandando a otros músicos que a menudo trabajaban para él. Mike intentó que le dejaran actuar aunque fuera cobrando una cuarta parte, pero casi nunca lo consiguió. Actuar solo con su saxo no despertaba interés. Sin que Margaret lo acompañara cantando, encontró muy pocos lugares que le quisieran dar trabajo, y Barbara no estaba en condiciones de presentarse ante el público. Reynolds había ofrecido a Mike continuar en *Dreams* pero él no se sintió con fuerzas; además, era demasiado orgulloso para aceptar lo que le parecía una limosna. A pesar de estar en deuda con el empresario, cuya consideración había dejado de ser negativa, no quería que aquel nuevo favor sirviera para comprometer todavía más a su hija con lo que Reynols tratara de hacerle firmar en el futuro.

Como necesitaba encontrar trabajo, ya que los pocos ahorros que tenía se estaban acabando, telefoneó a los amigos con los que había actuado antes de conocer a Margaret, por si podían ayudarlo. Sabía que ya no tocaban juntos, pero tal vez tenían algún contacto que le pudiera servir. La banda se había disuelto hacía tres años por peleas internas y solo uno de sus miembros se dedicaba a la música. Los demás habían vuelto a los oficios de antes. Uno como transportista y el otro como vaquero en la pequeña granja de sus padres en Alabama. Pero el contrabajo, Bob Ogire, que tocaba como debían de hacerlo los ángeles en los conciertos celestiales, le dijo que con otros músicos tenía un proyecto al que tal vez él se podría unir. Y lo animó a que fuera a ver a su mánager y le demostrara lo bueno que era con el saxo.

Barbara acompañó a su padre —su manita pequeña dentro de la manaza forzuda que la estrechaba con calidez— a la entrevista con Franky Sullivan en un local a las afueras de Nueva Orleans. Habían viajado sin bajar apenas de la caravana, durante dos días, parándose solo por la noche para descansar en algún lugar que les pareciera seguro, sin entrar en ningún camping puesto que les traían recuerdos muy amargos.

Barb, mientras Mike conducía, ocupaba el lugar de Margaret, sentada a su lado, en el asiento de delante, porque desde que ella faltaba no quería ir sola detrás. A menudo se acurrucaba, como si quisiera empequeñecerse, y cerraba los ojos para que su padre creyera que se había dormido y no se fijara en que también lloraba con los ojos cerrados.

De la entrevista salieron contentos, porque a Mike le habían dado trabajo, a pesar de que no empezaría hasta el mes de julio y el lugar donde tenía que tocar estaba lejos, al otro lado del mar. Se trataba de un hotel en una isla del Mediterráneo, Mallorca, cuyo nombre no habían oído jamás. Pero que estuviera lejos le venía bien a Mike. Margaret había muerto. Debía aceptarlo y continuar adelante. Aunque el viaje complicaba las cosas, le dijo a Barb que no se preocupara, que él no la dejaría, que se la llevaría consigo a donde fuera.

Mike aprovechó la ida a Luisiana para ponerse en contacto con su primo Matthew. Entre la poca familia que le quedaba, él era con quien se llevaba mejor. Tanto Matthew como su mujer, Ava, conocían a Margaret y la apreciaban. Mike quería contarles personalmente lo que le había pasado, pedirles si podían prestarle algún dinero y también consejo sobre la mejor manera de establecer contacto con sus suegros, a los que debía comunicarles la muerte de su hija, cosa que todavía no se había atrevido a hacer.

Matthew y Ava los acogieron con afecto. Vivían en Lake Arthur, un pueblo que quedaba a una mañana en coche de Nueva Orleans. Acababan de mudarse allá buscando tranquilidad, porque las cosas les iban bien. Ambos se dedicaban a vender seguros por la zona. La casa tenía en la parte delantera un gran jardín y una piscina enorme, como las que Barb había visto al pasar junto a algunos pueblos ricos, donde sus padres no solían pararse.

La vivienda de aquellos parientes le llamó la atención porque le pareció inmensa comparada con su caravana y le encantó poderse quedar en un lugar espacioso y fijo. Aunque eso, según le había insistido su madre, no era, bien mirado, ninguna ventaja. Ellos en su casa móvil se llevaban todas sus pertenencias cada vez que se mudaban de lugar y de esta manera podían cambiar de sitio y ver mundo. Margaret también le había contado que cuando era pequeña vivía en una casa con jardín, en el pueblo de Lambeland, y que un día la llevaría allí para que conociera a sus abuelos.

Matthew y Ava tenían dos niños, uno recién nacido y otro de casi once años, dos más que Barbara, que pronto cumpliría nueve. Era solo un poco más alto que ella y andaba cojo. Jugando al béisbol se le había salido de lugar el hueso del tobillo. Los médicos habían dicho a sus padres que había que operarlo para que volviera a andar bien y el niño no quería de ninguna forma que lo llevaran al hospital. Mike pidió si podía examinarlo porque aseguró que entendía de huesos. Algo hereditario. Su madre era experta en ese tipo de menesteres y él la había ayudado en ocasiones. Barb se quedó muy sorprendida de esa otra facultad de su padre y le preguntó delante de todos por qué no había intentado también curar a su madre.

—No podía, no sabes cómo me hubiera gustado. A tu madre solo la hubiera podido salvar un milagro. Lo que le pasa a Oliver es más sencillo. Si me dejáis que lo intente...

A veces es suficiente hacer un movimiento preciso para volver a poner el hueso en su lugar.

Le dijeron que lo probara. El niño chilló, pero solo un segundo; al levantarse andaba sin cojear. Mike se había ganado el préstamo.

Aprovechó el teléfono de su primo y con un esfuerzo enorme llamó a sus suegros. Matthew y Ava le habían convencido de que tenía que hacerlo, cuanto antes, a pesar de que fuera un trance muy duro. Habló con los dos. Ya sabían que Margaret había muerto. La radio, que Rita solía escuchar siempre, había difundido la noticia. También había contado cómo el hombre que había sido despedido una semana antes del camping Golden Gate de Savannah, porque era alcohólico, se había vengado robando un camión y atropellando a seis personas. El nombre de Margaret Simpson figuraba en la lista. Tenía solo veintinueve años.

El pastor anabaptista y su mujer insistieron en que deseaban conocer a su nieta e incluso se ofrecieron a quedarse con Barb. Pero Mike les dijo que no quería separarse de su hija, que, además, debía prepararse para ser cantante. Pero accedió a ir a ver a sus suegros. Lo hacía pensando en Margaret y para que Barbara pudiera ver con sus propios ojos todo lo que su madre le había contado de Lambeland.

XIII

Una mañana, muy temprano, Mike y Barb emprendieron el camino de Lambeland hacia la casa con jardín del reverendo, de donde Margaret se había marchado maldecida por su padre, que ahora, tal vez, estaba arrepentido de sus palabras. Dios, al parecer, le había escuchado, puesto que su maldición se había cumplido.

Mike le confesó a su hija que hacía un esfuerzo enorme yendo hacia allí. Lo hacía pensando en que Margaret, desde donde se encontrara, se lo agradecería, a pesar de que durante todo el tiempo que estuvieron casados no habían ido nunca a verlos.

—Lo hacía sobre todo pensando en mí —me aseguraba Barbara—, consideraba que me convenía mucho en aquellas circunstancias encontrar un cobijo familiar, en el que me sintiera acogida. Para él, en cambio, reencontrarse con los suegros debía de ser un mal trago. Quién sabe si no le culparían de la muerte de mi madre.

Barbara evocaba de manera muy precisa el viaje a Lambeland, deseosa de conocer a los abuelos y sobre todo de poder hacer suyos los recuerdos de su madre. Quizá por eso trataba de transmitírmelo todo con detalle para que pudiera escribirlo del modo más fidedigno posible.

Fue durante el viaje cuando Mike le habló por primera vez de su infancia en el pueblo de Phil Campbell, en el condado de Franklin, en Alabama. Un pueblo feo, por el que únicamente el viento y las fuertes tormentas sentían predilección, donde ya no le quedaba nadie. Su familia fue a parar allí después de dar tumbos por varios lugares del sur, ocupada en faenas eventuales, tras cerrar la aserradora en la que durante años había trabajado su padre, cerca de Monroeville.

Finalmente se establecieron en Phil Campbell porque, por entonces, se estaban restaurando antiguas granjas con ayudas estatales y se necesitaba mano de obra. Cuando se acabó la reconstrucción se quedaron allí. Habían habilitado una casa vieja y deshabitada que nadie parecía quererles reclamar y eso les daba una cierta estabilidad. Su padre se dedicó a arreglar tractores y segadoras por las granjas de las cercanías y su madre a remediar enfermedades con ungüentos, hierbas y pócimas. Cuando la necesitaban ayudaba también a traer criaturas al mundo.

Mike le contó que era el menor de tres hermanos y el único que no fue a la guerra europea, a donde marcharon los otros dos. Una mañana unos comisionados del ejército pasaron por el pueblo reclutando voluntarios. Prometían un sueldo fijo y con ello una mejoría enorme de las duras condiciones de vida de la gente que, como ellos, eran pobres entre los pobres de la tierra, por más que su país fuera el más rico y el más poderoso del mundo, o así lo empezaban a proclamar al menos las autoridades.

Mike tenía diez años cuando sus hermanos fueron movilizados y hubiera deseado con todas sus fuerzas ser mayor para poder irse con ellos. Durante su ausencia esperaba ansiosamente noticias suyas y más aún que llegara muy pronto el día en que volvieran como héroes y le contaran las aventuras que él se había perdido. Pero únicamente volvió Bob, el mayor, inválido, sin ilusiones y con una paga exigua. El cadáver de John nunca fue repatriado. Se quedó en Europa, enterrado en Nettuno, el cementerio cerca de Roma, con tantas otras víctimas norteamericanas. Bob, a su regreso, solo pudo abrazar a su madre y abrazarlo a él. Su padre había muerto en noviembre de 1944, de las heridas producidas por una máquina segadora que intentaba arreglar, sin darse cuenta de que lo había hecho tan bien que las palas de afiladísimos filos volvieron a funcionar en seguida y le cortaron una pierna. Pocos días después una septicemia se lo llevó al otro mundo, con enorme descortesía para con su mujer, puesto que ni los ungüentos ni las curas ni las pócimas de infusiones de hierbas de esta sirvieron siquiera para aliviar sus dolores.

Mike, a partir de entonces, se esforzó por ayudar en casa. Desde su nacimiento, tal vez porque era el pequeño, y también porque era el más cariñoso, el más charlatán y extravertido, fue el predilecto de su madre. Cuando se quedaron solos la consolaba de sus desdichas tocando el saxo. Le había enseñado un vaquero viejo al que solía echar una mano con el ganado, que en su juventud se había buscado la vida como músico ambulante. A menudo, al atardecer, Mike le ofrecía a su madre, sentados los dos en las humildes mecedoras del porche, un concierto «especial para ella», le decía con su particular capacidad seductora. Después le pedía que le contara cómo había aprendido a fabricar los ungüentos, por si él podía ayudarla, además de ser el encargado de llevarlos a domicilio cuando alguien los pedía, y también que le enseñara el secreto para reparar las fracturas de los huesos y curar con determinados brebajes. Ella le habló de las plantas y de los árboles que conocía, los que utilizaba para curar enfermedades, hacer sortilegios, encauzar las vidas para que todo fuera bien a los buenos e incluso castigar a los malos, aunque, en su caso, los brebajes que servían para que la vida se comportara de manera próspera y feliz no habían surtido demasiado efecto. Quizá servían para la felicidad de otros, los que los tomaban con fe, no de quien los fabricaba. Aunque, seguramente, si no hubiera sido por sus cualidades de sanadora, tras la muerte de su marido ella y su hijo Mike se hubieran muerto de hambre.

Su madre, Jennifer, había heredado esas sabidurías salutíferas de su abuela Kimali, gran experta en ese tipo de remedios, quien le contó que la primera antepasada que había llegado a América era hija del chamán de la tribu de un remoto poblado de África, de donde provenían. Allí fue vendida por los traficantes negros a los traficantes blancos, con sus hermanos y hermanas, después de que muriera el chamán. Antes de que eso sucediera los traficantes negros no se hubieran atrevido, no fuera que los poderes de aquel hombre acabaran con sus vidas. Incluso algunos de los que se dedicaban al tráfico se desentendieron del trato porque consideraron que aun después de muerto el chamán se podría vengar, cosa que al parecer sucedió, porque el más importante de los traficantes, el que decidió que los hijos del chamán no tenían por qué ser una excepción para sus intereses mercantiles, fue asesinado de manera misteriosa, justo después de haber cobrado la parte correspondiente del precio de la operación.

Los Mbwana, como le dijo su madre a Mike que se llamaban sus antepasados en África, fueron separados y vendidos a diferentes propietarios. La tatarabuela de quien provenían, a la familia Shields. Shields fue el apellido que la primera manumitida tendría después, porque todos los esclavos, al recobrar la libertad, fueron identificados con los apellidos de sus antiguos amos. La pobre tatarabuela no supo nunca nada más de sus hermanos, que tal vez corrieron peor suerte que la suya. Ella fue destinada al servicio doméstico de la casa de los amos, una vida mucho menos dura que la de las plantaciones. A su llegada trabajó en la cocina como pinche de la cocinera, que había sido comprada mucho antes que ella y que casualmente procedía de la misma región. A su lado recuperó las pócimas y los brebajes secretos que le permitieron sanar a unos y hacer que otros enfermaran. Cuando se casó, con uno de los cocheros de los Shields, de un color menos oscuro que el suyo —en la plantación se murmuraba que probablemente la mitad de la sangre que corría por sus venas era blanca y procedía del amo viejo—, se obstinó, como la inmensa mayoría de las esclavas, en no tener hijos. Sabía la manera de evitarlo y la utilizó hasta el embarazo de la que sería su única hija, que consideró cercado de prodigios. Tal vez fue porque en el momento de la concepción, en el momento del amor, los campos se llenaron de tambores. Los tambores ponían espuelas en los tobillos de los sometidos, caballos en la sangre esclava. Los negros enloquecían con los tambores. Dentro del eco de los tambores se enderezaban sus espaldas dobladas. Con sus reclamos se acababa su vivir de rodillas. Los tambores. Y los tambores sonaban. Los tambores se acercaban desde los cuatro puntos cardinales. Los tambores, los tambores, los tambores. El ruido estremecedor de los tambores hablaba. Era la consigna para la rebelión y a pesar de que el mayoral, el capataz, los guardianes se enfrentaron a latigazos con el sonido de los tambores, el alboroto continuó. Y hasta el látigo acabó por ser doblegado, entre los bongos y los tam-tams que gritaban basta.

Estaba segura de que lo que empezaba con aquellos sonidos llevaría a la libertad a la criatura engendrada en su vientre, y no se equivocaba. Fue el inicio de una lenta marcha, pero desde aquel día los blancos tuvieron miedo al despertar de los tambores, a la noche oscura y magmática, la noche de los negros capaz de engullirlo todo...

Mike se paró en Nueva Orleans para comprar un tambor. Luego, a unas millas de la ciudad, tomó de repente un camino secundario que conducía hacia una granja abandonada. Allí, en medio del campo, le contó a su hija la historia de su familia haciendo sonar el tambor. Barb se hizo cargo de cuanto le contaba solo a medias. Era entonces demasiado pequeña para comprender lo que su padre le decía sobre la importancia que supuso dejar de ser esclavos, la importancia de la libertad que, finalmente, consiguieron. Fue difícil, insistía su padre, todavía lo seguía siendo. Entonces, después de la guerra entre norte y sur, porque ni siquiera todos los negros estaban de acuerdo en desear ser libres, no todos estaban preparados para la libertad, ni sabían cómo ejercerla ni cómo tenían que hacer valer sus derechos. Y ahora, a finales de los sesenta, todavía los negros no podían entrar en según qué lugares porque no estaban seguros de ser muy bien recibidos. Mike le dijo después de aquel concierto particular una frase que a su hija se le quedó grabada: «Quienes se acostumbran a ser esclavos difícilmente consiguen ser libres. Debes tenerlo muy en cuenta, Barb».

—¿Sabes, Rose? Esta lección de mi padre nunca se me ha olvidado. Era muy bueno con el saxo, un gran músico. El sonido de su tambor, de aquel tambor que nos paramos a comprar, me pareció mágico. A menudo, cuando alguien ha intentado humillarme por el color de mi piel, cuando me he sentido discriminada porque soy negra, mis oídos se han llenado de los sonidos del tambor tocado por mi padre, también de los remotos tambores que escuchó aquella abuela lejana... Ya sé que lo que voy a pedirte es difícil. ¿Se puede conseguir hacer música con las palabras? ¿Puedes utilizar las que mejor suenen? Las que mejor reproduzcan el sonido de los tambores... Esas palabras van dedicadas de manera especial a Kimali.

Yo, a veces, como por ejemplo en el párrafo anterior, transcribía al dictado las palabras de la Simpson, como ya he advertido tantas veces a lo largo de estas páginas. Otras, intentaba interpretar lo que me contaba dándole forma narrativa e incluso tratando de acercarme a lo que ella me pedía, como con los tambores, y siempre, después de pasar al ordenador cada capítulo, se lo leía para saber si había acertado. Si era aquello lo que quería transmitir, si no me había equivocado en la interpretación.

La tarde en que me contaba la historia de la familia de su padre me preguntó si sabía quién era la persona cuya fotografía tenía en una especie de altar, justo en el ángulo derecho del salón, donde solía reunirse a hacer música con sus amigos porque allí estaba el piano.

—No lo sé. Lo siento —le contesté—. ¿Su madre?

—No, por favor —sonrió Barbara—, mi madre usaba otro tipo de vestidos para sus actuaciones, más alegres, aunque baratos, claro, es una lástima que apenas tenga unas pocas fotos de ella...

—La gente no se hacía fotos entonces, al menos, no tantas como ahora... —añadí, por decir alguna cosa.

Barbara insistió en preguntarme:

—¿No reconoces el monumento a Lincoln en Washington? Ves, aparece ahí por detrás de su silueta, bueno, ciertamente, no destaca demasiado.

—El monumento a Lincoln en Washington, ah, sí, no me había fijado.

—¿Y ella? ¿Sabes quién es?

—No, lo siento.

—Es Marian Anderson. Ella nos abrió el camino a todas las cantantes afroamericanas. Tenía además una voz maravillosa, de contralto. En 1939 le impidieron dar un concierto ya programado en el Constitution Hall, reservado para artistas blancos. Pero les salió el tiro por la culata a los supremacistas. Eleanor Roosevelt le organizó un apoteósico concierto al que asistieron setenta y cinco mil personas, llegadas de todas partes. Abarrotaron las inmediaciones. Sí, nunca la he olvidado. Además el año que yo nací, en 1961, ella volvió a la plaza del monumento a Lincoln para celebrar la victoria de Kennedy y fue la primera negra en cantar en el Metropolitan... Espero no ser yo la última.

Transcribí todo cuanto me decía, pero no me atreví siquiera a insinuarle que, según cuándo, se quitaba un año, como muchos otros famosos.

XIV

Poco antes de llegar a Lambeland, Mike se desvió de la carretera para entrar en una pequeña ciudad cuyo nombre Barbara no recordaba, solo que estaba cerca del río Misuri, seguramente unas millas antes de la confluencia de ese río con el Misisipi, más ancho y con más caudal. Al parecer, su padre trataba de encontrar, en la zona del centro, un almacén de ropa confeccionada. A pesar de que hacía casi diez años que había estado allí, le guiaba el convencimiento de que no habría cambiado y que incluso le atendería la misma señorita amable, más madura, claro está, que la última vez que la vio, ya pasada la curva de la cincuentena.

A veces, bromeando con Margaret en la caravana, esta le recordaba que gracias a sus zalamerías y a la seducción de sus palabras halagadoras con la dependienta le había costado casi la mitad el vestido que le regaló para que lo estrenara el día de la boda. Barb estaba segura —así al menos lo recordaba al contarme todos esos pormenores— de que su padre se comportaría del mismo modo, para que le rebajara el precio de los vestidos que quería comprarle. Deseaba presentarla a la familia de su mujer sin los pantalones con tirantes que solía llevar, vestida como una señorita, con un cancán bajo la falda y una blusa con encajes, no fueran a pensar que él no se ocupaba con el mayor cuidado de su pequeña. No le importaba gastar lo que fuera necesario; a pesar de que el préstamo de su primo le tenía que durar hasta llegar a Europa y la contabilidad debía ser lo más estricta posible, quería que los trajes fueran de buena calidad.

La dependienta que los atendió y que fue saludada con grandes muestras de afecto por parte de Mike, como si la conociera de toda la vida, aunque no estaba del todo seguro de si era o no era la misma persona que él suponía, les aconsejó que escogieran colores suaves porque eran más elegantes y adecuados a la edad de la niña. A Barb, por el contrario, le gustaba un vestido rojo, con volantes, que su padre no le quiso comprar. El color no le pareció apropiado para las circunstancias. Aunque sabía que su hija no entendía de costumbres de luto y que lo llevaba en lo más profundo de su alma, Mike pensó que a sus suegros no les sentaría bien.

Casi veinte años después Barbara Simpson se puso de rojo para su debut en el Metropolitan, en recuerdo de aquel primer vestido que tanto le gustó y no pudo elegir.

Los vestidos nuevos —uno de color crema de vainilla con una gran lazada y una falda blanca con cancán, a conjunto con una blusa con encajes y mangas de farolillos chinos, tal como me lo describió— hicieron, no obstante, el efecto contrario al esperado. La abuela consideró que iba vestida con demasiado lujo, que aquel tipo de ropa no era apto para la hija de un viudo sin recursos. Puso mala cara y lo soltó sin tapujos antes de la cena de bienvenida, después de darse cuenta de que Barbara llevaba la blusa y la falda nuevas, puesto que el vestido lo había estrenado para entrar en casa de los abuelos, tal y como su padre le había dicho que hiciera.

Barb se sintió decepcionada al comprobar que su padre no contestaba a la impertinencia de la abuela, pero él hizo todo lo contrario.

—La abuela tiene razón, cámbiate —le dijo—. Venga, date prisa. —Y se levantó para acompañarla a la caravana, que estaba aparcada frente al jardín. Fue entonces cuando el reverendo insistió otra vez, lo había hecho cuando llegaron, en que trajeran sus cosas y durmieran en casa. Mike accedió a que Barbara se quedara con sus suegros y él se excusó, estaba demasiado acostumbrado a la caravana.

Después, al terminar la cena, cuando entró en la habitación que habían destinado a la niña para darle el beso de buenas noches, justificó la falta de amabilidad de Rita diciéndole que quería mucho a su hija y que él se la llevó. No era extraño que concentrara toda su rabia en quien se la había robado.

—Sabes, Barb, no es nada contra ti, es contra mí. Yo tampoco querría a la persona que se te llevara de mi lado. Es necesario que seas amable con los abuelos, que los disculpes.

—Por favor, no te vayas, por lo menos hasta que me duerma —le pidió, y consiguió que su padre se tumbara a su lado y se quedara junto a ella todas las noches al menos mientras permanecía despierta.

Barb no tuvo más remedio que aceptar las condiciones impuestas por la abuela durante los días que estuvieron en Lambeland. Volvió a ponerse la ropa de siempre, los pantalones con tirantes y la camiseta de algodón que solía llevar en la caravana, y solo se puso el vestido con la lazada para ir a la iglesia, donde su abuelo dedicó el servicio religioso a la memoria de su hija, con un sermón que a Barb le gustó, a pesar de que ciertas alusiones «a Lucifer, que trata de poseer a los desprevenidos, igual que su caterva de íncubos y súcubos que nos pueden poseer mientras dormimos y de los que solo nos pueden librar los exorcismos» —así me repitió las frases— le dieron mucho miedo. Además ella dormía sola, sin que su padre pudiera protegerla de tal posesión, y no sabía qué significaba eso de los exorcismos. Había visto y oído a su abuelo ensayar el sermón frente a un aparato que lo grababa y cuya reproducción el reverendo escuchaba con la mayor atención, seguramente para calibrar si las palabras y el tono eran los más acertados, pero Barb no recordaba ninguna alusión a los nombres que acababa de oír por primera vez: íncubos y súcubos.

Tratando de olvidarse de esos nuevos miedos, al acabar el sermón, cuando los feligreses entonaron diversos cantos, Barb, sin darse cuenta, se unió a sus voces. Podía volver a cantar. Lo había conseguido y lo consideró un milagro de su madre.

Mike, muy contento, telefoneó en seguida a Reynolds para decirle que su hija había recuperado la voz y que se la llevaba consigo a Europa, donde él había conseguido trabajo. No quería dejarla. Cuando regresaran se comprometía a firmar un contrato, pero mientras trataría de encontrar una profesora para ella en el lugar a donde iban y le pidió a Reynolds que lo ayudara con sus contactos. Si habría allí a donde iban, una isla de las Baleares, en el Mediterráneo, llamada Mallorca, una academia de música. Reynolds le hizo repetir dos veces el nombre de la remota isla y le dijo que le volviera a llamar en una semana.

Cuando Barbara me contó el milagro de la recuperación de su voz y la importancia que para su vida había tenido Reynolds, negativa por un lado, pero positiva por otro, porque para su carrera el encuentro con el empresario había sido providencial, añadió con insistencia que a menudo lo positivo y lo negativo nos acompañan y no podemos separarlos, algo que Pandora Brunellesky le había inculcado.

Después pasó a referirse a sus vivencias de la llegada a casa de sus abuelos y dedujo que lo que quizá no le había gustado a la abuela de su indumentaria demasiado elegante era la mistificación. Quizá le había parecido que su yerno trataba de que la niña se asimilara a los gustos de los blancos con aquellos colores pálidos, aguados.

—Tal vez por eso, cuando comencé a actuar en los grandes teatros del mundo escogía siempre para los recitales los colores más agresivos, rojos de fuego, verdes loro, azules eléctricos, en vez de los elegantes tonos claros. Quizá sin saberlo trataba de darle la razón a la abuela... A los afroamericanos nos gustan los colores fuertes, definidos, esos que llaman primarios, y esa reivindicación ¿por qué no hacerla? ¿No te parece, Rose?

Contesté que por supuesto, era una reivindicación válida, aunque yo, que soy de color café con leche —como me decía siempre mi ex, que era de Sevilla—, me inclino por los claros, le dije, pese a que mi opinión no tuviera ningún interés.

—No importa. Me parece bien, debe de pesar en ti más el lado materno, el que nunca escuchó los tambores... Te sigo contando, toma notas, por favor, con mucha atención, y luego lo escribes en tercera persona, como en los cuentos, aunque esta historia no lo sea. Lo que te voy a confiar seguro que a Ripper le interesa. ¿De acuerdo?

Tomé notas y a la mañana siguiente me puse a darles forma narrativa sin olvidar ningún detalle, porque todo cuanto me contó era, en efecto, importante.

Desde el primer día de su llegada, Barb pidió a los abuelos si podía dormir en la habitación que había sido de su madre. Era lo que más ilusión le hacía. Le dijeron que no, que nadie había vuelto a usarla. La mantenían intacta tal y como ella la había dejado cuando se fue. Eso aún espoleó más el deseo de la niña. Su madre le había contado cómo era, y cómo eran algunos de los vestidos que había dejado colgados en el armario cuando se había ido. Y volvió a insistir y se volvieron a oponer. Pusieron como excusa que la escalera que conducía al primer piso era demasiado empinada y tenía algunos peldaños rotos.

—Podrías caerte. Cuando seas mayor —le dijo el abuelo— ya subirás, y entonces la abuela te la enseñará.

—Es una escalera muy peligrosa —insistió también la abuela—. Podrías caerte y hacerte mucho daño. Hay que arreglarla, los escalones se mueven, nosotros procuramos no subir.

A Barbara la escalera, que empezaba justo en el ángulo derecho del cuarto de estar, le pareció fácil, a pesar de que era de caracol con peldaños estrechos, pero con un buen pasamanos que ella no habría de necesitar. Pero no tuvo otro remedio que aceptar la imposición, aunque pensó que si podía, desobedecería.

Sentía una enorme curiosidad por entrar y comprobar si lo que su madre le había contado coincidía con lo que vería allí. Sabía dónde quedaba exactamente el dormitorio. La primera puerta del piso superior. La ventana se abría sobre el porche. También su padre le había confirmado dónde estaba. Antes de casarse con Margaret, durante los días que pasó en el pueblo, algunas noches después de despedirse se quedaba rondando la casa hasta que ella abría los cristales, sacaba la cabeza y le mandaba un beso.

La oportunidad de subir se presentó una tarde en que se quedó sola. Su padre había acompañado al reverendo al pueblo vecino a comprar material para reconstruir la cerca del jardín, que en algunos lugares estaba a punto de romperse, y Mike se había ofrecido para arreglarla.

La abuela, que se había quedado en casa con Barbara con la intención de enseñarle a bordar, recibió de repente el aviso de la hija de la vecina más cercana —apenas cincuenta metros separaban las dos casas—, que le pedía que fuera en seguida. Su madre se había caído en el baño y sola no podía levantarla; además, parecía que tenía un golpe muy fuerte en la cabeza.

—¿Se morirá como mi madre? —preguntó Barbara, que muy a menudo pensaba en la muerte.

—Esperemos que no, pero si se muere, si Dios la llama a su lado, se cumplirá la ley de vida; quiero decir que la señora Random es mayor, incluso mayor que yo. Es necesario que los viejos dejen lugar a los jóvenes; si no fuera así, no cabríamos en el mundo.

A Barbara le impresionó lo que le dijo la abuela y le preguntó por qué Dios había llamado a su madre a su lado si era joven.

—A ella no la llamó. Tu pobre madre, hija mía, murió para intentar salvarte a ti. Corrió hacia ti al ver que te iban a atropellar.

Se lo dijo en un tono triste pero un punto recriminatorio, antes de ir a ayudar a la vecina, después de recomendarle que no saliera, que siguiera bordando el perfil de una flor sobre el cañamazo y merendara una porción de torta con sirope y un bol de leche que le dejaba preparado en la cocina. Añadió que no tuviera miedo de quedarse sola, pero si lo tenía, que rezara. La abuela le hacía rezar siempre que venía a cuento.

Barb se quedó desconsolada y desde entonces se sintió culpable. Había visto a su madre muy malherida a consecuencia del atropello, pero no sabía que hubiera corrido hacia ella al verla en peligro y por eso había muerto.

En cuanto la abuela cerró la puerta, empezó a llorar. Ahora lo hacía no solo por la tristeza de la ausencia, como siempre antes, sino por una sensación nueva que la abrumaba: por el hecho de considerarse culpable. Si ella no hubiera andado delante de sus padres, ¿su madre seguiría viva?

La Simpson sostenía a menudo en las entrevistas que le hacían que el azar es la gran fuerza que domina la vida de todo el mundo. La casualidad es la responsable, en un elevado tanto por ciento, de todo lo que sucede, pero esa casualidad tiene que ver con el sentido de la predestinación. Nada pasa que no esté escrito en las estrellas que conducen nuestro destino. A pesar de que podamos escoger si tomamos el camino de la derecha o el de la izquierda, escoger dirigirnos hacia un lugar u otro, norte o sur, este u oeste, eso que podía parecer producto de acontecimientos casuales, no lo es. Por lo menos en su caso, aseguraba, esa hipótesis se había ido cumpliendo de manera inexorable.

Aquella tarde lloró más que nunca, tal vez porque podía hacerlo a placer, sin estar delante de nadie. Ante la gente intentaba tragarse las lágrimas, incluso ante su padre, que no quería verla llorar. Cuando se quedaba sola, especialmente cuando se despertaba por la noche, encontraba cierto consuelo en las lágrimas, ya que muchas veces su madre venía para consolarla. Empezó a sentir su presencia en casa de los abuelos una madrugada en que le pareció que un monstruo, quién sabe si uno de aquellos diablos de los que había hablado el abuelo en el sermón, se había metido en su cama y la abrazaba tapándole la boca para que no gritara, pero en compensación de aquel horror Margaret se le acercaba y le acariciaba los cabellos muy dulcemente hasta que volvía a dormirse.

El hecho de que la abuela se hubiera marchado aunque fuera por poco rato le permitiría subir a la habitación prohibida. La excusa de que la escalera era peligrosa le parecía eso, una excusa. Ella había aprendido a trepar por los árboles, cosa mucho más difícil que subir por una escalera de caracol, y decidió desobedecer. Lo hizo corriendo, y fuera por su agitación o porque, en efecto, no le mentían cuando le decían que la escalera era peligrosa, rodó hasta el suelo, desde el sexto peldaño, aunque solo se dio un par de golpes que no le impidieron volver a intentarlo, después de secarse las manos de lágrimas y mocos en el pequeño delantal de labor que la abuela le hacía ponerse cuando por la tarde trataba de enseñarle a hacer punto, coser o bordar. Esta vez se agarró con fuerza al pasamanos y subió cautelosa por el lado por donde los escalones eran más anchos.

Cuando llegó al piso de arriba, con la respiración alterada por la prohibición, el susto y la emoción, se encaminó hacia la puerta que quedaba en el centro y la abrió.

Estaba a punto de oscurecer, pero no encendió la luz porque supuso que podría verse desde fuera. Pero con la que entraba por el pasillo pudo comprobar que la descripción que le había hecho su madre era exacta.

La cama con un cabezal de barrotes de madera pintado de color azul cielo, con el cubrecama estampado de flores, los cuadros con vistas del río, obra del reverendo, aficionado a la pintura, un tocador con frascos, peines y cepillos y un espejo ovalado muy grande que ocupaba parte de la pared y en el que Barbara se contempló por primera vez a placer de los pies a la cabeza. Hasta entonces solo había podido mirarse entera en las lunas de una tienda de Savannah. En la caravana había solo un par de espejos pequeños. Uno lo usaba su padre para afeitarse. El otro era el que su madre utilizaba y llevaba en su bolso, por si había que retocarse antes de las actuaciones. En los espejos de los camerinos de los teatros donde habían actuado sus padres aquellos últimos meses solo se había visto de medio cuerpo, igual que en el del Price.

Fue mientras estaba mirándose en aquel espejo grande cuando le pareció ver, de repente, medio confundiéndose con su imagen reflejada en la superficie, la de otra niña. Era también delgada pero más alta, unos rizos espesos le cubrían parte de la cara. Iba vestida de blanco. La camiseta y los pantalones cubiertos por su delantal aparecían en primer término, pero por detrás se percibía la falda larga y vaporosa de la otra, que también se miraba y que de repente le dijo:

—¿Qué haces en mi habitación?

Barbara se dio la vuelta hacia donde le pareció que estaba quien le hablaba, pero no vio a nadie. La imagen aparecía solo dentro del espejo. Se había quedado ahí.

—¿Eres mi madre? Mamá, ¿eres tú?

Pero Barb no le dejó siquiera tiempo para contestarle porque salió rápidamente de la habitación cuando oyó que se abría la puerta de la cancela. Seguramente era la abuela, que regresaba a casa. Barb bajó las escaleras corriendo. De pie, en la cocina, la encontró la abuela. Había vuelto antes de lo previsto porque en casa de la vecina ya no la necesitaban. Una enfermera amiga de la accidentada que pasaba casualmente por allí estaba haciéndole las curas pertinentes.

Barb, frente al tazón de leche aún sin probar, movía los labios.

—Rezaba, abuela, para que volvieras pronto.

La abuela la abrazó y le llenó las mejillas de besos. Era la primera vez que le demostraba afecto. El afecto conseguido con una mentira, porque, en todo caso, lo que rezaba y seguiría rezando durante aquellos días no le habría gustado a la abuela: le pediría a Dios que la dejaran subir a la habitación de su madre porque necesitaba saber con urgencia quién era la niña que estaba al fondo del espejo.

XV

En Lambeland, donde Barb y Mike se quedaron todavía un par de semanas, ella se pasaba los días deseando con todas sus fuerzas que la dejaran sola para poder volver a entrar en la habitación de su madre. No obstante, como eso le parecía imposible, le pidió de nuevo a su padre que intercediera para que le permitieran subir, sin decirle que ya lo había hecho y menos confiarle nada sobre la figura que había visto al fondo del espejo y que desde entonces la obsesionaba. Incluso cuando se refirió al episodio asegurándome que a Ripper le interesaría, parecía seguir obsesionándola. El espejo no solo le devolvía su reflejo, el espejo se miraba también en sus ojos y le ofrecía la imagen que ella guardaba allí de su madre. ¿Estaba su madre en el fondo del espejo o acaso ella proyectaba su imagen en la lámina?

—¿Era o no era mi madre? ¿Era su espíritu de niña que se había quedado allí entre las cuatro paredes de su alcoba? ¿Era su voz la que me había preguntado qué hacía allí? ¿Fue su añoranza lo que me llevó a imaginármelo? Había podido oír con exactitud sus palabras, aunque la voz me hablaba en un tono apagado, extraño, como si viniera de muy lejos, como seguramente hablan los espíritus: «¿Qué haces en mi habitación?».

Transcribí con todo cuidado lo que iba reproduciendo la cinta del pequeño magnetófono que Barbara usaba con frecuencia, tanto si yo estaba delante como si no, porque le permitía grabar en cualquier momento del día o de la noche si creía que lo que le pasaba por la cabeza era importante:

Nunca he podido olvidar esta pregunta. «¿Qué haces en mi habitación?». ¿Era mi madre quien preguntaba? Ella tenía que saber que yo la buscaba a cada instante, cada segundo, desde que murió, y a veces conseguía que compareciera.

¿Sabes, Rose? De eso estoy muy segura, hace falta que lo pongas como yo te lo digo, y tal vez por eso, porque el vínculo establecido con ella era tan fuerte, necesitaba saber cómo había sido su vida cuando yo aún no tenía nada que ver con ella, la época en que era una desconocida también para mi padre, antes de que se encontraran.

Mi madre me había dicho —eso lo recuerdo muy bien— que las personas dejan huellas en los lugares por donde pasan, que las cosas se quedan impregnadas de su presencia y la conservan para siempre jamás, incluso después de su muerte, y yo lo había creído. Todavía lo creo, porque desde el punto de vista de la ciencia es posible. Nuestra percepción solo capta una tercera parte de lo que nos rodea. Nuestros sentidos no son suficientes, o no los tenemos bastante abiertos. Hay aspectos incluso de nuestro mismo entorno que no sabemos percibir, nos faltan capacidades. Un ciego de nacimiento puede pensar que lo normal es vivir entre tinieblas porque no ve; lo mismo nos puede pasar a nosotros cuando nos negamos a aceptar que a nuestras percepciones les faltan aspectos para captar otras dimensiones, acostumbradas como están solo a tres.

He transcrito, sin cambiar una palabra, lo que Barbara Simpson grabó antes de continuar nuestra conversación, dos días más tarde, cuando el lunes regresé a su casa, después del último fin de semana que pasé fuera, aunque en realidad no fue siquiera un fin de semana, fueron apenas dos días, sábado y domingo.

El sábado era el cumpleaños de una de mis mejores amigas, Nancy Vázquez. Cumplía treinta y yo había sido la promotora de una gran fiesta sorpresa, cuya preparación tuve que delegar, pero a la que por nada del mundo quería dejar de asistir. Le dije a Barbara que si no le importaba me tomaría dos días libres. Se lo formulé así, pidiéndole en cierto modo permiso, aunque si me lo hubiera negado no me habría quedado sin ir a felicitar a Nancy. Solo habría acortado el tiempo de estar fuera.

Me pagaba espléndidamente por mi permanencia *full time*, tanto que me permitiría a la vuelta del viaje al que tenía que acompañarla a finales del verano tomarme unas vacaciones de auténtico lujo e incluso tal vez dar la entrada de un apartamento, a la que ella me había dicho que contribuiría con un generoso préstamo, si no en Manhattan, en Queens, más barato, algo con lo que nunca me hubiera atrevido siquiera a soñar.

De manera que yo, por la cuenta que me traía, debía permanecer «a la orden», como la misma soprano decía a menudo, recordando el modo como algunos latinos, en especial los mexicanos, con los que tanto contacto había tenido, se expresan.

Barbara no se opuso a que me fuera, al contrario. También a ella le vendría bien un receso, ya que trabajábamos igualmente los fines de semana. Podría, por lo menos durante cuarenta y ocho horas, descansar la memoria, que parecía alojada por completo en su pasado remoto, y reponer fuerzas. Sin duda referirse a aquellas experiencias le costaba mucho y la dejaba, según me confesó, exhausta.

Por mi parte, también yo estaba cansada y me venía muy bien volver a mi apartamento, no lejos del viejo Harlem, pero no en zona peligrosa, para reencontrarme con mis cosas, que tal vez me parecerían más pobres y vulgares, por el contraste que suponía haber vivido durante casi dos meses en una mansión a hacerlo en un minúsculo apartamento, un cuchitril comparado con el magnífico chalé de la soprano.

Fue precisamente durante aquel fin de semana, en la fiesta de cumpleaños de Nancy, periodista como yo y por entonces empleada en el Instituto Cervantes y secreta pareja del bibliotecario de la institución, también amigo mío, cuando conocí a Carme Riera, a quien este había invitado.

La escritora acababa de terminar un curso que había dado en la Columbia University sobre creación literaria y volaba de regreso a España dentro de pocos días. Ernesto Ramos, el bibliotecario, que la había frecuentado bastante durante su estancia en Nueva York, me la presentó en cuanto la vio entrar. Le había hablado de mí y de mi trabajo como secretaria de Barbara Simpson, porque sabía que a Carme le gustaba mucho la ópera y admiraba a la gran soprano, de la que tenía discos y la había escuchado en el Liceo de Barcelona y en el Festival de Peralada. Además, el día de su infarto, cosa que la dejó muy impresionada, según me dijo, estaba en un palco del Metropolitan, gracias a la invitación de unos patronos del teatro a los que trataba con asiduidad. Me pareció que la casualidad de encontrarnos era bastante más que eso, una especie de conjunción astrológica. Como hubiera dicho Barbara, estaba escrito en algún lugar que debíamos coincidir.

Congeniamos en seguida. Hablamos mucho sobre lo que estaba suponiendo para mí escribir sobre la vida de la Simpson y sobre la manera de llevar a cabo el relato de su historia para que tuviera unidad, utilizando tanto los materiales que ella guardaba como cuanto me contaba o incluso grababa. Le expliqué que aunque pudiera parecer redundante creía necesario hacer constar en el texto la procedencia de cada parte. Carme se mostró muy interesada en lo que yo le decía y estuvimos hablando de la función del narrador implicado que era yo y de que es más fácil utilizar la tercera persona omnisciente, pero en mi caso no era factible, porque yo no estaba escribiendo una novela, escribía una especie de memorias por cuenta ajena, aunque le conté que lo que escribía era una biografía. Me dijo que le parecía un género difícil en el que no se puede inventar nada, o por lo menos no se debe. Cuanto más, apunté yo, en mi caso, ya que la finalidad era terapéutica. Al hacerle esta confidencia me di cuenta de que quizás había metido la pata, por eso en seguida le dije que me guardara el secreto, aunque me abstuve de confesarle que mi encargo tenía que ver con el doctor Ripper, un experto en ECM. Me limité, eso a Barbara no podía molestarla, a decirle que de esa manera, buceando en su infancia, la soprano se preparaba para emprender un viaje que habría de retornarle a una etapa muy importante de su vida, transcurrida en una isla del Mediterráneo.

Precisamente le había pedido a Ernesto que me prestara de la biblioteca del Cervantes algunos libros de interés sobre las Baleares y mejor aún si tenían alguno sobre Mallorca, y así lo hizo. Quería comenzar a documentarme, a la antigua, con un volumen en la mano y no ante la pantalla de la tableta, a través de YouTube, sobre el lugar acabado de inaugurar a donde tenía que acompañar a la soprano. Ernesto, al darme la bolsa con los libros, me dijo que estaba de suerte, que podía preguntarle cosas sobre la isla a Carme Riera, que era de Mallorca.

Me parecieron el colmo tantas coincidencias, y todavía más cuando la escritora me aseguró que conocía muy bien la zona de la que yo le hablé e incluso Fosclluc. Su familia tenía desde hacía muchos años una casa cerca de allí, a tres kilómetros del pueblo de Deià, y que distaba apenas cinco del de Fosclluc. Ella recordaba vagamente que a finales de los años sesenta sus habitantes vivieron unos días muy convulsos, a consecuencia de la llegada de una niña negra. Lo que nunca hubiera imaginado Carme era que aquella niña se convirtiera en el futuro en una gran cantante.

¿Más casualidades? Avanzo que la tercera parte del libro, por descontado con el beneplácito de la soprano, ha sido escrita con la ayuda de Carme Riera, incluso cabría decir que es más suya que mía. Ella entrevistó a algunas de las personas que conocieron a Barbara, y con estas informaciones elaboró una versión de los hechos que me pareció absolutamente plausible. Pero todavía faltan acontecimientos importantes por describir antes de llegar a esta parte.

XVI

Regresé a Long Island el lunes a media mañana, en vez del domingo por la noche como pensaba hacer. Barbara me había llamado por la mañana del domingo para encargarme que al día siguiente, temprano, pasara por el banco para unos trámites.

Desde que la Simpson decidió que yo fuera la intermediaria de sus recuerdos había tenido que dejar de lado otros asuntos de los que antes me ocupaba. Pese a que la vida sedentaria que llevábamos ahora no tenía que ver con la trepidante de hacía tres meses, a mí se me habían acumulado las cosas pendientes, algo que a ella parecía importarle poco, pero no a mí. Aunque mis funciones de biógrafa particular no me disgustaban, al contrario, me devolvían a la época en que trabajé como periodista en *Impacto Latino*, a veces me sentía sobrepasada, porque tampoco podía abandonar cuanto me concernía como secretaria. Cierto que en menor medida, pero aun así seguía ocupándome de la correspondencia, de los correos, de la agenda, si no presente, por cancelada a todos los efectos, futura, pero, sobre todo, de servir de puente entre la diva y Hans Mayer.

Desde la convalecencia de la Simpson tenía que utilizar todavía más la mano izquierda; en realidad, hubiera necesitado tres o cuatro manos izquierdas para no enviar al cuerno a su representante. A la soprano no le gustaba la manera como había aplazado algunos de los contratos de aquella temporada. Yo intentaba evitar por todos los medios la ruptura, porque Hans era muy eficiente y yo me lo sabía de memoria. De ninguna manera podíamos prescindir de él. Pero todos estos aspectos tienen poca importancia.

Sigo, pues, con lo que durante el fin de semana grabó Barbara para que yo lo pasara a limpio:

Fingí que estaba enferma el último fin de semana que pasamos en casa de los abuelos. Les hice creer que la cena me había sentado mal. Durante la noche habían podido notar mi entrar y salir del baño, de manera que por la mañana todos consideraron que era mejor que me quedara en casa en lugar de ir a los oficios religiosos del domingo. No me costó mucho convencer a mi padre de que fuera con los abuelos, a los que, para mi sorpresa, trataba de complacer. Además, yo no tenía nada grave, un molesto dolor de barriga con diarrea que se me pasaría tomando tisanas y comiendo arroz blanco. Por otro lado, solo estarían fuera un par de horas, como mucho. Un tiempo que habría de sobrarme para subir y curiosear a placer.

La abuela, que desde el día que me dio el primer beso espontáneo, después de creer que rezaba para que volviera pronto, había cambiado de actitud y a menudo me achuchaba con cariño, me había dejado sobre la mesilla de noche un termo con una infusión de manzanilla, muy apropiada para calmar las tripas revueltas, con la instrucción de que me la fuera tomando despacio.

Mientras esperaba el tiempo prudencial para salir de la cama me lo tomé por entero, suponiendo que eso sería del gusto de la abuela.

En el reloj de la sala de estar comprobé que hacía casi media hora que mi familia se había marchado, que ya no volverían si por casualidad se habían olvidado de algo; en consecuencia, podía subir con tranquilidad. Tuve cuidado con la escalera y me fijé en que, en efecto, algunos peldaños se movían, algo en lo que ni siquiera había reparado la primera vez.

Al llegar a la habitación, tal vez porque los nervios me traicionaron, me pareció que la puerta había sido cerrada con llave, pero pude abrirla, finalmente, tras varios intentos moviendo el pomo.

Comprobé que todo estaba como lo había visto la primera vez que subí, pero había una cosa en la que no me había fijado y me pareció extraño. Había una maleta abierta sobre la colcha que hubiera jurado que en mi primera visita no estaba. A simple vista contenía un libro de salmos, varias vasijas cerradas y ornamentos religiosos. Quizás el abuelo la había dejado allí, pero yo habría asegurado que nadie había subido durante aquellos días, aunque, claro está, lo hubieran podido hacer de noche, cuando yo dormía.

Antes de mirarme al espejo volví a pasear los ojos con atención por todos los objetos de la habitación y fue entonces cuando me fijé en la fotografía de una niña, en la que tampoco había reparado y que se parecía mucho a la que yo había visto detrás de mi reflejo.

Igual que la otra vez me puse ante el espejo. Y le sonreí. Esperaba que, por detrás de mi imagen, compareciera la de la otra que me había hablado, pero como tardaba, la increpé:

—¿Por qué me preguntaste qué hacía aquí? Soy tu hija. He venido a verte.

Nadie me respondió y en el espejo solo veía mi imagen: una niña más bien alta, de ojos muy oscuros y piel igualmente oscura, con rizos espesos, despeinada y con mala cara, porque de tanto insistir en que me dolía la barriga había acabado por notar unas punzadas muy fuertes. Llevaba puesto un camisón muy arrugado que la abuela me había dado, asegurándome que había sido de mi madre.

Con los ojos fijos en mi imagen y pendiente de la que pudiera aparecer al fondo del espejo, repetí la misma pregunta que había hecho hacía unos instantes, en un tono de súplica:

—¿Por qué me preguntaste qué hacía aquí? Soy tu hija. He venido a verte.

Pero en el espejo no apareció más reflejo que el mío. En cambio escuché una voz que me contestaba y que creí que salía de la lámina metálica que tenía delante. Era una voz lejana, débil, oscura, la voz de alguien convertido en ceniza:

—*Barb, no soy tu madre.*
—*¿Quién eres?*
Todavía me atreví a preguntar, muy asustada.

Fue entonces cuando en lugar de mi imagen me pareció ver una calavera. Nadie respondió a mi pregunta. En cambio oí ruido, como si alguien se acercara por el pasillo montando en una bicicleta, quizás en un triciclo, porque percibí el sonido de unas ruedas sobre el suelo y me pareció todavía más extraño porque en casa no había nadie, de esto estaba segura. La puerta de la cancela se abría haciendo sonar una campanilla, un sonido que era imposible que me pasara desapercibido, y tuve mucho miedo. Un miedo que nunca había sentido, miedo de otros muertos que no fueran mi madre, y creí que tal vez aquella voz venía a buscarme. Y de repente, como si la voz estuviera detrás de la puerta, que quedaba justo al lado del lugar donde estaba colgado el enorme espejo, oí que me decían:

—*Yo no he tenido ninguna hija. ¿Y sabes por qué? Por culpa de Margaret, Barb. Por culpa de tu madre, ella tuvo la culpa.*

Yo estaba aterrorizada, me había puesto frente a la puerta haciendo presión, para que la muerta, que yo imaginaba, no pudiera entrar y no me tomara en sus brazos descarnados. Sus brazos sin piel, como había visto que eran los de los muertos, que tanto me había impresionado en la última fiesta de Halloween en la que estuvimos en un pueblo de Georgia, en Dahlonega, donde habían contratado a The Magic Musicians Mike and Margaret. Allí muchos iban disfrazados de muertos, algunos tan perfectos que parecían acabados de salir de las tumbas. El espectáculo no me había gustado nada, me había hecho tener pesadillas y en el cuarto de mi madre recuperaba las sensaciones, que tanto terror me habían producido, multiplicadas.

Mi madre tan querida, aunque estuviera muerta, no me daba ningún miedo, pero la voz que estaba escuchando sí, mucho, muchísimo. ¿De qué culpa me hablaba? ¿Y por qué sabía mi nombre?

Los muertos lo saben todo, me dije a mí misma temblando mientras notaba que se me iba mojando el camisón, y pensé en el castigo que recibiría cuando volviera la abuela y me encontraran allí, contra la puerta, quizá muerta de verdad.

Otra vez noté ruido fuera. Me pareció que la presencia conturbadora se iba alejando, que se abría otra puerta con estrépito, por la que se marchaba. Tal vez había cambiado de opinión y ya no le interesaba llevarme con ella. Quizá lo único que quería era aterrorizarme, además de culpar a mi madre. Pero ¿quién era?

Cuando los ruidos cesaron, decidí bajar y esperar metida en la cama el regreso de mi familia. Corrí escaleras abajo. Era tal mi inquietud que me caí y rodé hasta el último peldaño. Allí, con un golpe en la cabeza, inconsciente, me encontró la abuela. Al parecer, apenas acabado el oficio, sin quedarse a saludar a nadie, salió rauda hacia casa. Mientras estaba en la iglesia, había adivinado que yo, su nieta, había fingido una enfermedad repentina para poder subir a la habitación prohibida.

Volví en mí con el viejo remedio de un par de cachetes, agua fría y un trago de ron. La abuela me curó la brecha, que sangraba, y comprobó que la sangre que manchaba el camisón indicaba que había tenido la primera menstruación.

—No te asustes, Barb —me dijo—, a partir de ahora ya eres una mujer. Cada veintiocho días sangrarás como ahora, pero no se lo digas a nadie.

No entendía lo que me decía la abuela. ¿Qué significaba ser una mujer? Nadie me había hablado nunca de que las mujeres, sin estar heridas, sangraran. Pero la abuela no le dio ninguna importancia. Buscó una toalla pequeña, me dijo que la doblara y que la pusiera dentro de unas bragas limpias. Después me ayudó a quitarme el camisón manchado y a ponerme otro e inmediatamente comenzó a reñirme:

—Te dije que no quería que subieras, Barbara, eres desobediente y mala. Has simulado estar enferma para quedarte sola y ¿qué has visto?

La abuela me repitió la pregunta:

—¿Qué has visto? ¿Qué tratabas de comprobar?
Le contesté la verdad:
—Una calavera, he visto una calavera al fondo del espejo y me ha dicho que estaba allí por culpa de mi madre.
—No digas mentiras, en el espejo solo podías ver la cara fea de una niña desobediente. Una niña que no ha hecho caso de lo que le ha dicho su abuela. Y ahora escucha bien: no digas a nadie que has desobedecido. Yo tampoco lo diré. Si lo supiera el abuelo o tu padre se enfadarían mucho. ¿Me lo prometes, Barb? —me preguntó. Y después añadió bajando el tono y pasándome una mano por los cabellos—: Será un secreto entre tú y yo. ¿Me lo prometes?
Y como yo callaba, todavía insistió:
—¿Me lo prometes? Contesta.
—Sí —dije yo—, te lo prometo.

XVII

Mucho tiempo después Barb todavía recordaría como una pesadilla los últimos días que pasó en casa de los abuelos. Tanto de noche como de día seguía oyendo la voz que le decía las mismas palabras que había escuchado en la habitación de su madre y veía la calavera. Además, se sentía prisionera puesto que no la dejaron ni un segundo a solas. No obstante, a pesar de la vigilancia que mantenían sobre ella, alguna noche le pareció notar que el monstruo diabólico entraba en su habitación, la acechaba y se metía en su cama. Ella lloraba, pero nadie parecía oírla, y llamaba a su madre sin que volviera para consolarla.

¿De qué culpa de su madre le había hablado la voz? Seguro que ella se lo hubiera aclarado, pero no acudía en su ayuda y no se atrevía a preguntarle nada más a la abuela, que le había prohibido hablar sobre lo que le había pasado y tampoco de la sangre que salía de su cuerpo.

La sangre que manchaba las toallitas que le daba la abuela la angustiaba. ¿Lo que le ocurría era una enfermedad que le afectaba solo a ella? ¿Qué quería decir eso de que ya era una mujer?

La abuela justificó ante la familia que, tal vez, la debilidad había hecho que Barbara tropezara contra la barandilla metálica de la escalera, cuando se había levantado para ir al baño, y no dijo nada de que hubiera subido a la habitación prohibida.

Barb deseaba irse. Sabía que no podría volver al cuarto de su madre y a veces dudaba si lo que había visto y oído allí era verdad o fruto de su imaginación. No obstante, había dos cosas que le hacían pensar que era real y no imaginado: que la abuela le prohibiera subir y que después le prohibiera contar lo que le había pasado. Si no fuera cierto, la abuela no le habría hecho prometer que guardaría el secreto.

La víspera de su marcha su padre había ido a revisar la caravana al taller del mecánico porque les quedaban muchos kilómetros por delante y la abuela a dar un pésame a los familiares de una amiga. Barb, que no se sentía muy bien, muy molesta por la sangre que manchaba las toallitas, prefirió quedarse recogiendo sus cosas. Fue entonces cuando llamó a la puerta un amigo del reverendo, al parecer, también pastor de su misma iglesia. Barbara, desde su habitación, tumbada en la cama, oyó cómo el abuelo insistía en agradecerle la visita. Hablaban en voz muy baja y Barbara solo pudo escuchar retazos de su conversación, frases sueltas que no obstante recordaba bien por la impresión que le produjeron y que me repitió: «Puede que Margaret esté en el cielo, porque ha pagado por su culpa, pero su hija no. Tal vez todavía está a tiempo de redimirse con tu ayuda. Tú puedes liberarla del maligno».

Barbara hizo una pausa larga y respiró profundamente. No era la primera vez que, tras una confidencia que le afectaba, se comportaba del mismo modo, como si para continuar contándome qué sucedió necesitara llenar los pulmones de aire después de la inmersión en ese pasado infantil a todas luces terrible que Ripper le había dicho que debía recuperar. Luego bebió unos sorbos de agua y en voz muy baja continuó:

—Tenía solo nueve años, en realidad no los había cumplido aún, pasaba por un doble trauma, la muerte de mi madre y una menarquia adelantada de la que nadie me había informado y a la que había que añadir el sentimiento de culpa. Yo tenía la culpa del accidente de mi madre, por eso acepté que el reverendo George Dunnam, amigo del abuelo, «me liberara del maligno» sin protestar. El abuelo entró en mi cuarto y me pidió que fuera con él arriba, a la habitación de mi madre, donde todo estaba preparado, dijo. Allí en efecto nos esperaba su amigo, que había sacado de la maleta unos frascos y que me pidió que me desnudara, me arrodillara y repitiera con él una oración. Muchos años después supe que era el salmo 91 y que en parte había sido musicalizado por Mendelssohn. Luego, tras imponerme sus manos desde la frente a la punta de los pies, untó mi cuerpo con un ungüento y me asperjó con agua bendita. Entonces me entró un miedo espantoso porque supuse que metería su manaza por donde el demonio había entrado y que me haría mucho daño, y me resistí y grité suplicándoles que dejaran que me fuera. De pronto oí el ruido del motor de la caravana y grité todavía más llamando a mi padre pero no vino a ayudarme, y eso abrió la primera brecha de desconfianza en mi relación con él, porque yo gritaba tanto que me pareció imposible que no me oyera todo el vecindario, mientras el amigo del abuelo seguía recitando sus oraciones y este me sujetaba con fuerza, porque yo pugnaba por escapar, incluso si hubiera podido, tirándome por la ventana. Eso para ellos debía de ser un síntoma inequívoco de la posesión diabólica. No sé qué más hubiera ocurrido si mi abuela, no mi padre, no hubiera llegado de improviso, desbaratando la situación. A voces le dijo a su marido que me dejara en paz, que le parecía muy mal lo que estaban haciendo, y me arrastró escaleras abajo con peligro de que ambas las rodáramos. Luego me llevó a mi cuarto, me puso el camisón y me preparó una infusión tranquilizante y se quedó junto a mí toda la noche. Ya de madrugada me despertaron las voces acaloradas de mi padre y de mi abuelo discutiendo, pero mi atontamiento, seguramente a consecuencia de la tisana tranquilizante, no me permitió captar más que palabras sueltas: mal, culpa, dinero y dos nombres, Linda y el mío, Barb. Al día siguiente, muy temprano, dejamos para siempre Lambeland.

XVIII

De nuevo en la caravana, sentada delante, junto a su padre, Barbara siguió durante muchas horas en estado de shock y por más que Mike tratara de calmarla, diciéndole que no volvería nunca más a casa de los abuelos, no conseguía que se serenara. En una especie de estado catatónico, mirando a un punto fijo llorando sin parar, llamaba a su madre. Finalmente, rendida por el cansancio se durmió y pasó dormida muchas horas.

Cuando al día siguiente se despertó parecía haber olvidado lo sucedido y preparó el desayuno como hacía desde que su madre faltaba. Después, mientras su padre conducía, buscó la sintonía de la emisora que Margaret solía escuchar porque retransmitían música y ni ella ni él se refirieron a lo ocurrido. Mike, para animarla, le dijo que dentro de poco dejarían la caravana y subirían a un barco y harían un largo viaje los dos solos.

—¿Sin nadie, nosotros dos solos en el barco? —se atrevió a preguntar Barb.

—No, claro que no, con otros pasajeros, me refiero a ti y a mí, sin nadie más.

—Cuando lleguemos ¿podré cantar con tus músicos?

—No lo sé, no hemos hablado de eso.

—No me dejarás cantar, ¿verdad?

—Tocaremos por la noche, en clubes y en hoteles. No son el mejor lugar para una niña de ocho años.

—Muy pronto cumpliré nueve. ¿Sabes, papá? Mamá quería que yo fuera cantante y yo también quiero ser cantante cuando sea mayor. ¿Me ayudarás? Tenemos que telefonear al señor Reynolds...

—Ya lo he hecho y tengo buenas noticias. Las guardaba para dártelas cuando estuviéramos a solas. Muy buenas. Leontyne Price se ha interesado por ti y ha llamado a Pandora Brunellesky. Es una cantante amiga suya que da clases. ¿Y sabes lo mejor? No te lo imaginas... Tiene una casa en Mallorca, al lugar a donde vamos, y ha dicho que te acepta, Barb, que te dará clases. ¿Estás contenta?

—Es un milagro de mamá... El segundo —dijo, y después le preguntó a su padre—: ¿Podremos pagar las clases?

—Reynolds se encarga de todo. Le devolveré el dinero, de eso no debes preocuparte.

—Papá, ¿crees que soy mala?

—No, claro que no. ¿Por qué lo preguntas?

—¿Mamá murió por mi culpa?

Mike se volvió hacia ella para mirarla y le pasó el brazo por la espalda y la abrazó sin dejar de conducir. Después le preguntó:

—¿Quién te ha dicho eso?

—La abuela. ¿Fue por culpa mía? —insistió ella, a punto de sollozar.

—No, Barb, no. La mató un loco. Está en la cárcel y pagará por lo que hizo.

—Pero murió porque quiso protegerme... La abuela tiene razón. Yo tengo la culpa. ¿Y tú no pudiste protegerla? ¿No hiciste nada?

—No pude, no supe, apenas me enteré de lo que pasó. Ella corrió hacia ti, yo me quedé quieto, pero tú no tienes ninguna culpa, no quiero que lo pienses. Prométeme que no volverás a pensarlo. ¿Me lo prometes?

—Sí —dijo Barbara.

El barco que tenían que tomar para ir a Europa hacía escala en Miami y fueron en la caravana hasta allí. Barbara parecía más tranquila, las palabras de su padre la habían ayudado a no sentirse tan culpable de la muerte de su madre, pero a la vez no entendía cómo su padre no había tratado de protegerlas, como tampoco en Lambeland había acudido en su ayuda. ¿Qué le había impedido subir al escuchar sus gritos? ¿Y en cambio había subido la abuela pese a echarle la culpa de la muerte de su madre? La abuela era la única persona a la que había confesado lo que había visto en el fondo del espejo. Compartían un secreto.

Al llegar a Miami, Mike vendió la caravana a buen precio y compró los billetes para Europa. El barco era de carga pero también admitía pasaje, lo que resultaba mucho más económico que viajar en avión o en un barco de línea regular.

Una tarde de mediados de junio subieron a bordo. Un marinero les indicó el camarote en que debían instalarse. Era pequeño pero suficiente. Tenía dos literas, una sobre la otra, y un ojo de buey que a Barbara le gustó mucho. Acomodaron su equipaje rápidamente. Eran apenas dos maletas, más pequeña la de la niña. Barb se encargó de colocarlo todo en el armario. Primero la ropa de su padre y luego la suya, como hubiera hecho su madre. Trató de esconder las toallitas que le había dado la abuela para cuando volviera a sangrar. Le daba vergüenza que su padre las viera. Después, obedeció a su padre:

—Ven, vamos a despedirnos de Miami. Ya verás, te gustará el viaje. En esta época el mar está en calma. Además, no tendremos que preocuparnos de nada. El billete incluye desayuno, comida y cena. Podremos dormir hasta tarde, descansar. ¡Lo necesitamos tanto!

Las olas largas, planas y acompasadas al chocar contra el casco levantaban una espuma blanquísima. A Barbara le pareció que eran nubes que el barco iba deshaciendo mientras avanzaba por un mar azulísimo, casi como el cielo. ¿Tal vez vería allí el arco iris?

El rumor de las olas en el mar bonancible invitaba al sueño pero no la ayudaba a dormirse, porque a menudo recobraba las imágenes del exorcismo y las palabras de la muerta emergida desde el fondo del espejo y por eso, la primera noche, ya acostada, desde su litera, le preguntó a su padre, que leía un periódico sentado en la suya:

—Mi madre, antes de que tú la conocieras, ¿era buena persona?

Mike se sorprendió. No entendía a dónde quería ir a parar su hija con aquella pregunta.

—¿Por qué lo dices, Barb? Claro que sí, tu madre era buena, muy buena, lo sabes tú tan bien como yo.

La niña todavía insistió:

—¿Antes de ser mi madre también era buena?

—Claro que sí, estoy seguro, ¿por qué me lo preguntas?

Barbara empezó a sollozar. Mike se levantó para ver qué le pasaba, a qué venían aquellas preguntas. Entonces Barb le contestó:

—Porque la voz me dijo que no tenía hijos por culpa de ella, por culpa de Margaret.

—¿Qué voz? ¿De qué voz hablas?

Entre llantos siguió repitiendo:

—Una voz, la voz me dijo que mamá tenía la culpa de que ella no tuviera hijos...

—No quiero que hagas caso de lo que sueñes, Barb. Todos tenemos pesadillas, todos, yo también, pero intento no hacerles caso. Tú debes hacer lo mismo, y ahora duerme, y si vuelve la voz y te despierta, me despiertas a mí, pero recuerda bien lo que te digo: las pesadillas no son reales. ¿Lo entiendes?

—¿Qué pasa cuando rompemos una promesa, papá? ¿Nos pueden castigar?

—Romper una promesa no está bien y sí, nos pueden castigar. Anda, duerme, yo estoy aquí, a tu lado.

XIX

El viaje, entre el puerto de Miami y el de Barcelona, donde tenían que desembarcar, duraba casi un mes porque el barco tocaba varios puertos para descargar y cargar mercancías.

Yo, Rose, a medida que pasaban los días me daba cuenta de que la relación con mi padre había cambiado, que no era la misma que cuando estábamos juntos en la caravana, antes de llegar a Lambeland, y solo nos teníamos el uno al otro; mi fe y mi confianza en él habían mermado. Además, en el barco mi padre había vuelto al mundo que había perdido al casarse, a las tertulias con compañeros y amigos, a las bromas y a los juegos de cartas. Le veía cada vez más contento, como si el dolor por la muerte de su mujer se le hubiera pasado, y yo lo sentía. Me parecía como una especie de traición, que no compartía en absoluto. Las ganas de vivir, de empezar de nuevo que notaba en mi padre cuando me decía a qué lugares iríamos o me mostraba entusiasmado un folleto del hotel donde los habían contratado, y la ilusión que ponía en contarme todo lo bueno que habría de llegar, en vez de alegrarme, me entristecían. No sé, Rose, si estas sensaciones que trato de transmitirte proceden exactamente de aquella época o de más adelante, porque las analicé muchas veces de jovencita, al recordar el viaje. De lo que sí estoy segura es de que, por entonces, a menudo ya pensaba que yo era un estorbo para mi padre, que él ya no me quería, que en cualquier momento me abandonaría, y no podía quitarme de la cabeza que no hubiera acudido en mi ayuda.

Dicen que el miedo al abandono pasa por la cabeza de muchos niños, incluso de los que tienen un padre, una madre y una vida familiar sin sobresaltos. En mis condiciones, huér-

fana de madre, ese miedo se convertía en pánico. Mi padre, que debía de imaginar mis angustias y fragilidades, me daba a entender todo lo contrario: pasara lo que pasara no me abandonaría, y yo se lo hacía prometer una y otra vez. Pero hacérselo prometer con tanta insistencia me inquietaba. Si no cumplía su promesa le pasarían cosas malas que yo no quería que le pasaran y también me preguntaba a mí misma qué me pasaría a mí, ya que, en cierto modo, había roto en parte la promesa que le había hecho a la abuela, contándole a mi padre que había escuchado la horrible voz. Temblaba pensando que podría sucederme algo casi tan horroroso como la muerte de mi madre, que no podía ser otra cosa que la de mi padre. Era el peor castigo que me habrían podido imponer y entonces rezaba y convocaba la presencia de mamá, que no me hacía caso, salvo en sueños, nunca despierta como antes, excepto una vez.

Una única vez, un atardecer en que estaba sola en el camarote del barco, haciendo los deberes que me ponía mi padre cada día, como antes hacía mi madre. Primero noté un rumor de pasos suaves en el pasillo, después cómo se abría la puerta, y al volver la cabeza la vi entrar, pero no como la recordaba la última vez, antes de que el camión la atropellara, cuando volvíamos hacia el camping donde estaba aparcada la caravana, sino como la había visto en el espejo, cuando era pequeña, casi de mi edad, con el pelo largo y el traje blanco que le llegaba hasta los pies. Pero la aparición fue tan rápida que no tuve tiempo de preguntarle si era ella, aunque lo supe de inmediato, Rose. Supe que era mamá... No hagas ningún comentario, por favor. Lo tienes prohibido.

No pensaba hacer ninguno, el más mínimo, por supuesto, me limitaba a tomar notas. Seguramente la Simpson debió de percibir que algo en mi cara mostraba, aunque yo tratara de evitarlo, la extrañeza que me producía escucharla. Me costaba mucho entrar en ese mundo suyo tan particular e incluso por entonces tomármelo completamente en serio, a pesar de que sabía que muchos cantantes de ópera creen en lo que podríamos denominar parapsicología e incluso confían el éxito o el fracaso de sus actuaciones a las predicciones de sus astrólogas o a aspectos, a mi juicio, absurdos. Creo que Pavarotti, antes de salir al escenario, echaba al aire la sobrecubierta metálica del tapón de una botella de champán para saber si triunfarían o fracasarían, según cayera la chapa de uno u otro lado. Lo de Barbara, no obstante, era otra cosa, incomparablemente más seria, de una envergadura mayor.

La Simpson había hecho una pausa larga, concentrada en el recuerdo. Luego continuó, casi en un susurro:

Era ella, ella cuando niña, una niña de la edad que yo tenía entonces, lo que puede parecer todavía más imposible, significaba que el tiempo, su tiempo, echaba a andar hacia atrás... ¿O era el mío? ¿Yo me había alejado de mí misma para ir en busca de mi madre niña? De que era ella estoy absolutamente segura. ¿Quién podía ser si no? Si tomándome de la mano me hizo corregir una suma que estaba equivocada, como hacía siempre cuando me daba clases. ¿Quién sino mi madre me daría un beso muy suave en la frente, un beso dulce de despedida, justo antes de desaparecer?

«Quédate, no te vayas, por favor», le supliqué levantándome de la silla y yendo hacia la puerta por donde se estaba marchando, pero no me hizo caso. Se fue. Pese a que no quiso quedarse, yo me sentí confortada y a salvo. No estaba enfadada y no me había castigado por haber roto parte de la promesa hecha a la abuela.

Barbara Simpson, la diva, que tenía fama de ser exigente y caprichosa, estupenda actriz, con una gran capacidad para interpretar a los personajes femeninos de las óperas que más le gustaban, esto es, de fingir, parecía una niña asustada y temblorosa, perdida en la nebulosa de su pasado. Tanto es así que al acabar de evocar aquella situación se cubrió la cara con las manos, supongo que para que no la viera llorar. Luego me dijo que iba a dar un paseo por el jardín, que le vendría bien tomar el aire.

Continuamos una hora más tarde, con referencias circunstanciales al viaje. Las transcribí, como me había pedido, en tercera persona:

En el barco no había muchos pasajeros. Uno de los músicos que tenía que tocar en la banda de Mike, Bob Ogire; una señora anciana, miss Stradford, con dos sobrinos; los Sandoval, una familia argentina con tres hijas mayores, y algunas otras personas que subían en un puerto y bajaban en otro, al cabo de muy pocos días, y a las que solo veían a la hora de las comidas.

En Nueva York, en cambio, subieron a bordo dos docenas de pasajeros que no desembarcarían hasta llegar a Europa, y entre los que estaban los integrantes de una compañía de circo que embarcaron con un gran alboroto, muchos paquetes, maletas y una enorme carpa que, a pesar de que estaba muy doblada, fue imposible bajar por la escalera que conducía a la primera bodega y que tuvieron que dejar en la cubierta de babor bien atada y tapada con lonas.

Traían también consigo sus animales. La primera que entró fue una mona amaestrada que se llamaba Bella y que, como una señorita, hacía reverencias. Iba de la mano de un señor con una gran barba y un sombrero extravagante que se ponía y se quitaba, saludando tanto a quienes habían ido a despedirlos como a los tripulantes que los esperaban en el barco, igual que al resto de los pasajeros, que, muy divertidos, asistían a aquel espectáculo tan inesperado, variopinto y entretenido, además de gratuito.

También subieron, mediante una grúa, un elefante en una jaula formidable. Y dentro de otra, suficientemente grande, pero no tanto como la anterior, un león que, como si bostezara de sueño, porque seguramente le habrían administrado un sedante, abría unas fauces descomunales. Dentro de una tercera jaula, más pequeña, iba un poni vestido con una especie de pijama blanco que le dejaba solo las patas libres.

Sin jaula, entraron también varios perros que, atados con correas, conducía una chica alta y airosa. Dándose a menudo la vuelta, saludaba con la mano derecha a los que quedaban en el muelle. Detrás de ella un forzudo con un grandísimo bigote en cuyas puntas larguísimas y engomadas lucía dos lazos de color naranja y llevaba en cada mano unas enormes pesas que levantaba como si se tratara de unas briznas de paja. Tras él una pareja muy guapa, rubios y esbeltos. Él, con sombrero de copa y ella, envuelta en un precioso chal. Saludaban a diestra y siniestra con elegancia, manejando no dos sino tres manos... Eran, claro está, los magos del circo, cuyo cortejo cerraban dos payasos con sus grandes zapatones, la cara empolvada y las narices rojas de quita y pon.

El circo fue muy bien recibido por todo el mundo en el barco, excepto por las hijas de la familia argentina, que aseguraban que era un peligro para todos navegar con un león a bordo por más que permaneciera bien aislado, dentro de una jaula y encerrado en una bodega.

A Barb, por el contrario, viajar con la troupe le pareció fantástico y durante aquellos días asistió al entrenamiento de los perros que un chico jovencito practicaba en la cubierta de popa, y también varias veces acompañó al domador a la bodega para ver cómo daba de comer al león unas cuantas gallinas que este devoró en medio segundo.

Mike se había hecho amigo del señor de la barba, que era el director del circo y su dueño. Eso le permitió a Barb relacionarse con diversos miembros de la troupe que estaban encantados con aquella niña que abría unos ojos enormes ante los juegos malabares que practicaban unos y todavía más ante los trucos de magia que ensayaban otros y que nada tenían que ver con los de The Magic Musicians Mike and Margaret, que ella había visto infinitas veces y que tuvo que reconocer que, comparados con los de la pareja de rusos del circo, eran de una simplicidad ridícula.

A Barb todo lo que hacían Alexei y Nadiuska le parecía perfectamente real y le sirvió para afianzar más su fe en que las cosas, igual que las personas, podían aparecer y desaparecer, que era cierto y probado que en los sombreros de copa había nidos de palomas y que incluso Nadiuska podía ser aserrada por la mitad y vuelta a unir de manera inmediata. Barb se dio cuenta de que no todo el mundo tenía ese don, solo algunos, como la pareja que ella admiraba más que al resto de los integrantes de la troupe. La niña no solo abría los ojos maravillada ante los prodigios que les veía conseguir, sino también la boca.

—Una boca de palmo —le dijo Nadiuska—; ándate con cuidado de que no te entre una mosca y se quede a vivir dentro de tu barriguilla con todos sus mosquitos.

—Las moscas y los mosquitos son especies distintas, me lo enseñó mi madre —le dijo Barb un poco molesta, porque le pareció que Nadiuska le quería tomar el pelo.

La respuesta de la niña le hizo gracia a la rusa y desde aquel día la avisaba siempre que ensayaban en el camarote que compartía con su marido. Barb no consideró que lo que hacían eran trucos. Por el contrario, creyó que ellos tenían un poder extraordinario para conseguir que las cosas fueran de otro modo, un poder que a ella le parecía que en cierta medida compartía, porque podía ver a su madre, cosa que a su padre no le ocurría.

Desde que la troupe subió al barco, Mike estaba todavía más contento, en especial desde que había iniciado una gran amistad con la hija del dueño del circo, algo de lo que Barb se dio cuenta en seguida, desde el primer momento en que los vio juntos, paseando por cubierta. Notó cómo su padre la miraba a los ojos de manera parecida a aquella con la que a veces miraba a Margaret, y por eso empezó a odiarla. En cambio, Mary hizo todo lo posible para resultar agradable a la niña. Le guardaba los *cakes* con chocolate que ponían a menudo como postre y que a Barb le encantaban y la halagaba diciéndole que era muy guapa, que todavía lo sería más cuando se convirtiera en una mujercita y que su padre la quería mucho, muchísimo, más que a nadie en el mundo. Eso fue lo que más molestó a Barb. ¿Quién era ella, la recién llegada, para medir si era poco o mucho el amor de su padre?

Barb de vez en cuando se sentía triste. Compartir a su padre con la saltimbanqui no le gustaba nada; además, pensaba que hacía demasiado poco tiempo que su madre los había dejado. No entendía cómo él podía sustituirla tan pronto.

Mike, desde que conoció a Mary, llegaba tarde a dormir. Barb lo esperaba despierta porque tenía miedo de las pesadillas. Miedo a volver a ver la calavera, a oír su voz, a despertarse sin poder respirar a causa del susto y encontrarse a solas. A veces cantaba bajito para no dormirse, tumbada en la litera, porque su padre le había prohibido que lo esperara sin haberse metido en la cama.

Barb consideraba un milagro de su madre el hecho de haber recuperado la voz y tenía muchas ganas de volver a cantar ante el público. Recordaba de manera agridulce la primera tarde en que lo había hecho en el escenario del Price de Savannah y su triunfo, que acabó siendo el origen de su desgracia. A veces pensaba que si no le hubiera gustado al señor Reynolds, su madre estaría viva.

Ya faltaba poco para desembarcar en Barcelona cuando Mike le dijo a su hija que sus amigos del circo preparaban una actuación con los perros y con la mona amaestrada. También actuarían los magos. Bob y él habían pensado en ofrecer un pequeño concierto y ella podría cantar algunas de las canciones que había ensayado con su madre. Eso la puso muy contenta, no solo porque le hacía ilusión cantar ante el público, sino para demostrar a sus amigos Alexei y Nadiuska que ella sabía actuar.

Ensayó con su padre algunas horas antes del concierto y su interpretación tuvo incluso más éxito que el número de magia de los rusos y eso la hizo sentirse casi feliz. Además, mientras cantaba «Over the Rainbow» le pareció que su madre la estaba escuchando a pesar de que no la vio. Estaba segura de que ella no querría aparecer ante tanta gente, pero notaba que se sentía muy orgullosa de su pequeña Barb. Por la noche y al día siguiente, en el comedor del barco, muchos pasajeros comentaban que Barbara tenía una voz prodigiosa, que incluso cantaba mejor que Judy Garland, de manera más conmovedora y emotiva. Se notaba que vivía lo que estaba cantando.

Fue la señora argentina la que con más entusiasmo la aplaudió. Le dijo a Mike que la niña debía estudiar canto y se ofreció a dar los pasos necesarios para que su prima, la gran cantante Pandora Brunellesky, ya retirada, que pasaba mucho tiempo en Mallorca, donde él iba a tocar, pudiera darle clases. Mike, muy satisfecho, con su renovado aire petulante, le dio las gracias y le dijo que eso ya estaba previsto. La señora Brunellesky ya estaba informada, por Leontyne Price, de la maravillosa voz de Barbara y había aceptado darle clases. No obstante, al día siguiente, Ana Sandoval quiso hacer valer su parentesco con Brunellesky, la prima famosa y rica de la que se sentía tan orgullosa, y le dio a Mike un sobre con dos pliegos. Uno era una carta de recomendación, escrita en español, y el otro, la traducción al inglés de lo que había escrito, para que el saxofonista estuviera enterado de lo que le decía a la Brunellesky. Además le prometió que apenas llegara a Barcelona telefonearía a Pandora para decirle que Barb necesitaba su ayuda. Nada le podía gustar más a la gran Brunellesky que encaminar a los cantantes hacia la fama, lo había hecho con muchos de los más importantes. ¿Había oído hablar de Maria Callas? Con la ayuda de Brunellesky, Barb se convertiría en una gran diva. Se lo podía garantizar.

Tercera parte

I

El American Quartet Jazz, integrado por el magistral Bob Ogire, contrabajo, el gran saxofonista Mike Simpson, el genial trompetista Scott Waller y el magnífico batería Johnny Castro, como se referían a ellos en el folleto de propaganda que el mánager mandó imprimir —que yo encontré entre los papeles de Barbara— para que lo pudieran mostrar por Europa, había sido contratado por primera vez en el Formentor, el hotel más lujoso de Mallorca, de las islas Baleares y uno de los mejores del Mediterráneo.

Ya por entonces, según leí en un libro sobre la historia del hotel, los huéspedes ilustres que habían pasado por allí se contaban por docenas: Churchill con su caballete y sus acuarelas, Chaplin con Oona, su mujer, Grace Kelly con su marido el príncipe de Mónaco, la actriz Joan Fontaine, el Aga Khan con su séquito... Además de otros muchos aristócratas, mandatarios internacionales e incluso representantes de un exotismo que desde la época en que se inauguró el hotel todavía persistía, aunque mermado: marajás con turbantes rematados con esmeraldas y maharanís que valían su peso en oro, mandarines chinos, cuya cara resultaba demasiado parecida a la que exhibía la caja de cartón de una marca de flan, o príncipes orientales con media docena de concubinas. Aparte, naturalmente, de ricos muy ricos o de presuntos ricos, con maneras y nombres más o menos corrientes pero con guiones sobrevenidos en medio de sus apellidos poco notables o con el añadido de un «de».

Diversos huéspedes extranjeros constaban inscritos con ortografía muy complicada y otros con los nombres falsos que suelen usar los espías que trabajan a la vez para dos bandos a los que juran una fidelidad que, ciertamente, guardan a un tercero. También había advenedizos, jóvenes o no tan jóvenes que invertían sus dineros buscando la rentabilidad que suponía complacer a otros huéspedes, ofreciéndoles con la mayor discreción el calor de su intimidad en sus más variopintas posibilidades, tan perdurables como les fuera posible, en directa proporción con la rentabilidad que pudieran sacar en el futuro.

Los músicos habían llegado al Formentor un jueves. Bob y Mike con su hija acababan de desembarcar aquella misma mañana del barco de Barcelona, en cuyo puerto había atracado el Rimini el día antes, en la penúltima escala que hacía desde Nueva York. Scott fue a buscarlos al muelle para ir directamente hacia el hotel, donde ya los esperaba Johnny, el cubano.

El lugar les pareció precioso a pesar de que para llegar hasta allí había que tomar una carretera más adecuada para las serpientes que para los automóviles, y eso resultó un tormento. A menudo tenían que pararse porque Barb se mareaba y el taxista, muy poco amable, decía que el dinero por el que habían ajustado el viaje no era suficiente, tendrían que aumentárselo. Su tiempo tenía un precio porque su pérdida le impedía que otros clientes le contratasen.

En el hotel no contaban con que uno de los músicos trajera a una niña. Nadie los había avisado de una situación tan inusual. La habitación que habían destinado para los cuatro músicos era de servicio, pequeña, con dos literas, donde Barbara no cabía ni siquiera acurrucada en un rincón de la cama de su padre. Además, no era conveniente para una niña una convivencia tan estrecha con cuatro hombres y los músicos tampoco podían sentirse a gusto con Barbara.

La gobernanta, de la que dependía todo cuanto atañía al servicio, se dio cuenta de la situación y permitió que

Mike y su hija ocuparan solos el pequeño cuarto, con una sola cama, de uno de los jardineros, que había tenido que irse porque su madre estaba muy grave, a punto de morir, pero que pensaba volver después del entierro, no fuera a ser que en su ausencia contrataran a otro y le dejaran sin trabajo.

Bel, la gobernanta, le dijo a Mike que tenía tres o máximo cuatro días de margen para buscarle un sitio a su hija, porque en el hotel no se podía quedar.

Mike le dio las gracias. Lo hizo con su estilo más cortés y halagador, como siempre que deseaba sacar partido de sus dotes. Le contó que era viudo, que aún no hacía cinco meses que su mujer había muerto y que la desgracia de quedarse sin madre había sido terrible para su hija, a la que había prometido no abandonar, aunque sabía que eso sería muy complicado. La gobernanta no le entendía porque su inglés no llegaba a las diez palabras, pero le gustó el tono de voz tan masculino del saxofonista, que al darse cuenta de que Bel no comprendía nada de cuanto le estaba diciendo fue a buscar a Johnny para que le tradujera. Este lo hizo de manera simplificada y expeditiva: tres días era el tiempo que necesitaba Mike para que su hija se quedara con él en el hotel. El domingo la dejaría en Fosclluc, en casa de la señora Brunellesky.

En Barcelona, Mike había hablado por teléfono con Pandora Brunellesky. La señora Sandoval los había puesto directamente en contacto desde su hotel. El saxofonista había desplegado sus mejores artes de seducción y Barb había sido encantadora y obstinada: quería ser como ella. Se lo dijo muy convencida:

—Quiero ser como usted o, bueno, casi.

La diva no solía albergar en casa a sus alumnos, pero el caso de Barbara era especial. Se la había recomendado directamente Leontyne Price, y además todo lo que le había contado su prima le había hecho gracia. Siempre había creído en las casualidades. Y el hecho de que la pequeña viniera recomendada por partida doble acrecentaba su interés. Ana Sandoval corroboraba cuanto le había dicho Leontyne, que, aunque no la hubiera escuchado, se fiaba por completo de su amigo Richard Warfield, que sí la había oído. Tantas coincidencias le parecieron de muy buen augurio. También el horóscopo de Pandora se refería a una nueva presencia que le haría compañía, de ahora en adelante. ¿Quién podía ser sino aquella niña prodigio, desengañada como estaba de los hombres? Solo había un pequeño inconveniente, ella viajaría a Mallorca el próximo lunes, pero eso no era impedimento para que Barbara se instalara en su casa el domingo. Daría las instrucciones pertinentes.

Los músicos en cuanto llegaron comenzaron a ensayar, querían algo más que quedar bien: entusiasmar con sus actuaciones. El jazz, que en América se había convertido en un tipo de música que, gustara o no, casi todo el mundo —con excepción del KKK— consideraba representativo del país, a pesar de que fueran muchos más negros que blancos quienes lo interpretaban, en Europa no tenía todavía tantos adeptos y el American Quartet Jazz tal vez podría conseguir situarse entre sus principales propagandistas.

Franky Sullivan, el mánager, que era una persona decidida y entusiasta, les repitió una y otra vez que si en aquella gira lograban hacer adeptos de categoría para su cuarteto, acabarían por poder tocar en el mismísimo casino de Mónaco. Y quién sabe si alguno de los millonarios que habría en el hotel mallorquín no se mostraría interesado en promocionarlos con su dinero, y entonces sí que todo iría sobre ruedas.

Esas predicciones de Franky, tan estimulantes, unidas a la inminencia de la primera actuación, el próximo sábado, llevaron al cuarteto a ensayar durante horas en medio del bosque, aunque encerrados en una nave que formaba parte de los almacenes que pertenecían al hotel y cuyas paredes habían sido insonorizadas de manera curiosa, pegándoles cajas de cartón de las que por entonces se usaban para transportar huevos, para evitar así el estropicio y la pérdida que supondría la rotura de sus cáscaras.

Barb, mientras el cuarteto trabajaba, esperaba fuera.

No quería estar lejos de mi padre, Rose, y me entretenía en los descubrimientos que iba haciendo: las cigarras que cantaban sin parar; los grillos que al anochecer pedían compañía con la infinita persistencia de sus chirridos que, divertida, yo intentaba contestar; el quiquiriquí de los gallos y el cloqueo de las gallinas, cuyo corral estaba cercano, y aún más el grito de los pavos reales, cuyo plumaje, abierto a modo de abanico, me pareció digno de la indumentaria de mi amiga Nadiuska. Todos los sonidos, antes no escuchados, me atraían más que cualquier otra cosa y los imitaba. También me distraía mirando los diferentes tipos de hormigas, negras, rubias y rojinegras. Estas últimas entraban y salían, muy atareadas, al parecer, del fondo del tronco de un viejo algarrobo cargado de algarrobas, que probé por primera vez. Como desde muy pequeña estaba acostumbrada a jugar sola, no me importaba que el ensayo durara horas, puesto que los músicos necesitaban compenetrarse. Mi padre hacía muchos años que no tocaba en compañía y Johnny procedía de una orquesta de Cuba, de donde era y de donde se había escabullido en una balsa hasta Miami. Solo Bob y Scott formaban parte del mismo cuarteto que se había disuelto tan solo ocho meses atrás. Sin embargo, debían demostrar ante el público que su banda había cosechado éxitos en sus innumerables actuaciones precisamente por su enorme compenetración.

II

El domingo por la mañana un taxista de Pollensa, amigo de la gobernanta, recogió a Mike y a Barb, acompañados por Johnny, en funciones de traductor. El taxista, por un precio pagado en dos plazos, los llevaría hasta Palma y desde allí un autobús, que en los pueblos mallorquines llamaban «el correo», los conduciría hasta Fosclluc.

Barbara recordaba que estaba triste. A pesar de que tomar clases de canto era su mayor ilusión, porque creía que de ese modo cumplía con el principal deseo de su madre, separarse de su padre agudizaba sus temores. Tampoco sabía cómo encajaría con la señora Brunellesky, si sería muy severa, si le parecería que podría ser cantante cuando fuera mayor o, por el contrario, no querría perder el tiempo con ella. Por teléfono la había encontrado encantadora, pero no la conocía y no imaginaba cómo serían sus clases. No obstante, se daba cuenta de que había tenido mucha suerte por el hecho de que la profesora tuviera casa en Mallorca. Así no se separaría por completo de su padre. Cuando Brunellesky volviera a Milán, donde vivía y tenía la academia de canto, sería distinto, entonces sí que no tendrían más remedio que separarse. Quizás a su padre no le importaba. Si quería emprender una nueva vida con Mary, ella sobraba.

Barruntaba todo esto, lo recordaba bien, según me dijo, mientras su padre dormía con la cabeza apoyada en el respaldo del asiento, en el autobús que los llevaba a Fosclluc. La actuación del día anterior había acabado muy tarde y Mike se había levantado muy temprano, a las cinco, para salir de Formentor casi inmediatamente, y llegar a tiempo de tomar el autobús que salía de Palma a las ocho, repleto de excursionistas que hablaban en una lengua que jamás habían oído.

Barbara reprodujo ante la grabadora su llegada a Fosclluc:

En la parada del autobús nos esperaba una mujer, muy delgada, de aspecto agradable, sonriente y ojos de un azul muy claro. Como no tuvo ninguna dificultad en reconocernos, se nos acercó en seguida. Nos dijo que era Tina. Trabajaba para la señora Brunellesky, era persona de su máxima confianza y la había enviado para darnos la bienvenida, según iba traduciendo Johnny.

—He venido a esperarlos en su nombre. Yo me haré cargo de la niña preciosa —y me señaló— mientras no llegue la señora. Ayer recibí un telegrama. —Y lo sacó del bolsillo y nos lo mostró.

Johnny lo leyó traduciéndonoslo al inglés: «Imprevisto última hora obliga cambiar billete. Retraso unos días llegada. Mejor para Barbara quedarse contigo en tu casa. Cuídala con cariño. Te mando giro. Pandora Brunellesky».

La sorpresa de mi padre, y aún más la mía, fueron enormes. Pero Tina insistió en que podíamos confiar en ella. Ella se encargaría de «la pequeña» con mucho gusto, en su casa, y no en casa de la señora, que quedaba un poco alejada del pueblo y donde yo no podía quedarme solita, pobrecita niñita.

Johnny iba traduciendo cuanto decía, a veces remedándola, con lo de solita y pobrecita.

—En casa de la señora tendría mucho miedo. Los guardeses, Jeroni y su mujer, no viven en la casa grande sino en la casita que hay en un extremo del jardín. La casa de la señora es muy grande. Enorme —repetía—. Si lo sabré yo..., cuando doña Pandora está aquí no me bastan tres mujeres para que me ayuden a limpiarla. Ayer la dejamos como una patena... Pepa, la mujer del guardés, es la cocinera, pero, claro, no limpia, y Jeroni trabaja de jardinero y de chófer cuando la señora lo necesita, siempre de uniforme, parece un almirante. Ayer ya se preparaba para ir mañana al aeropuerto a buscarla, incluso había pasado por el barbero...

Todo eso se lo iba contando a Johnny, que se encargaba de transmitírnoslo, porque ni mi padre ni yo entendíamos nada de lo que decía aquella mujer que hablaba por los codos, según el cubano en un castellano bastante rudimentario, al que añadía, sin problema, palabras en mallorquín. Acompañaba las frases con gestos abundantes de las manos y muecas diversas. A los tres nos pareció simpática y Johnny le dijo a mi padre que seguro que me trataría muy bien. Yo también lo supuse, en cuanto me vio me plantó unos cuantos besos sonoros y me acarició los rizos mientras me seguía hablando:

—*Ya lo verás, reina mía, que estarás* de *bien conmigo y la señora Brunellesky no tardará a llegar. No quiero que eches de menos a tu papá. Estarás muy bien en casa. Jugaremos, ya lo verás.*

Yo la miraba sin comprender nada y miraba también a mi padre con ojos interrogantes. ¿Qué decía aquella mujer? Ella repitió en voz más alta las mismas frases, algo que he visto hacer muchas veces a quienes consideran que no es que no sepamos su idioma, sino que no les prestamos la debida atención auditiva.

De nuevo el cubano cumplió con su función de traductor. No solo tradujo a su manera resumiéndonos a veces lo que decía Tina, sino que le sirvió de intérprete a mi padre:

Le rogaba que tratara muy bien a su hija, porque era la primera vez que se separaban. Le dijo que era una niña muy sensible, que desde que su madre faltaba, le costaba dormirse y se despertaba a menudo y a menudo lloraba incluso con los ojos cerrados, en sueños. A veces dormida se levantaba de la cama y se paseaba casi sonámbula. Exageró ese aspecto, no fuera a darles un disgusto y tropezara o se cayera, como le había ocurrido en casa de sus abuelos. En cuanto llegara la señora Brunellesky, tenía que avisarle. Mi padre quería hablar con ella. También debía avisarle en seguida de cualquier cosa que me pudiera pasar y le dio apuntado en un papel el teléfono del hotel Formentor. Él iría a Foscl·luc todos los domingos, para estar conmigo. Y me llamaría por teléfono todos los jueves...

—Yo cuidaré muy bien de Barbareta, de Baba...
—Barb, mejor la llamas Barb —interrumpió Johnny, después de traducir lo que decía y seguir traduciendo a continuación.

Pero Tina no le hizo caso, se empeñó en llamarme Baba y yo fui Baba durante el tiempo que estuve en Fosclluc. Todos me llamaron siempre así.

Barb-Baba reconstruyó su llegada a Fosclluc y me pidió, como acostumbraba a hacer, que yo la escribiera, añadiendo aspectos que Pandora Brunellesky le contó mucho tiempo después.

En el pueblo, algunos que habían visto bajar del autobús a los dos negros con una niña igualmente de carbón y una maleta pequeña aseguraban que aquel señor extranjero, el más alto y que parecía tan simpático, le había pagado a Tina una buena cantidad para quedarse con la pequeña. Pero otros lo contaban al revés: Tina le había comprado la niña y era ella quien le había dado los billetes. A él le habían visto sacarlos del bolsillo, atados con una goma, en la tienda, cuando se paró con la pequeña y le dijo que eligiera algunas golosinas antes de despedirse. Y vaya usted a saber si los dineros eran de Tina, de sus ahorros de toda la vida, los había tomado prestados a la señora Brunellesky, o se los había cogido de algún cajón donde estuvieran escondidos porque ella tenía llaves de la casa de la cantante y toda su confianza para entrar y salir cuando lo considerara necesario o le diera la gana.

Mike quiso ver la casa de Tina y la habitación de Barb y le pareció que era bastante acogedora. Le gustó el pequeño huerto de la parte de atrás, con los limoneros y la morera, las plantas medicinales que también había visto sembradas en Formentor y cuyos nombres le fue recitando Tina: romero, valeriana, manzanilla, hierbabuena, aunque Johnny fue incapaz de traducir, se limitó a decir que eran plantas medicinales.

A Barb le gustaron las flores que no había visto nunca: las dalias, los gladiolos y una inmensa buganvilla que debía de ser la planta de Fosclluc porque desde la ventanilla del autobús se había fijado en que, junto a las paredes de muchas casas, había un estallido de flores rojas, fucsias o amarillas de la misma especie del arbusto que crecía en el jardín de Tina y se acordó en seguida de las azaleas de Savannah, del último ramo que cortó para su madre, de las últimas flores que esta le puso entre los rizos, y sintió un escalofrío.

Mike, Barb y Johnny tomaron en la cantina del café el menú del día, que, por ser domingo y a la espera de visitantes, seguramente la cocinera se habría esmerado en preparar. Después de comer, se llegaron hasta la casa de la señora Brunellesky, dando un paseo con Tina, para que Mike viera dónde viviría Barb, en cuanto la cantante llegara. Tina les mostró los salones y el dormitorio, enorme, que sería el de la niña, con una cama de matrimonio, un tocador con un enorme espejo, que a Barb la asustó, pensando que tal vez por ahí podría colarse también la calavera que había visto en casa de sus abuelos, y apretó la mano de su padre, que no había soltado en todo el día.

En la sala donde la señora Brunellesky le daría clase había un piano de cola, un sofá y dos grandes butacas a conjunto, tapizados con tela estampada con notas musicales, que a Johnny le pareció muy apropiada y a Barb le hizo mucha gracia. Había también a ambos lados de la pared del fondo dos cómodas.

—Las hizo traer de Italia. Son muy antiguas y de una madera muy buena, jacarandá, creo que se llama, con incrustaciones de marfil y los tiradores de plata —puntualizó Tina, mostrándoles con esas referencias que ella conocía bien incluso los muebles de la casa y sabía ponderar su valor.

Sobre las cómodas había muchos marcos con fotos de Pandora Brunellesky. Algunas tomadas durante sus actuaciones gloriosas en los teatros de ópera más importantes del mundo. Otras posando con dirigentes internacionales —una suposición de los visitantes—, aunque no reconocieron a casi ninguno, excepción hecha de Eisenhower y de otro político muy alto que lucía un extraño birrete. Tal vez De Gaulle, apuntó Johnny. De las paredes colgaban muchos cuadros grandes muy bien enmarcados, lo que les hizo deducir que tenían que ser obras de artistas de primera categoría.

—A doña Pandora le gusta mucho la pintura y los cuadros son muy buenos. Nos lo ha repetido muchas veces para que tengamos cuidado a la hora de quitarles el polvo —se sintió obligada a comentar Tina, mientras veía que aquellos dos señores les pasaban revista.

La sala se abría al jardín, desde donde se veía el mar a lo lejos. Ni Mike ni Barb habían estado nunca en un lugar tan lujoso. Ambos se miraron satisfechos. Si Barb tenía tantas posibilidades de llegar a cantar y de cantar estupendamente, como les había dicho Reynolds, quizá sí que conseguiría algún día ser como la Brunellesky. Con su ayuda. Su ayuda sería definitiva.

Barb, acompañada de Tina, despidió a su padre y a Johnny en la parada del autobús que a las cinco volvía hacia Palma. Desde allí tomarían otro para llegar a Pollensa. La gobernanta les había dicho que ella los podía esperar a las nueve, en cuanto llegaran, para ir juntos a Formentor.

III

No puedes imaginarte, Rose, lo que supuso para mí que mi padre me dejara en Fosclluc, rodeada de gente que no conocía, sin comprender una sola palabra de la lengua en la que hablaban, sin que tampoco ellos entendieran nada de la mía. No obstante, quiero que conste que Tina fue muy buena conmigo. De su trato durante la semana que pasé en su casa no tuve ninguna queja, al contrario. Intentó complacerme desde el primer minuto, preparándome los platos que consideraba que me podrían gustar, como unas pastas rellenas de mermelada y un tipo de bizcocho cuya masa aumentaba dentro del horno y que Tina quiso enseñarme a hacer.

Ayudarla con la repostería me tuvo muy entretenida el primer día que pasé allí. Nunca había visto amasar. Tina lo hacía en un gran lebrillo de barro y, al darse cuenta de mi curiosidad, buscó otro más pequeño para mí. Me encantó comprobar que yo también era capaz de llegar a hacer aquella especie de magia que consistía en convertir en unos bollos riquísimos la mezcla de varios ingredientes: harina, agua, manteca, huevos, azúcar y unos polvos que sacó de un sobre que guardaba en una cajita pequeña.

Había que amasarlo con las manos, meterlas en la harina blanca mezclada con agua, manteca, huevos; notar los dedos pringados de pasta, que se deslizaba formando churretones, y después mover las manos, abriendo y cerrando la palma hasta conseguir que la masa fuera un todo homogéneo. Me gustaba ya entonces, y todavía, a estas alturas, me sigue gustando, tener las manos ocupadas para producir algo de provecho, desde una sonata al piano a un bizcocho, pasando por las flores de papel que mi madre me enseñó a hacer o los bordados en los que la abuela insistía en instruirme sin conseguirlo.

Amasábamos en el pequeño jardín de la casa de Tina, a la sombra de los árboles sobre una mesa de madera vieja donde Tina después extendía la pasta con un rodillo y la cortaba con unos moldes de figuritas. Me dejó que yo también lo hiciera y que eligiera los que me gustaran más. Recuerdo muy bien el primero que escogí, el de un zapato, pensando en los zapatos de Dorothy, en los zapatos rojos que estrené en Savannah, la ciudad de tantos sabores agridulces que por siempre jamás he llevado impresos en la memoria y donde siempre que he podido, como tú sabes bien, he ofrecido conciertos benéficos por la buena causa de los derechos humanos y en recuerdo de Reynolds.

Tina me enseñó para que usara cuanto quisiera todos los moldes que guardaba. Había algunos con formas de animales, una tortuga, un pez, un cisne, otros más con formas de estrella y de luna. Estos últimos en seguida me llevaron a recordar mi canción y el deseo de volver a ver el arco iris. Tal vez ese deseo fue en aquel instante tan poderoso que cuando acabamos de hornear las pastas y los bizcochos conseguí ver sus colores. Tina limpió los cacharros en el jardín, llenándolos primero solo de agua a la que añadió después, cuando la masa pegada se había desprendido, unas gotas de jabón que en contacto con el agua se convirtieron en pompas.

De repente, en tan solo unos segundos, surgieron los colores del arco iris que me parecían tan misteriosos, fueron solo unos instantes, justo antes de que Tina cogiera el lebrillo para echar el agua jabonosa a la puerta del jardín de su casa, en medio del camino empedrado que conducía hacia el pueblo, esparciéndola con las manos a puñados para mojar el suelo sin encharcarlo. Algo que nunca había visto hacer.

De aquel primer día recuerdo el olor intenso de los limoneros, unos árboles desconocidos para mí, cargados de frutos amarillos, y también que Tina cogía con sus manos los olores de las plantas que tenía sembradas y abría el puño junto a mi nariz y me las daba a oler mientras me señalaba las flores y las hojas de donde procedían y me decía muy despacio sus nombres, aunque yo no le prestaba atención. Los aprendí mucho tiempo después —porque en la Toscana también me acostumbré a verlas—, y supe del romero, la manzanilla, la lavanda, la hierbabuena. E imitando a Tina cogía con la mano sus olores y, apretándolos dentro del puño, los guardaba un momento y los soltaba en la nariz de Guido, mi primer amor, que me los pagaba con un beso.

Pandora, que tenía afecto a Tina, me contó que esta, desde que se había casado, muy enamorada de su marido, quería tener hijos, que no llegaban. Las dificultades de Tina para quedarse embarazada tenían que ver, al parecer, con el escaso interés que despertó casi desde la noche de bodas en su marido, que no la deseaba en absoluto. En el pueblo decían que Tina ya no le gustaba, la encontraba demasiado mayor. Había cumplido treinta y tres años, y él las prefería más jóvenes. El verano que yo llegué, según supe después por Pandora, andaba detrás de la nueva criadita que tenían en el café, a donde iba cuando volvía de trabajar hasta que cerraban. La muchacha tonteaba con él a pesar de que, por edad, Jaume podría ser su padre. Tenía más de cuarenta y Antoñita todavía no había cumplido los quince.

Si Pandora no hubiera confiado en Tina no habría permitido que yo estuviera con ella hasta su llegada. Lo hizo porque le pareció que si me quedaba sola en su casa, alejada del pueblo y con la única compañía de los guardeses, me moriría de miedo. Pandora no tenía la misma opinión de Tina que de su marido. A veces había visto a Tina con moratones en la cara, que ella misma atribuía a caídas, a causa de sus despistes, pero que Pandora sospechaba que provenían de la mano de Jaume.

La primera noche que dormí en su casa, desde mi cuarto los oí hablar mucho rato. Él en un tono fuerte, amenazante, mezclado con gritos. Ella en voz muy baja le replicaba, debía de llorar, porque a veces percibía sus sollozos, pero no entendía nada de lo que decían ni por qué discutían y pensé que tal vez era por culpa mía, porque él, Jaume, al cruzarse conmigo el *domingo ni siquiera me había mirado. Tal vez yo constituía una molestia, una pequeña intrusa que le robaba la atención de su mujer, a pesar de que estoy segura de que la señora Brunellesky le debía de pagar muy bien por el gasto de mi manutención y por el alojamiento. Para Tina, me lo aseguró Pandora mucho tiempo después, como ya te he dicho, yo era muy bienvenida, le serviría de compañía.*

He transcrito cuanto me contó Barbara Simpson sobre su primer día en Fosclluc, como tantas otras veces, para que su voz pudiera servir de complemento o de contrapunto a nuestra investigación.

Escribo «nuestra» porque a partir de aquí incorporo la participación de Carme Riera —suyos son los capítulos que van del VI al XIV de este libro—, que aceptó colaborar conmigo y buscó testigos que pudieran ayudar a saber si todo lo que le había pasado a Barbara, lo que recordaba haber vivido, se ajustaba a la realidad y hasta qué punto su imaginación infantil enorme no había alterado los hechos. Algunos, como las apariciones de su madre, nunca los consideró fruto de sus sueños o de sus fantasías, sino encuentros reales y verdaderos cuya explicación tenía que ver con los lazos que ella y Margaret habían establecido y también con su capacidad de percepción, mucho más abierta en la época del duelo y que Ripper le había asegurado que ella poseía en extremo.

Una percepción que a veces —yo fui testigo en varias ocasiones— le permitía adelantarse a acontecimientos. No todos estamos cualificados para un grado de clarividencia como el de Barbara Simpson. Yo, por ejemplo, no la tengo, pero en absoluto niego su existencia, dadas las posibilidades infinitas que la ciencia y la tecnología han demostrado a día de hoy, y que, pese a estar ahí, no somos capaces de percibir más que una pequeña parte.

Barbara deseaba averiguar qué había pasado después de que ella se marchara de casa de Tina y me insistió muchísimo en lo imprescindible que era para ella conocer con detalle todo lo ocurrido. Sabía solo lo que le había contado Pandora y necesitaba comprobar hasta qué punto lo que esta le había dicho se ajustaba a lo que había sucedido, y más aún quería averiguar qué parte de responsabilidad le correspondía a ella y cómo podría, finalmente, tranquilizar su conciencia para poder morir en paz cuando le llegara la hora, sin dejar nada pendiente.

El doctor Ripper le había pedido que investigara de manera pormenorizada cuanto se refería a los acontecimientos que le habían hecho volver y ella se mostraba absolutamente dispuesta porque, en efecto, como repetía, creía que había un culpable que había sido tomado por inocente y un inocente por culpable, y que su testimonio serviría, pese al tiempo transcurrido, para establecer la verdad, y estaba decidida a que se hiciera justicia y que esta pudiera ser demostrada públicamente.

La misión que, con el beneplácito de la soprano, encomendé a la escritora mallorquina Carme Riera, que conoce muy bien la zona de Fosclluc, era la de hablar con personas que a pesar del tiempo transcurrido, treinta y seis años, todavía recordaran lo que supuso la llegada de Barbara —Baba para ellos— al pueblo, los días angustiosos que propició y los trastornos y las peripecias en que todos se vieron involucrados.

Por gratitud y por delicadeza quedamos de acuerdo en que no haríamos públicos los nombres de los informantes —excepción hecha de aquellos que lo desearan—, y que los de los vecinos del pueblo, que aparecerían en el relato elaborado gracias al testimonio de quienes accedieron a hablar, serían supuestos.

Por otro lado, cuando finalmente acompañé a Barbara Simpson a Fosclluc —pese a los enormes cambios operados, hoy es un lugar de los más cosmopolitas y turísticos—, no me fue nada difícil imaginar lo que pudo significar la llegada de una *nina*, como dicen allí, negra, o, como algunos le confesaron a Carme Riera, «más negra que el betún» —lo políticamente correcto no les había hecho mella todavía—, e insistían en el hecho de que tan negra no habían visto ninguna en persona y muy pocas en las pantallas del cine o de la televisión. A finales de la década del sesenta en Fosclluc no se podía ver apenas la televisión porque la luz eléctrica la proveía todavía un generador que no tenía potencia suficiente.

Tanto Carme como yo pensamos que la primera persona con quien había que hablar era Tina, pero cuando la escritora llegó a Fosclluc a principios de julio de 2005 no estaba. Pasaba temporadas en Valencia, en casa de su hijo. Acostumbraba a volver a finales de septiembre, lo que le permitiría a Barbara hablar directamente con ella, puesto que nuestro viaje, si el restablecimiento de la soprano continuaba como hasta entonces, estaba previsto para principios de octubre. De manera que coincidiría con el regreso de Tina.

Mientras tanto, en julio de 2005, Carme se propuso averiguar cuanto pudiera sobre ella y sobre su marido. Habló de ambos con varias personas de Fosclluc, Foscgran y Sóller, que le dieron referencias coincidentes. Transcribo las palabras de Antonia Vives, la primera de sus informantes, que había trabajado en casa de la señora Brunellesky con Tina y la conocía mucho:

Tina, desde el momento en que se casó, deseó tener hijos y tenía un gran disgusto por no tenerlos. Por eso, algunos del pueblo, cuando llegó Baba, decían que la había comprado. Lo decían los que no la conocían bien, porque ella quería niños suyos, niños que fueran del hombre al que amaba y no desconocidos, venidos del otro lado del mundo y de un color que nada tenía que ver con el de su piel ni con el de la piel de sus antepasados, que no se sentirían contentos. No es que a ella el color oscuro de la niña no le pareciera tan natural como el blanco. Negro y blanco son los dos muy principales y el mun-

do no funcionaría si después de la oscuridad no viniera la luz y viceversa.

Tina decía que a ella que la niña fuera negra le daba igual. Nos lo decía cuando los vecinos le preguntábamos por la recién llegada. Pero una cosa era eso y otra, muy diferente, parir una negrita. Ella quería niños suyos, blanquitos. Pero no conseguía quedarse embarazada.

Yo creo que Tina era y es una buena persona, a la que su marido tenía atemorizada, porque cuando llevaba dos copas de más le pegaba y el miedo nos hace cerrar la boca. Yo creo que Jaume además la había aborrecido. Tina no le importaba, pero a la vez era celoso. Era de aquellos que pensaban que la mujer tenía que servirle, estar a lo que él mandara. Él era el amo y a lo mejor no le gustó nada que Tina se desviviera por la pequeña, a pesar de que la niña no le tenía que molestar gran cosa porque no la veía. Jaume trabajaba en la embotelladora de agua de Foscgran. Se iba de buena mañana y no volvía hasta el atardecer. Y desde que volvía se le podía encontrar en el café. Hasta que no cerraban no se iba a casa, cuando la niña, seguro, ya debía de dormir desde hacía horas. Aunque, por otro lado, también podríamos pensar que con la niña Tina no le sermonearía con sus celos, tendría más trabajo y también más entretenimiento. Lo sé, porque en un pueblo pequeño se sabe todo, y sé también que alguna, que ya ha muerto y cuyo trabajo consistía en no hacer nada y andar con habladurías de aquí para allá, le había insistido en que lo de su marido con la criadita nueva del café era más serio que lo del verano pasado con Sara, la muchacha que cuidaba a los niños de una familia extranjera instalada en Foscgran.

Testimonio de Margalida Capó, vecina de Tina y por entonces su confidente:

Tina y Baba se entendían solo por señas. Tina nos decía que intentaba que cada día aprendiera palabras nuevas y que había empezado por las más necesarias: buenos días, buenas noches, gracias, yo, tú, agua, pan, aceite, leche, flores y le señalaba las cosas, le repetía sus nombres sin éxito. Baba no se fijaba. Muchas veces, yo, que era su vecina más cercana, antes de mudarme a Foscgran, sacaba la cabeza desde el cercado medianero de nuestros corrales y le preguntaba cómo le iba con Baba y me decía que la pequeña se pasaba ratos canturreando y jugando con el gato. Lo había bautizado con un nombre diferente, Totó, y parece que al gato le gustaba más que el que le había puesto Tina, Bigotis, porque en cuanto la niña lo llamaba Totó, Totó acudía. Baba le hablaba en inglés y el gato parecía escucharla y obedecerla. Era su juguete predilecto, con el que se pasaba horas. Tina me decía que a veces leía libros que había traído en la maleta y otras, sentada bajo la morera del jardín, miraba el ir y venir de las hormigas de cabeza roja sobre el tronco del árbol y se le caían las lágrimas.

Cuando su padre la dejó no lloró. Yo lo vi todo, casualmente, porque acababa de llegar a Fosclluc en el autobús que venía de Palma y regresaba hacia allí con los dos extranjeros y para ir a mi casa tenía que recorrer el mismo camino que Tina. Tina cogió de la mano a Baba y no la soltó hasta que entraron por su puerta. No parecía que estuviera triste. Se ve que la tristeza, me decía Tina, le llegó después. A ratos parecía como si no estuviera donde se encontraba, como si estuviera Dios sabe dónde. Lejos, muy lejos. Aparentaba no tener interés en nada, ni siquiera en aprender las palabras más elementales, necesarias para darse a entender y poder transmitir lo que le ocurría. Solo cuando Tina la acariciaba, después de acostarse, y le decía palabras tiernas que había guardado hasta entonces para los hijos que habrían de llegar, pero que no venían, como estrellita fina, pajarito, reina mía, pichoncillo, o princesita de mi corazón, ella sonreía y la miraba con aquellos ojos tan grandes, profundos y tan negros y entonces sí intentaba repetir las palabras que Tina le había dicho, bajito, con la voz más cariñosa. Después, cuando la niña se dormía Tina le daba un par de besos, le acariciaba el pelo como suponía que habría hecho su madre y la dejaba encerrada en la habitación, con la *llave puesta en la cerradura por el lado de fuera, para que no pudiera salir.*

Baba —vaya nombre feo, ¿qué quiere que le diga?, no nos gustó a nadie, ¿sabe por qué? Baba es una palabra ridícula en nuestra lengua, que no pega para bautizar a nadie, además se parece a babosa, más fea todavía, a baba de caracol, saca los cuernos al sol— no hablaba más que en su lengua y no la entendíamos. Ni una palabra en la nuestra, ni tampoco en castellano. Y a Jaume eso no le gustaba. Andaba diciendo por ahí, a quien quisiera escucharle, que «si fuera invierno podría ir a la escuela a que le enseñaran a hablar como nosotros. ¿No es ella la que ha venido aquí? Pues a ella le corresponde aprender lo que hablamos aquí y no a nosotros lo que hablan allí». Si alguien le preguntaba por la negrita repetía lo mismo.

Tina me contó que mientras esperaba a que su marido volviera del café, oía que la niña daba vueltas en la cama, muy agitada, y le parecía que lloriqueaba o que se quejaba como si una pesadilla la hubiera despertado, pero no se atrevía a ir a verla. No quería que se acostumbrara a que ella tuviera que estar pendiente también durante la noche, levantándose a oscuras porque entonces en Fosclluc el generador dejaba de dar corriente a las once.

Quizás, además de su mal dormir, del que Tina estaba avisada por su padre, la oscuridad la atemorizaba todavía más si abría los ojos y no veía nada. Tina me dijo que había pensado en dejarle una vela, pero le daba miedo que se cayera sobre la mesilla de noche si la niña dormida le daba un manotazo sin querer y acabara por provocar un incendio. La pequeña mesilla era el único lugar donde podía poner la vela, porque con excepción de la cama y una silla no había ningún otro mueble en el cuarto. Además, dejar una vela encendida toda la noche, quemando por las almas del purgatorio, le parecía un gasto innecesario y le daba un cierto repelús. Las velas encendidas llaman a los muertos.

Ya desde la primera noche, Tina, según me dijo —yo entonces era su confidente—, le dio a entender a Baba por señas —cerrando los ojos, uniendo las palmas de las manos como si rezara y poniéndolas luego junto a la mejilla derecha— que por las noches las niñas tienen que dormir de un tirón sin despertarse. Luego, aunque sabía que no la entendería, le dijo que la luz, aunque fuera tan poca como la de una vela, impedía dormir. De noche, le repetía Tina, es la luz y no la oscuridad la que llama los espíritus y los despierta. Más vale que duerman. Tú duerme también y así nadie te molestará. Pero Baba, al parecer, no podía dormir. Yo le decía a Tina que seguramente echaba de menos a su familia, a su madre, que no hacía mucho que había muerto, y a su padre, que había tenido que dejarla con Tina por un imprevisto que le había pasado a doña Pandora. Dormía tan poco, la pobre, que se despertaba con unas enormes ojeras impropias de una niña de su edad, de eso puedo dar fe.

Cuando Tina, de buena mañana, entraba en la habitación de Baba, a menudo la encontraba ya despierta con la cama hecha y vestida con los pantalones con tirantes y la camiseta de color azul, la misma ropa que solía llevar siempre. De la maleta solo había sacado un par de mudas de ropa interior y los vestidos nuevos, que Tina había colgado en el armario de su habitación porque en el de Baba no había y no quería que se arrugasen todavía más. Quería presentarla a la señora Brunellesky con uno de los dos vestidos bonitos que Baba había traído.

Hasta aquí las declaraciones de las primeras informantes a Carme Riera, que las grabó en un magnetófono cuya cinta me envió. No todos los teléfonos móviles tenían en 2005 incorporada esta prestación como ahora y además consideraba primordial que yo guardara la cinta como documento de su investigación. La transcribí en cuanto me llegó y le mostré en seguida la transcripción a Barbara. Me dijo que recordaba vagamente a la vecina de Tina y sus palabras le causaron una gran conmoción, me consta, pero a la vez la ayudaron a reafirmarse en sus recuerdos, que yo, por mi parte, también grabé y anoto a continuación.

IV

El martes, tercer día después de mi llegada, Tina quiso enseñarme el pueblo. Deseaba además que los vecinos que todavía no me habían visto me conocieran. Me lo dijo por señas, con los gestos tan expresivos de sus manos y también de sus pies, dando pasos. Primero se acercó a la puerta, luego, tomándome de la mano, me llevó hasta allí. Cruzamos el pequeño jardín que daba acceso a la casa y desde la cancela me señaló el camino hacia abajo, donde estaban las únicas tiendas que había en Fosclluc. Después volvimos a entrar y sin soltarme la mano me condujo a su habitación y abrió el armario; sacó mis dos vestidos y me indicó que escogiera el que prefiriera. Elegí el mismo que me había puesto en Formentor. Y mientras yo me cambiaba, ella dobló unos manteles, que había terminado de bordar aquella misma mañana, y los metió en una bolsa.

Salimos cogidas de la mano. Tina me fue presentando a todos cuantos nos cruzábamos. Ella decía mi nombre y yo intentaba sonreír aunque me sentía incómoda. No era lo mismo sonreír desde el escenario al público que hacerlo a aquellos desconocidos que me miraban como a un bicho raro. Tina aprovechó para comprar las cosas que le hacían falta y así entrar en el colmado, en el horno y en la carnicería, para que me vieran.

Después fuimos a casa del cartero. Ya nos lo habíamos encontrado el domingo y Tina se lo había presentado a mi padre y a su amigo y Johnny había traducido lo que ella le decía: es el hombre más motorizado del pueblo, tiene una camioneta pick-up —como las que yo estaba acostumbrada a ver cuando íbamos con la caravana— con la que transporta a Fosclluc las mercancías necesarias y otro coche con el que también hace de taxista si alguien lo necesita. Por eso, si me pasara a mí cualquier cosa, Tomeu, que era primo de Tina, podría acompañarme a donde fuera, hasta Formentor, en caso de necesidad.

Tina le dio a Tomeu la bolsa con los bordados para que los llevara a Palma. Después subimos por una escalera que había al fondo del taller. Trató de decirme por señas que la persona que nos esperaba allí era de su familia, pero no hacía falta porque se parecían mucho. Recuerdo que la mujer a la que me presentó se dirigía a mí y me decía muchas cosas. Supongo que eran expresiones amables por las sonrisas que me dedicaba. Seguro que como mucha más gente de Fosclluc no había visto una negrita como yo tan cerca, porque la palabra «negrita» sí la recuerdo y también que por señas me pedía que me acercara para ver cómo era el cancán que llevaba bajo la falda y que se meneaba con un frufrú que le encantó. Después me ofreció galletas, y me dio un puñado de caramelos. Y me siguió hablando, imagino que haciéndome mil preguntas. Preguntas que me pareció que Tina iba contestando por mí, mirándome con complicidad. Antes de irnos le dio a Tina unas semillas dentro de un pañuelo. Entonces ella me señaló a mí y cerró los ojos y unió las palmas de las manos, como si rezara, y las puso junto a la mejilla derecha y apoyó la cara. Entendí que era un remedio para dormir lo que su tía le había dado.

Al despedirse de mí, la vieja me dio muchos besos sonoros, como un largo gorjeo de pájaros.

Recuerdo bien cuanto pasó cuando salimos de casa de la tía de Tina, porque, tal vez, todo lo que vino después tiene que ver con aquellos momentos, puesto que vi por primera vez a alguien que se me parecía un poco. Ahora, por supuesto, sé que su color oscuro tenía que ver mucho más con su vida al sol y al aire libre que con la genética, aunque entonces ese parecido me lo hizo mucho más cercano que cualquier otra persona de las que me rodeaban. Además me saludó en mi lengua: «Hello, princess». A mí que me llamara princesa, como hacía mi madre, me gustó mucho y le di las gracias, de la manera más educada: «Thank you very much, sir».

El que así me había saludado se llamaba Tià y era la única persona del pueblo que hablaba mi idioma. Me dijo que si yo quería, le preguntaría a Tina si podía ir a su casa a verme cuando bajara al pueblo por si yo necesitaba que me sirviera de traductor. Le dije que con mucho gusto y Tina aceptó.

Luego dimos un paseo muy largo. Tina me llevó hasta la fuente para que viera cómo manaba el agua, gélida en invierno y en verano porque venía de la cima de la montaña, y me enseñó el lavadero donde las mujeres hacían juntas la colada. Después anduvimos hasta el lugar más alto del pueblo. Allí estaba la iglesia, cerrada porque solo se abría los domingos y las fiestas de guardar. Entramos en el cementerio, para que viera desde allí el pueblo casi acurrucado en la falda de la montaña. Tina me señaló el caserón de la señora Brunellesky, que quedaba a la izquierda, aislado, cercado por paredes, de donde sobresalían las agujas de algunos cipreses y los escobones de un par de palmeras. Y también su casa, chiquita, parecida a muchas otras del lugar, de piedra, con techos cubiertos por tejas. Tina comparó el tamaño del caserón con el de su casa abriendo los brazos, poniéndolos paralelos a los hombros y casi juntando las manos a continuación. También me señaló el mar, que aparecía a lo lejos muy azul, y la montaña que envolvía el pueblo por el lado derecho y casi lo acogía dentro de su regazo.

Antes de salir del cementerio, Tina aprovechó para quitar las flores marchitas de una tumba, supuse que la de su familia, y luego tomó dos puñados de tierra y los metió en un pañuelo. Sopló entre sus dedos para limpiárselos y me cogió de la mano, y así anduvimos hasta que llegamos a su casa.

Después de cenar me preparó una infusión muy cargada y puso las semillas que le había dado su tía bajo mi almohada y me dijo con gestos que no las tocara ni me las acercara a la boca, que debajo de la almohada me ayudarían a dormir toda la noche. Sin embargo, no fue así. Sucedió todo al contrario de lo que Tina había imaginado. Recuerdo que recé y me encomendé a mi madre pidiéndole que volviera, que me dijera qué tenía que hacer para estar con ella de nuevo y prometiéndole que haría cualquier cosa, cualquier sacrificio, lo que ella me pidiera, para que, aunque no fuera más que un instante, pudiera verla y me dormí, sí, pero solo un ratito y lo que me despertó no fue el recuerdo de la calavera, como me había sucedido a veces en el barco, aunque nunca la había vuelto a ver, porque la calavera salía del fondo del espejo y en la habitación de la casa de Tina no había espejos como tampoco los había en el camarote del Rimini.

Lo que me despertó fue la respiración de alguien que se acercaba a mi cama, con una manera de resoplar extraña, como si fuera la de una fiera y a la vez percibí un olor agrio, un olor mezclado de sudor y de alcohol. A tientas unos dedos grandes y torpes se metieron por debajo de mi camisón y trataron de abrirme las piernas, que yo oprimía muy juntas. Pensé que debía de estar soñando y que tenía que despertarme. ¿Era la misma pesadilla que a veces tenía en casa de los abuelos? ¿O la misma realidad?

Despertarme para darme cuenta de que lo que me pasaba era que soñaba. Un mal sueño. ¿Lloraba e intentaba gritar dormida? Abría los ojos, estaba despierta pero no podía gritar. Una mano fuerte me tapaba la boca y no me lo permitía. Una manaza rasposa que casi no me dejaba respirar... ¿Era la calavera, que había tomado forma humana? ¿La calavera, que había venido para llevárseme? ¿Era uno de los demonios que trataba de entrar en mi cuerpo con mucha más violencia que en Lambeland? ¿El íncubo del sermón del abuelo? ¿Volvían las imágenes de lo que me había ocurrido la última tarde en casa de los abuelos, que, poco a poco, al marcharnos de allí había ido ahuyentando hasta casi olvidarlas?

Desde aquel día todavía esperé con más horror las noches y siempre trataba de quedarme con Tina después de cenar y, mientras cenaba, procuraba comer lo más despacio que podía para no tener que irme a dormir. Pero mi lentitud solo retrasaba un poco el hecho de que Tina, cogiéndome de la mano, me llevara a mi habitación, me ayudara a desvestirme, me doblara la ropa y se quedara allí un rato sentada en el borde de mi cama. Pero cuando Tina, cansada, trataba de levantarse, aburrida de decirme el mismo rosario de palabras tiernas, yo la cogía del brazo con todas mis fuerzas. Era la manera de pedirle que no se fuera, que se quedara a mi lado por lo menos hasta que me llegara el sueño, un sueño muy corto porque pronto me volvería a despertar.

No sabes, Rose, lo difícil que me resulta abordar estos recuerdos. Ves, me sudan las manos. Tengo las palmas de las manos mojadas. Cuéntale a Ripper el esfuerzo que me cuesta seguir sus consejos. Por hoy, basta. Descansemos.

V

Seguimos al día siguiente, más temprano de lo que acostumbrábamos. Yo estaba nadando en la piscina, que Barbara no volvió a usar después de la operación, cuando me llamó el chófer, que ahora, en vez de conducir trayendo o llevando a la diva, se pasaba el tiempo revisando las vísceras del automóvil y dando masajes a la carrocería, en el garaje que quedaba junto al jardín. Como el resto del servicio, aprovechaba, para tomarse un descanso, el «sanático» de la jefa, cuya sombra alcanzaba a todos los que vivíamos con ella, excepción hecha de mi persona, puesto que yo tenía que estar disponible a cualquier hora. Stephen acababa de entrar en la casa y *madame* —el servicio la llamaba así— le había pedido que viniera a avisarme. En cuanto me secara —había visto a través de la gran cristalera mis idas y venidas natatorias—, me duchara y vistiera, eso sí lo más rápido posible, teníamos que seguir trabajando, aunque en realidad mi trabajo consistiera, de momento, en darle a la tecla de la grabadora:

El miércoles por la mañana, después de desayunar, Tina me hizo un regalo y me lo dio a entender con un dibujo. Me regaló una caja de zapatos con agujeros en la tapa donde guardaba los gusanos de seda que ya habían formado crisálidas y que se convertirían muy pronto en mariposas. Pero quien me explicó esa metamorfosis maravillosa para que pudiera entenderlo bien fue Tià. Me pareció algo misterioso y me gustó mucho porque me recordó en seguida las transformaciones que les había visto hacer a mis amigos Alexei y Nadiuska, los magos rusos del barco.

Tià apareció de repente a media mañana y desde la verja del jardín pidió permiso a Tina para entrar. Ella no le contestó con palabras. Le dijo con los ojos y con un gesto de sus manos, como se había acostumbrado a hacer conmigo, que no estorbaba, que pasara, y él empezó a hablar conmigo. Primero me preguntó si quería que le tradujera algo a Tina y también a Tina le preguntó lo mismo y ella le dijo que sí. Tià me preguntó de su parte si estaba a gusto, si necesitaba algo o tenía alguna queja. Como le dije que no necesitaba nada, Tina le pidió que yo le dijera por qué no podía dormir, qué me pasaba por las noches, por qué no quería irme a la cama. Pero no me atreví a decirle nada de lo que aquella noche había notado porque no sabía si era una pesadilla. Además, me daba mucha vergüenza lo que el monstruo me había hecho. Solo le dije que tenía miedo, que la oscuridad no me gustaba, y si sabía algo de la señora Brunellesky, si vendría pronto.

Tina le dijo a Tià que también estaba triste porque sentía mucho que yo no me encontrara bien en su casa y que ella, por el contrario, me había tomado cariño, me quería mucho, le gustaba tenerme a su lado, y le pidió a Tià que me preguntara qué me haría ilusión, qué me gustaría, porque si estaba a su alcance haría lo que fuera para que estuviera contenta. Yo le dije que hacer pompas de jabón. Tina aseguró que eso sí que era fácil y lo podía conseguir en seguida. Yo le expliqué a Tià que en las burbujas se veían los colores del arco iris y le conté mi éxito en Savannah con la canción y se la canté. Los dos me aplaudieron mucho y Tina me dio un montón de besos casi tan sonoros como los de su tía. Hicimos muchas burbujas y vi los colores y pensé en lo que decía la canción y en mi madre.

Cuando Tià se fue le pedí a Tina por señas que me prestara un papel y un lápiz. Tina no tenía ninguno y cortó por la mitad una bolsa, después de vaciar lo que quedaba dentro en una taza. Era la bolsa de harina que había utilizado el domingo y que había guardado porque todavía quedaba una poca. En su casa nadie escribía nada en ningún papel y no había. Tampoco periódicos, los busqué en vano, ya que en la caravana a veces mi madre me los daba para que en los bordes en blanco hiciera las cuentas que ella me ponía.

Con aquella hoja improvisada y el único lápiz que había en la casa, me fui a mi habitación y yo misma me puse los deberes, arrodillada en el suelo, con el trozo de papel sobre la cama, concentrada en la operación pero sobre todo concentrada en el deseo del retorno de mi madre.

Me parecía que las burbujas de colores le habrían servido de reclamo; aunque ella estuviera enterrada en Savannah, su espíritu podía llegar hasta Fosclluc, igual que había llegado al barco y me había ayudado con las sumas.

Tenía la esperanza de que aquella noche mi madre me visitaría. Después de acompañarme a mi cuarto, como siempre, Tina me cantó una canción para que me durmiera como hacía mamá a veces en la caravana. Tal vez por eso, porque tenía la seguridad de que vendría, no me importó que Tina se fuera, no traté de retenerla como las otras noches, ni siquiera me molestó el ruido de la llave en la cerradura cuando Tina cerró por fuera mi habitación, como previsión del posible sonambulismo que mi padre le había advertido, no fuera a levantarme y a pasarme algo malo.

Esperé hasta que no entró ni una raya de luz a través de las persianas rogándole, por favor, que viniera. Pero no vino y entonces tuve miedo, muchísimo miedo a que el monstruo volviera. Para protegerme me puse la almohada encima. Tal vez así las manos del monstruo se conformarían con tocar la almohada, meterse dentro de la funda, escarbar en la lana. Traté de dormirme. Si mi madre no venía era mejor que durmiera, que no me diera cuenta de lo que podía pasar, y por eso cerraba los ojos, apretando los párpados tanto como podía. Aquella noche no era uno sino dos, por lo menos, los monstruos que se movían en torno a mi cama y que trataban de destaparme y de quitarme el camisón. Tuve todavía más terror por si eran íncubo y súcubo y entraban para siempre dentro de mí, pero se marcharon en seguida porque desde fuera alguien llamó a la persiana de mi cuarto, como si los avisara a ellos o viniera a ayudarme a mí.

Las dos noches siguientes fueron aún más terribles, especialmente la del viernes al sábado. Tina me había puesto bajo la almohada las semillas de adormidera, a las que añadió un pañuelo con la tierra que había cogido del cementerio, y por señas me dijo que me iría bien para dormir. Tina me cantó con voz suave una canción de cuna, que yo, muchos años después, escuché en una grabación de un disco de Pandora. La había incluido con otras canciones de cuna internacionales. Recuerdo la impresión que me produjo, la reconocí en seguida porque la melodía se me había quedado grabada, no la letra, claro está, que no comprendía. Pandora me contó, cuando finalmente hablamos de lo que me había pasado en Fosclluc, que se trataba de una canción de cuna muy popular preciosa, un vou-veri-vou, *lo llaman en Mallorca* —Noninó li diu sa mare a es pobre petitó—, *aunque para mí, desgraciadamente, siempre irá acompañada de recuerdos tristes.*

La noche que hacía seis, la sexta, fue la última que pasé en Fosclluc.

Cuando el monstruo entró no me despertó, yo lo esperaba despierta. Con una mano estrechaba la almohada para protegerme, con la otra el pañuelo donde Tina había puesto la tierra del cementerio. En cuanto se acercó a mi cama me invadió el olor inconfundible de alcohol, sudor, tabaco y noté su espeluznante resuello.

Se acercó despacio, me quitó la almohada que yo estrechaba de un manotazo y no se conformó con meter sus dedos entre las sábanas y tocar mi cuerpo. Me subió el camisón, con una mano me tapó la boca y con la otra me separó las piernas con violencia y noté dentro de mí algo que me desgarraba por dentro. En aquel momento le eché la tierra que guardaba en el pañuelo con la intención de darle en los ojos. Debí de conseguirlo porque su resuello se hizo más profundo, de animal herido, y se fue diciéndome cosas que no entendí pero me sonaron a insultos. Yo lloraba en silencio y entonces pude oír la voz de mi madre, me consoló y me prometió que me vendría a buscar y nos iríamos juntas, como así fue.

Barbara, al terminar de hablar, permaneció callada con los ojos acuosos durante un largo rato. Yo apagué la grabadora y me quedé a su lado sin saber qué hacer. Me hubiera gustado abrazarla, pero no me atreví. La soprano era poco dada a las efusiones y además yo no era más que su secretaria pese a que me hubiera convertido en la depositaria de sus recuerdos y conociera, ahora sí y hasta qué punto, los horrores por los que había pasado.

El silencio en que nos quedamos sumidas me pareció terriblemente denso, como un magma viscoso, y agradecí la interrupción del timbre de mi móvil, que había olvidado silenciar, como hacía siempre, mientras trabajábamos. Pensé que Barbara me reñiría, pero no.

—Atiende la llamada —me dijo—. Además, por hoy hemos terminado.

Salí de la salita en la que trabajábamos. No siempre lo hacíamos en el mismo lugar de la casa si no había que manejar papeles. Atendí la llamada en el jardín. La voz de Carme Riera me llegaba desde Mallorca. Quería contarme cómo iba su investigación. Por deseo explícito de Barbara, le había pedido que buscara cuanta información pudiera encontrar sobre Tià. Quería saber qué pensaba de él la gente que le había conocido y qué relación guardaba con Tina para contrastarlo con lo que Pandora le había contado. Carme me anunciaba que me acababa de mandar por correo electrónico el resultado de sus pesquisas. En Mallorca eran las diez de la mañana del 28 de julio de 2005, las cuatro de la tarde en Nueva York.

VI

Querida Rose:

Lo primero que debo decirte es que no me han sido nada fáciles las averiguaciones sobre Tià, sobre el que tantísimo interés tiene tu jefa. A mis entrevistados de estos últimos días no les gustaba nada hablar de él, calificado de extraño de una manera unánime y cuyo nombre y apellidos verdaderos muchos desconocen. Todos en Fosclluc le llamaban con el apodo de Tià, diminutivo de Sebastià, nombre del viejo carbonero, el último que, poco antes de nuestra guerra civil, habitaba todavía en la montaña al borde del silo, en una cabaña que el nuevo Tià había reconstruido y donde, decían, tenía su madriguera.

Pude observar que entre las cuatro personas —solo encontré a cuatro que quisieron hablarme de él, el resto aseguraba no conocerlo por haber nacido cuando él ya había muerto o preferían no decir nada— la opinión de las dos mujeres entrevistadas era más amable que la de los hombres. Y me di cuenta en seguida de que la larga sombra de su misterio no se había acabado con su muerte, sino que llega hasta ahora mismo.

Las cuatro personas que accedieron a hablar conmigo coincidían en que sobre Tià, en vida, circulaban muchas historias.

Me contaron que se decía que había sido ermitaño en la cercana ermita de la Trinidad, a donde acudí a comprobarlo, infructuosamente. Los pocos ermitaños que quedaban no tenían noticia de que tal cosa fuera cierta. Buscaron si su nombre constaba en los libros de la comunidad y no lo encontraron. Uno de ellos, el más viejo, aseguró tener referencias vagas de la existencia de Tià por otros ermitaños ya fallecidos y sugirió que era posible que hubiera podido pasar una temporada allí de recogimiento y meditación, como les había ocurrido a otros que finalmente, tras encontrar la paz que buscaban o considerar que las reglas eremitas de dormir sobre una tabla, levantarse a las cuatro de la mañana para rezar y trabajar en el campo de sol a sol eran demasiado duras, se marchaban a rehacer sus vidas en otro lugar. Un lugar que, como me decía el ermitaño Pau, cuyos ojos de inmensa serenidad me impresionaron, podía ser más cómodo, pero en absoluto más bello. Y tenía razón.

Otros aseguraban que no había sido ermitaño sino misionero por tierras de África o de América —sus referencias eran ambiguas—. Había sido cura, de eso decían estar seguros, pero colgó los hábitos porque se enamoró de una indígena (sic) con la cual tuvo una hija. Y finalmente uno me dijo que se decía que había sido médico en un hospital de Sudamérica, en donde también había colgado la bata blanca.

Tres de mis informantes coincidían en que la hija o quién sabe quién, pariente o amiga, le escribía desde muy lejos. Unos me dijeron que era desde Colombia, otros de Nepal. Desde allí o desde donde fuera, de vez en cuando, le llegaban cartas que Tomeu, el cartero taxista, le entregaba y que, al parecer, contestaba en cuanto las recibía.

También me dijeron que se había corrido la voz de que había sido monje budista en el Tíbet, y que se fue cuando por su monasterio pasó un grupo de hippies entre los que había una mujer que lo embrujó, y con ella corrió mundo hasta que ella lo dejó por otro.

Una de las informantes me ofreció más detalles que transcribí en mis notas de manera literal:

A Foscluc llegó solo, sin mujer conocida, y algunas se hicieron ciertas ilusiones porque bajó el primer año el día de la fiesta de San Lorenzo, nuestro patrono, y bailó con unas cuantas y con una en especial, con Tina. Pero no pasó de ahí, aunque yo creo que con alguna del pueblo sí tuvo que ver. Con una que lloró mucho cuando él murió y después se fue de Fosclluc. No le diré su nombre. No le serviría porque también está muerta.

—¿Sabe algo de la hija? ¿O de la persona que le escribía? ¿Alguien puede conocer su nombre, su dirección?

—*Lo sabía Tomeu, pero también murió. Han pasado muchos años. De aquella época quedamos pocos. Tenía que haber venido antes. Antes en Fosclluc éramos pobres, ahora muchos son ricos y los ricos prefieren olvidarse de cuando eran pobres...*

Ninguna de las otras tres personas con quienes hablé sobre Tià tenía idea de dónde podía parar, en el caso de que viviera, esa presunta hija que escribía a su padre, a finales de los años sesenta, desde un país lejano, fuera Colombia o Nepal, que entonces parecía infinitamente más remoto. También decían no saber nada de la presunta enamorada ni de que hubiera tenido algo que ver con Tina. En cambio todos coincidían en que Tià era *homo de mucha letra* y que le gustaba estar solo y que por eso se había ido a refugiar al bosque, *desenganyat del món i de la bolla*, «desengañado del mundo y de las personas que lo poblaban». No se ponían de acuerdo sobre de qué vivía, en qué consistía su trabajo. Unos decían que su familia era rica y que le mandaba dinero que él recogía en un banco de Palma y otros, que esculpía piedras y las vendía a los extranjeros cuando bajaba a la ciudad. Si era así, lo que ganaba, que no debía de ser mucho, le bastaba para vivir porque en su madriguera tenía pocos gastos.

Decían que en la cabaña, donde no dejaba entrar a nadie, porque a los pocos que lo habían intentado los había echado a patadas, tenía un altar en el que quemaba incienso, pero no para Dios sino para los espíritus. Decían que tenía muchos libros en lenguas extrañas, porque cuando llegó al pueblo, dejó un par de cajas en el almacén de Tomeu, el taxista que lo trajo desde Palma, y las fue subiendo, igual que subió una mesa, un catre de tijera y dos sillas. Decían que le gustaba ir mal vestido, dejado, a propósito para parecerse a cualquier vagabundo y de este modo evitar que la gente quisiera tratos con él. No se metía con nadie, pero tampoco permitía que nadie se metiera con él.

Pere Ros me dio unas referencias que me parecieron fundamentales:

Casi siempre huraño y corto de palabras, no tenía amigos en el pueblo pero cuando verdaderamente se le necesitaba era el primero en acudir. Cuando se incendió el bosque por el lado del acantilado, al oír la campana de la iglesia tocar a rebato, bajó corriendo y fue el primero en intentar apagar el fuego, utilizando tan solo una rama de pino con la que trataba de dominar las llamas. No dudó ni un segundo, jugándose la vida, en adentrarse en medio de aquel infierno de piñas que volaban como bombas de mano, propagando el incendio monte arriba, para sacar de allí, arrastrándolo con enorme esfuerzo, a Pere Verdera, que se había quedado aislado, rodeado por el fuego. Se jugó la vida para librarlo de aquel infierno y estuvo a punto de morir por salvarlo. Durante casi tres meses permaneció en Son Dureta —entonces el único hospital de Palma—, en la unidad de grandes quemados. Al regresar, convaleciente aún, cuando el Ayuntamiento de Fosclluc le quiso agradecer su valor y el alcalde pretendió organizarle un homenaje, se negó de manera absoluta. No había hecho nada que un hombre no tuviera que hacer, dijo. No había nada que agradecerle. La frase molestó en el pueblo. Molestó en especial a Jaume, el marido de Tina, que, mucho más joven y con más fuerzas, no ayudó a sacar a Pere de las llamas, a pesar de que estaba más cerca. Huyó, no se arriesgó siquiera.

«*No he hecho nada que un hombre no deba hacer*», repitió Tià, y se marchó, montaña arriba, hacia su cabaña, junto al silo.

Seguramente fue mientras él estaba en el hospital cuando algunos subieron a ver qué había en la barraca, puesto que Tià había despertado la curiosidad de todos. Sin embargo, ninguno de los que accedieron a hablar conmigo dijo haber ido, o, al menos, me confesó haberlo hecho. A su regreso del hospital, Tià frecuentó poco el pueblo. Prefirió quedarse en la cabaña. Siempre había dicho que el aire era más puro en la montaña y que el espíritu de la montaña le cobijaba. Cuando llegó, bajaba más a menudo, haciendo viajes para subir sus cosas, y si alguien se prestaba a echarle una mano le pagaba con sermones y le decía que había que vivir en consonancia con la naturaleza, que los árboles no se podían talar porque cada árbol talado era una herida abierta por la que el bosque sangraba. Eran muchos en el pueblo los que se reían de estas prédicas que no compartían y menos aún cuando hablaba de los espíritus que habitaban la montaña. Lo decía convencido, totalmente en serio.

Hasta aquí mi informante, querida Rose, que al hablar de Tià, como habrás visto, no dejaba de mostrar su admiración por él, pese a considerar que sus convicciones no coincidían con las suyas, como tampoco con las del resto de los fosclluquenses.

VII

Buenos días, Rose:

Te mando el trabajo de esta última semana, con el resultado de mis pesquisas tanto en Foslluc como en Palma. Como verás, he reelaborado los hechos tratando de no tergiversar nada, fiel a cuanto me han contado. Tengo que volver a dar muchas gracias a los informantes; sin ellos no hubiera sido posible que me hiciera cargo de la situación. Comienzo por señalar la deuda con las señoras Vives y Capó, a las que ya he hecho referencia. Ninguna de las dos tuvo inconveniente en ayudarme a intentar reconstruir lo que había sucedido en Foslluc durante los últimos días del mes de julio de 1969. Tampoco lo tuvo Feliu Arenós, entonces alcalde del pueblo, al que conseguí localizar en una residencia geriátrica de Palma.

Gracias a ellos, a su memoria envidiable, y al atestado del que pude ver una copia que asombrosamente —eran otros tiempos— la policía le había pasado al cónsul de los Estados Unidos y este había guardado en una carpeta, que me facilitó su hija muy amablemente, puedo contar, creo que con bastante fidelidad, cómo se desarrollaron los hechos desde la desaparición de Barb el 19 de julio de 1969.

Debo añadir también el testimonio de tres informantes a los que me he referido. Me aseguraron haber participado en la búsqueda de la niña los días 19, 20 y 21 de julio de 1969 y me ofrecieron detalles que tuve en cuenta.

Además pude localizar primero a Emili Torres, el entonces joven ayudante del comisario Caparrós, y después, gracias a Torres, a su antiguo jefe, ya jubiladísimo y muy mayor, pero muy dispuesto a hablar conmigo. Con ambos contacté en varias ocasiones para contrastar sus recuerdos sobre el caso. Caparrós incluso buscó un viejo cuaderno cuyas notas le permitieron documentar con mayor exactitud los hechos. Ambos, Torres y Caparrós, fueron fundamentales para que pudiera reconstruir cuanto sucedió. En consecuencia, lo que te cuento a continuación procede de la investigación llevada a cabo gracias a todas las personas que me ayudaron con sus testimonios. Sin ellas hubiera sido imposible saber qué pasó y cómo se desarrollaron los hechos.

Comienzo por el testimonio de la señora Capó, vecina de Tina:

Cuando Tina, después de las seis de la tarde, volvió a su casa el sábado 19 de julio de 1969, Baba no estaba. Tina repetía lo que había hecho durante el tiempo que había estado fuera. Había ido a la carnicería a buscar las seis chuletas que le guardaba la carnicera, un sábado de cada mes, porque los sábados vendían la carne del cordero que habían matado el viernes. No iba todos los sábados porque el sueldo que entraba en su casa no era suficiente para comprar carne cada semana. Antes, se había llegado hasta el garaje de su primo con el paquete de los manteles bordados para que el lunes muy temprano se los pudiera llevar a Palma y cambiarlos por otros por bordar que le habrían preparado en la tienda donde, gracias a Dios, le daban trabajo. Cuando la señora Brunellesky no estaba podía dedicarse a ganarse unas perras extras, cosa que no ocurría cuando ella llegaba.

Tina no le había dicho a Baba que la acompañara a hacer los encargos y se arrepentía mucho. Lo decía llorando y llorando lo repetía. Le había prometido a su padre que estaría pendiente en todo momento de ella, que se quedara tranquilo. Nunca —aseguraba— pensó que la niña corriera peligro alguno si la dejaba un ratito sola. No se le pasó por la cabeza que alguien fuera a robarla o que la niñita quisiera irse por voluntad propia, como si ella, Tina, no la tratara con papel de seda y no la cuidara casi, o sin casi, como si fuera su propia hija.

—No la obligué a acompañarme porque me pareció que incubaba alguna enfermedad, la notaba todavía más triste que cuando la dejaron su padre y aquel otro señor, el que me dijo que era cubano y por eso hablaba forastero y pudimos entendernos, mañana domingo hará ocho días —decía llorando y lo repetía—, yo solo deseaba que mañana domingo, cuando el padre de Baba viniera a verla, la encontrara bien, buena y sana.

Cuando Tina volvió, a lo sumo una hora más tarde, porque había tenido que hacer un poco de cola en la carnicería, la niña no estaba. La radio seguía sonando, un señor cantaba en la misma lengua que hablaba la señora Brunellesky, quizás incluso le pareció que se oía más fuerte que cuando ella la conectó —¿habría subido el volumen quien se había llevado a Baba?—. Al marcharse le dijo a Baba, con las señas con las que ya se comunicaban la mar de bien, que se iba a comprar y a dejar los manteles que todas las tardes bordaba.

Tina me pidió que la ayudara a buscar a Baba, cosa que nos costó menos de un minuto, porque la casa, pequeña y pobre, solo tenía dos habitaciones, una cocina y una salita recibidor. El retrete estaba fuera, en el lado de atrás, donde quedaba el huertecillo en el que se sembraba la verdura de temporada para uso doméstico. En el retrete no había nadie. Pudimos verlo en seguida porque la puerta estaba abierta y allí no había rastro de Baba. Miramos debajo de las camas, ¿quién sabe si no se había escondido? Quizá sola había sentido miedo, aunque de día no aparentaba tenerlo, de día se le pasaba. Sus terrores eran nocturnos.

Miramos si se había llevado algo de la maleta, pero lo encontramos todo igual, con la ropa bien doblada, los dos libros uno encima del otro. Miramos si dentro del armario de su habitación estaban los dos vestidos que había dejado colgados y allí estaban. Miramos si faltaba dinero en el mismo cajón donde guardaba la cartilla del banco y sus ahorros y no faltaba. No había nada sospechoso ni dentro ni fuera de la casa. Nada revuelto o fuera de lugar, solo la niña, la niñita había desaparecido.

Podría ser que a la pequeña se le hubiera pasado por la cabeza de repente ir a buscarla y volvimos sobre nuestros pasos. Preguntamos en la carnicería, y al primo de Tina, el transportista. Fuimos hasta la fuente, bajamos al lavadero, subimos hasta la iglesia, entramos en el cementerio, preguntamos y volvimos a preguntar a todo el mundo que encontrábamos si habían visto a Baba, alguien se la había llevado, alguien la había raptado, repetía Tina. Pensó en Tià, pero Tià se había ido en el autobús de las tres a Palma, antes de que ella saliera de casa, se lo dijo Tomeu, su primo, que le había visto subirse porque había acompañado hasta la parada a unos ingleses, cuyo coche se había estropeado y se lo habían dejado para que lo reparara.

Preguntamos al dueño de la tienda, que a menudo andaba curioseando lo que ocurría en la calle desde el portal, puesto que era su mujer la que en realidad apechugaba con el negocio, si había visto a alguien desconocido, si se había fijado en los coches que habían pasado, si alguno era extranjero, si había entrado en el pueblo o solo lo había cruzado. Pero Biel Porreta no había visto nada que le llamara la atención, excepto un coche blanco que conducía una extranjera, porque se había detenido un momento para preguntarle si había hotel en Fosclluc y como él le dijo que no, pero que pronto abriría uno a las afueras, aunque todavía no estaba terminado, continuó su camino.

Corrimos a casa de la señora Brunellesky, a preguntar a los guardeses, pero no los encontramos. La verja estaba cerrada. Recordó, entonces, Tina que los sábados solían ir a Sóller al cine, una costumbre que ella envidiaba mucho, porque Jaume solo la había invitado una vez, cuando eran novios.

Después regresamos al centro de Foscluc, el de las casas apiladas a ambos lados de la carretera, y alborotamos el pueblo como locas, gritando, Baba, Baba, buscándola y pidiendo a todo el mundo que nos ayudaran a encontrarla. Se lo suplicamos a todos cuantos se cruzaron con nosotras, incluso a aquellos que no eran santos de nuestra devoción, como Antoñita, la madre y el padre de Antoñita, los últimos forasteros que habían llegado al pueblo.

Tina recibió un aluvión de insultos de su marido, que antes de regresar a casa ya sabía lo que había pasado. De vuelta a Fosclluc su bicicleta se había cruzado con la del panadero, uno de los primeros que se habían ofrecido a mirar si la niña se habría marchado andando por la carretera, pensando, tal vez, en ir a buscar a su padre.

Jaume le dijo a Tina que no tenía que haber dejado sola a la niña, que había adquirido el compromiso de velar por ella y que si le pasaba algo, ella y solo ella sería la responsable... Puede que fuera porque Tina —le gustara o no, la aborreciera más o menos— no dejaba de ser su mujer y Baba vivía en su casa por lo que se unió en seguida a los grupos que repartidos por varios lugares buscaban a la niña.

Tina, con los ojos enrojecidos de tanto llorar, fue a pedirle al dueño de la tienda que la dejara telefonear a Formentor, para que avisaran al padre de la pequeña; yo le dije que no lo hiciera y su marido se lo impidió. El tendero y su mujer le dieron la razón a Jaume: era demasiado tarde; aunque alguien lo acompañara directamente desde Formentor a Foscluc, sin tener que tomar autobuses ni hacer transbordos con esperas, tardaría por lo menos tres o cuatro horas. Era mejor dejarle que durmiera tranquilo después de tocar con su orquesta, porque era sábado y seguro que había música en el hotel hasta la madrugada, que se metiera en cama sin la angustia de saber qué había pasado con su hija. Mañana por la mañana ya le telefonearían, preguntarían por su amigo, el cubano, para que él le pudiera dar la noticia de la mejor manera posible. A lo mejor mañana Baba habría vuelto. A lo mejor se había escondido y se había quedado dormida. Llevaba mucho sueño atrasado la pobre pequeña, le decía Jaume a Tina, hablando por primera vez con amabilidad de Baba, *según le oí, porque yo estaba con ellos. Consolando a su mujer, trató de que olvidara cuanto le había dicho sobre su responsabilidad en lo que había ocurrido.*

Relato elaborado con el testimonio de Feliu Arenós, entonces alcalde de Fosclluc:

Arenós me dijo que él había organizado los grupos. Le correspondía como máxima autoridad. E, igualmente, como máxima autoridad dio parte a la Guardia Civil, cuyo cuartelillo estaba en Foscgran, el pueblo, cabeza de partido de Fosclluc. Los avisó por teléfono desde su despacho, apenas con una mesa, dos sillas y una gran fotografía del caudillo Franco presidiendo la pared, lo que otorgaba el grado de oficialidad necesaria al recinto, que contaba, tan solo, con tres dependencias pequeñas en una planta baja. Un pueblo de cuatrocientos habitantes no daba para más lujos.

El alcalde pidió a la Guardia Civil que se personara en Fosclluc, con la mayor celeridad posible, que era prioritario y urgente encontrar a la niña extranjera que les habían encomendado y enfatizó el plural, como si en vez de dejarla al cuidado de Tina, la hubieran dejado bajo la custodia de todos los habitantes de Fosclluc.

Insistió en que buscar a la niña era más importante que estar al quite del contrabando, algo a lo que solía dedicarse por entero la Guardia Civil de la zona, que la vida de la niña valía mucho más que dar con el escondrijo de un par de sacas, aunque fueran cien o doscientas e incluso pillar a los que las transportaban a hombros a riesgo de matarse, porque los caminos de cabra por donde tenían que pasar bordeaban el acantilado y no eran aptos para personas. El alcalde pidió hablar con el jefe del cuartelillo y cuando este le dijo que tenían la sospecha de que los contrabandistas habían previsto un desembarco de alijos por Na Foradada y que necesitaban concentrar la vigilancia en la zona, trató de convencerle de que tal posibilidad no tenía por qué ser hoy, podía ser mañana o pasado mañana, cualquier día, en cualquier momento, y tanto se embaló hablándole del asunto del desembarco y de las sacas que el comandante del cuartelillo, que le escuchaba con atención al otro lado del teléfono, debió de sospechar que también él debía de fumar de balde, como tantos de los que ayudaban a los contrabandistas por aquella zona. Incluso se le pasó por la cabeza que la desaparición de aquella tal Barbara Simpson, de nueve años, a la que con tanto interés buscaban todos los habitantes de Fosclluc, cuyo alcalde con tanta insistencia urgía la ayuda a la Benemérita para encontrarla, podía ser perfectamente una excusa para dejar vía libre a un desembarco importante de alijos. ¿Quién sabe si alguien no había escondido a la niña para que todos la buscaran y así desviar la atención? Pero tanto insistió Arenós en la necesidad de ayuda, que consiguió convencerle. Además, que la desaparecida fuera norteamericana era un punto a su favor.

Ya oscurecía cuando la pareja de la Guardia Civil motorizada aparcó ante el Ayuntamiento de Fosclluc, donde la esperaba el acalde. El nombre de la niña que se oía gritar por todas partes: Baba, Baba, Baba, también dejó a los guardias un poco confusos. El cabo, como representante de la autoridad que le correspondía por su grado, fue en seguida partidario de que no emplearan aquel diminutivo tan feo, que la llamaran por su nombre, y así se lo hizo saber a los primeros vecinos con quienes se cruzó, pero nadie le escuchó, aunque de haberle escuchado tampoco le hubieran hecho caso.

Los gritos de Baba, Baba empezaron a perderse por todos los caminos que llevaban hacia la montaña y por los que iban al mar, con los que también la llamaban por la carretera que conducía a la ciudad y la que, atravesando el pueblo, llevaba hasta Foscgran y sus valles de frutales, con mejores tierras que las de Fosclluc, donde se cultivaban naranjos, cuyos frutos durante muchos años y aún entonces se enviaban a Francia desde el puerto de Sóller.

Cuando la noche cayó del todo el nombre de Baba se fue apagando. Los que la buscaban volvieron a casa, sin hablar de nada más que de la desaparición de la pequeña y prometiéndose poner los despertadores en hora para levantarse en cuanto clareara para continuar con la batida.

La gente de Fosclluc estaba consternada y aquel penúltimo sábado de julio no podía hablar de otra cosa. Cuando a las once, como siempre, se quedaron sin luz, algunos ya acostados, otros trasteando por la cocina, alumbrándose con velas o quinqués de carburo, no dejaban de referirse a la desaparición de Baba. La niña no podía haberse ido sola, pobrecilla. No tenía a donde ir, pobre pequeña, sin hablar una palabra con que darse a entender, aunque quién sabe si se había ido a buscar a su padre. Pero su padre estaba muy lejos. Andando no podría llegar nunca a Formentor. Además, si se había ido por propia voluntad, parecía extraño que lo hiciera por la tarde y no por la mañana. Tina les había dicho a todos que la oscuridad la aterraba. No, no se había ido por propia voluntad. Alguien se la había llevado.

Esta era la conclusión a la que casi todos llegaban. A Baba la habían raptado. Pero ¿quién o quiénes? Podía ser cualquiera que anduviera deseosa de tener criaturas, aunque Baba era demasiado mayor y además de color y eso no encajaba. Las mujeres ansiosas de maternidad que no podían parir hijos solían robar bebés lo más parecidos posible. La más conocida en el pueblo por el deseo de tener niños era Tina y Tina no se había llevado a Baba a ninguna parte, porque ya la tenía. Debía de haber muchas más mujeres con ansias maternales, pero no podían ser de Fosclluc, tenían que ser de fuera. Cabía la posibilidad de un pederasta, una niña negra era más exótica, Dios sabe lo que podrían hacerle, pobre negrita.

También el cabo de la Guardia Civil había apuntado la misma posibilidad. «Baba ha sido raptada por un pervertido». ¿Había en Fosclluc alguien sospechoso, alguien con antecedentes?, le preguntó al alcalde. Y como este le dijo que no, que en Fosclluc todo el mundo era decente y muy honorable, el cabo dedujo que el sospechoso debía de ser alguien de fuera. Y consideró la conveniencia de acudir a los pueblos cercanos para investigar sobre sus habitantes, en cuanto se pudiera.

El cabo Francisco de Paula Rodríguez Pérez —regordete, con un poblado bigote, ojillos de perdiz, frente estrecha y voz mandona, así me lo describió el alcalde— estableció su cuartel general en el Ayuntamiento. Envió a su ayudante, el número Martín Municio —alto, trigueño, con orejas prominentes—, a hacer una ronda de inspección con la linterna, advirtiéndole que estuviera muy atento a cualquier indicio sospechoso que pudiera encontrar por las calles del pueblo y que no tuviera empacho en interrogar o, mejor aún, traérselo a la alcaldía para que lo interrogara él, a cualquiera que levantara suspicacias, y repitió la palabra «suspicacias», tal vez porque le parecía un término que daba prestigio a quien lo usara.

Rodríguez, por su parte, tomó posesión de la silla consistorial y desde allí, después de hacer las oportunas preguntas al alcalde, se propuso dirigir la operación del día siguiente: buscar por todas partes, viva o muerta, a la pobre pequeña. Dijo la palabra «muerta» por primera vez. Nadie hasta entonces en todo Fosclluc se había atrevido a pronunciarla aunque quizás a más de uno se le habría cruzado la posibilidad por la cabeza, sin querer verbalizarlo.

Rodríguez preguntó al alcalde de cuántos hombres podría disponer al día siguiente, a cuántos se podía pedir colaboración, cuántos del pueblo no eran viejos o tenían taras que les impidieran adentrarse en el bosque o triscar por las veredas de los acantilados. Cuántos ya habían vuelto del servicio militar y cuántos todavía no habían cumplido los sesenta y eran activos y no reservistas.

El alcalde le dijo que válidos para tales menesteres debía de haber unos cuarenta. Eso significaba, según Rodríguez, que había que organizarlos en grupos como ya había hecho el alcalde, siempre, claro está, que se presentaran voluntarios, porque a pesar de que él los hubiera obligado a todos, desgraciadamente, y puso énfasis en la palabra, no podía hacerlo. No tenía prerrogativas para exigirles que se cuadraran y aceptaran cumplir las órdenes pertinentes.

—De todos modos —subrayó el cabo al alcalde—, supongo que esos cuarenta que usted dice, por dignidad, por hombría de bien, se presentarán...

—Yo también lo supongo —asintió el alcalde, con la boca pequeña, porque no quiso dejar mal a ninguno de los vecinos.

En el pueblo todo se sabía y algunos de los más vagos y menos predispuestos a molestarse por nada ni por nadie estaban entre quienes más le apoyaban.

—Voy a partir de cuarenta voluntarios para organizar las batidas —concluyó Rodríguez—. Necesito lápiz y papel.

El alcalde los sacó de un cajón de su mesa y se los ofreció al cabo, que, en seguida, se puso a contribuir por escrito a la justicia distributiva. Cuatro grupos de diez era demasiado, de cinco quizá también, pero de 2,5, que era el número exacto que le salía en su división proporcional, no podía ser de ninguna forma. No se podía partir a nadie por la mitad para que la medida resultara del todo justa. Estableció entonces, de un modo menos violento, grupos de cuatro, porque él, que era uno de los últimos que había luchado contra los maquis en su juventud, consideró que para buscar a la pequeña lo primero que hacía falta era organización. Con diez grupos de cuatro le pareció que la cosa podía ir bien, antes de que enviaran refuerzos de Palma, si es que allí lo consideraban necesario. Cinco grupos partirían hacia la montaña y otros cinco hacia el mar, como ya habían hecho aquella tarde, pero de manera desordenada, sin que él hubiera dado las órdenes oportunas.

Preguntó al alcalde si había en el pueblo algún perro inteligente y amaestrado, para darle a oler alguna prenda de la niña. En la Península, de donde él había llegado hacía un año, la policía utilizaba perros en la búsqueda de desaparecidos. El alcalde le dijo que había uno en Foscluc que pasaba por ser listísimo. El cabo consideró que, al día siguiente, en cuanto clareara, había que avisar al amo del perro y que Tina le hiciera husmear un vestido o, todavía mejor, un camisón, o cualquier otra prenda íntima, alguna pieza de ropa interior de la pequeña. El sudor y otros humores personales, y recalcó lo de humores, para que el alcalde se diera cuenta de que usaba las palabras con propiedad, eran de mucha ayuda al olfato poderoso, mucho más que el de las personas, de los perros. Si lo hacían así, según sus órdenes, si en cuanto amaneciera el perro cumplía el cometido que acababa de asignarle y encontraba a Barbarita, no le cabía la menor duda de que su iniciativa constituiría un punto a favor de un más que probable ascenso o, por lo menos, tendría que figurar de modo muy positivo en su hoja de servicios.

—Por cierto, alcalde, ¿cómo se llama el perro? ¿Y de quién es?

—Fideo —contestó el alcalde—, y es de Gaspar, el carpintero, aficionado a la caza.

—Vaya nombres —musitó el cabo, como si hablara para sí—. Fideo el perro y Baba la desaparecida... Pues a lo que íbamos, si Fideo empieza el rastreo antes de que lleguen los perros de la policía, igual sale Foscluc en la tele y nos felicitan por ese detalle perruno. No sé si la policía de Palma tiene perros entrenados. En esta isla todo es más —vaciló— jodi... —Pero no acabó la palabra, que sustituyó por *distinto*.

En la Península sí que los había, recalcó. Y comenzó a referirse a las grandes ventajas de vivir en el continente y no en una isla. El cabo Rodríguez interrumpió la enumeración cuando iba ya por la quinta ventaja peninsular: «No tener que usar el barco ni el avión para ir de Soria a Sevilla, pongamos por caso...», cuando entró en el despacho de la alcaldía su segundo, Municio, concluida su ronda improductiva por los cuatro puntos cardinales del pueblo, sin nada que le llamara la atención ni nadie que le pareciera sospechoso, nadie interrogable.

—Coño, Municio, ¿no has sido capaz de interrogar a nadie?

—No, mi cabo, solo me he cruzado con una pareja de novios y me han parecido ino...

—Inocentes..., eso, las parejas de novios son en esencia inocentes. ¿Lo sabía usted, alcalde?

—Debían de ser los guardeses de la señora Brunellesky. Los sábados no trabajan y pasan el día en Sóller..., aunque ya no son novios porque se casaron hace medio año.

Rodríguez decidió no dar más vueltas al asunto e irse a Foscgran para poder dormir un rato antes de volver de madrugada a Fosclluc, para dirigir la operación de buscar por todas partes a la niña extranjera.

VIII

Consulté las hemerotecas de los tres diarios de la isla y pude comprobar que la noticia de la desaparición de Baba había ocupado mucho espacio, incluso en primera página.

No obstante, el lunes solo se publicaba la llamada *Hoja*, apenas un pliego, que mencionó el suceso con un escueto y brevísimo suelto: «Desde el pasado sábado falta de su domicilio de Fosclluc la niña Barbara Simpson». Fue la prensa del martes la que divulgó su desaparición, ofreciendo poco más o menos los mismos datos, más o menos exagerados o más o menos exactos, aunque solo uno destacara un detalle primordial: el dinero ofrecido por la señora Brunellesky. Se trataba del hoy desaparecido *Baleares*, perteneciente a la Prensa del Movimiento y en cierto modo portavoz gubernamental, cuya nota de redacción transcribo:

La niña prodigio Barbara Simpson, hija de un conocido músico saxofonista, llegado a nuestra isla contratado por los directivos del hotel Formentor, cuyo prestigio internacional es un reclamo turístico de primera magnitud, algo que nuestras islas necesitan como agua de mayo, desapareció la tarde del pasado sábado de la casa de su niñera en el pueblo de Fosclluc. Barbarita se encontraba allí, a la espera de la llegada a dicho pueblo de la gran cantante Pandora Brunellesky, que, conocedora de las posibilidades vocales de la pequeña, que en su país, los Estados Unidos, ha ganado ya varios concursos nacionales, accedió a darle clases, convidándola a que residiera a su cuidado en su mansión de Fosclluc, por lo menos mientras durara el contrato de su padre en el hotel Formentor.

Puestos al habla con la señora Brunellesky, desde su casa de Milán, vía telefónica, esta nos ha reiterado su consternación y ha ofrecido la cifra de cien mil liras, unas diez mil pesetas, a quien pueda encontrar a la niña u ofrecer una pista que consiga dar con ella. Creemos que tal ofrecimiento puede ayudar a resolver el caso empujando a quienes encubran a los raptores a delatarlos o a los raptores mismos a dejar a la niña en libertad. La prestigiosa mezzosoprano ha informado también a esta redacción de su próxima llegada a Mallorca.

Lo que no decía ninguno de los periódicos era que el domingo de buena mañana continuaron los rastreos por toda la zona de Fosclluc. Ante el Ayuntamiento no se congregaron los cuarenta hombres sanos y útiles del pueblo, como pidió el cabo, ni Gaspar Valent, con su perdiguero Fideo, sino personas de toda clase, jóvenes y no tan jóvenes, hombres y mujeres, una muchedumbre, con palos, cayados, bastones, algunos con gruesos guantes de hortelano, otros con herramientas que les permitieran cortar alguna rama, quitarla de en medio si entorpecía o cubría algún escondrijo que pareciera sospechoso.

Justo antes de clarear, Toni Curt, que hacía de sacristán y tenía llaves de la iglesia para abrirla los domingos antes de que llegara el cura, que ya no vivía en Foscllucllu, como antes, sino en Foscgran, había tocado a rebato la campana con todas sus fuerzas. Daba así aviso a la gente para que se preparara para seguir buscando a Baba. Cumplía la orden que la noche anterior le había dado el alcalde, su vecino. Solo otra vez, a causa de un incendio, la campana de la iglesia de Foscllluc había sonado con tanta desazón. Nadie, ni el más sordo ni el más dormido, habría dejado de oírla e incluso Baba si andaba por allí, por los alrededores del pueblo, perdida o raptada, había tenido que escucharla.

El cabo Rodríguez, al que tanto le gustaba dar órdenes, ya había pegado cuatro gritos a los congregados, tratando de dividirlos en grupos. No dejó que nadie fuera por las carreteras porque de esa vigilancia ya se encargaba la Guardia Civil. Envió las primeras partidas hacia el lado del mar y les advirtió, como si eso no fuera una obviedad manifiesta, que anduvieran con cuidado de escudriñar entre matorrales, carrizos, matas, esparragueras, lentiscos y plantas de romero. Tal vez solo intentaba presumir acerca del hecho, estúpido en aquellas circunstancias, de que conocía la flora del chaparral que bajaba hacia el acantilado.

En los primeros grupos, que fueron dispersándose, había media docena de hombres y una docena de mujeres. Con las mujeres el cabo no había contado, tal vez porque ayer noche ni siquiera se había acordado de su existencia. Eran las de Fosclluc mujeres fuertes, acostumbradas a andar sobre terrones y entre peñascos. Consternadas por la desaparición de Baba, deseaban con todas sus fuerzas encontrarla y la llamaban sin parar. No tardaron demasiado, apenas media hora, en llegar junto al acantilado.

Miquela Pelut tuvo que agarrarse con fuerza al brazo de su hija —que fue la que me lo contó— cuando se le pasó por la cabeza un pensamiento horrible: quién sabe si la niña no se había caído desde aquellas peñas a la rinconada, donde el mar casi siempre enfurecido, como una bestia cautiva, bramaba incluso cuando no había temporal. Se decía que allí había un remolino de aguas turbulentas, capaz de tragarse cuanto cayera, y que entre la espuma sacaba de vez en cuando la cabeza un monstruo terrible, que habitaba en el fondo y se alimentaba de despojos humanos. A los niños de Fosclluc se los aleccionaba desde que nacían de ese peligro para que anduvieran con muchísimo cuidado.

A Miquela le pareció ver un cuerpo a punto de ser succionado por la fuerza de las olas. Avisó a cuantos se le acercaban y les dijo que miraran donde les señalaba. Baba estaba allí, pobre pequeña desgraciada, repetía, y pedía a los más jóvenes que bajaran hacia la cala, cogieran una barca para tratar de rescatar el cuerpo de la niña y poderla enterrar como Dios manda, antes de que las aguas desaforadas la engulleran por entero. Pero no todos los que se asomaron hasta el borde del acantilado, arriesgando a caerse, veían lo que Miquela aseguraba. No era un cuerpo lo que flotaba. Eran trozos de redes revueltas con algas.

Rafel de Son Moix, que andaba un poco rezagado porque ya era mayor y no estaba acostumbrado a las caminatas, había tenido la precaución de coger sus prismáticos y los llevaba colgados en bandolera. A gritos le pidieron que se diera prisa o que dejara los prismáticos a alguien que anduviera más rápido que él, porque necesitaban comprobar si la niña estaba allí abajo. Rafel se dio toda la prisa que pudo porque no quería prestar a nadie los prismáticos, que le habían costado un dineral y que le permitían, cuando se aburría, fisgar a diestro y siniestro en las vidas de sus vecinos. Además, quería ser el primero en usarlos para comprobar si Baba estaba en el fondo, como decían.

No, por fortuna no era Baba, era un amasijo de redes que las aguas movían y podía aparentar un cuerpo infantil. Después fue pasando los prismáticos a otros, diciéndoles que los usaran con mucho cuidado. Incluso Miquela Pelut lo vio claro. Eran, en efecto, redes y suspiró aliviada. No le gustaba que le llevaran la contraria, pero aquella vez se alegró de no tener razón.

Hacia arriba, camino de la montaña, camino del Puig del Teix, habían ido más partidas. No todas tomaron por las mismas rutas; aunque los más expertos estaban seguros de que el único sendero que había podido coger la niña, en caso de haberse marchado por su propio pie, era el del Pas del Racó, también siguieron el del comellar de Son Rullan y el del camí d'en Visc.

Los accesos que conducían hacia la cima eran diversos y cada una de las treinta personas que tomaban parte en la búsqueda los conocían, pero no por los mismos motivos. Unos, porque iban a cazar tordos. Otros, porque buscaban setas. Otros más subían para coger madroños en otoño, musgo y majuelas cuando se acercaban las Navidades, o para cortar leña a escondidas, porque la autoridad municipal lo había prohibido.

Por aquellas veredas llenas de hojarasca, que a medida que se empinaban se hacían más sombrías y dificultosas, parecía fácil esconder cualquier cosa, animal o persona entre ramas caídas y piedras igualmente desprendidas de las paredes de antiguos corrales en los que mucho tiempo atrás se encerraba el ganado, cuando la montaña también se dividía en deslindes. En otra época los tejos y las encinas habían poblado el bosque. Ahora solo sobrevivían en la cumbre algunos tejos y más abajo unas pocas encinas, cuya leña habían usado los carboneros para hacer carbón. Desde tiempo atrás los pinos invasores se habían apoderado de buena parte de la montaña sin que nadie aprovechara su madera.

No todos los que subieron con el nombre de Baba en los labios ascendieron hasta la cumbre del Teix. Solo los que estaban más acostumbrados a dar largas caminatas por el bosque. Además, Baba no hubiera podido llegar tan lejos por sus propios medios, solo si alguien la hubiera subido, quizá con la intención de tirar su cuerpo por el barranco que quedaba a un lado de la cima o abandonarlo lo más lejos posible de Fosclluc. Pero eso resultaba poco probable por dificultoso.

Había otras maneras más sencillas de deshacerse de un cadáver sin tener que llegar hasta la cima. Era mejor buscar más abajo.

Jaume, el marido de Tina, acompañado de dos amigos, fue uno de los que más empeño puso en tratar de encontrar a Baba, más hojarasca removió y más gritó el nombre de la niña. Decían sus compañeros de partida que estaba muy abatido y juraba, furioso, que mataría a quien había raptado a la pequeña.

Algunos solo llegaron hasta la explanada donde se encontraba el silo de Tià y su barraca vacía. A él le habían visto marcharse del pueblo el día anterior y nadie le había visto volver.

Las diferentes partidas regresaron a Fosclluc hacia el mediodía sin ningún indicio ni posible pista de dónde podría encontrarse la niña.

Mike Simpson había llegado a Fosclluc a las diez, con dos compañeros de su banda, Johnny y Bob, además del cónsul de los Estados Unidos. Ser americano tenía muchas ventajas, pensó en seguida el cabo Rodríguez. Si Simpson fuera de cualquier otro lugar no lo hubiera acompañado ningún representante de su país.

El padre de Baba estaba deshecho. Como solo hablaba inglés, era el cónsul, el señor Tommy Blum, el encargado de traducirlo, pero no hacía falta. Las lágrimas de aquel hombre hundido, absolutamente acabado, no necesitaban traducción. El llanto suena igual en cualquier idioma. Blum preguntaba detalles que no siempre trasladaba a Mike, que, sentado, con la cabeza entre las manos, en una de las ocho sillas —seis las habían traído de las casas vecinas porque en el Ayuntamiento solo había dos—, esperaba a que redactaran el escrito que él tenía que firmar denunciando la desaparición de la pequeña.

Mike, que el domingo por la mañana dormía con un sueño muy pesado porque se había metido en cama muy tarde, con muchas copas de alegría y celebración, cuando su amigo el cubano lo despertó temprano no entendió nada de lo que le decía, aunque le hablara de Barb. Supuso que se refería a que él la noche anterior, a pesar de sentirse eufórico porque la banda había tenido una actuación gloriosa, confesó a sus compañeros que si tenían la suerte de firmar un contrato con el Negresco de Niza, a partir de octubre, tal como parecía que les había propuesto un representante del hotel que los vio actuar, tendría que dejar a su hija en Mallorca y no sabía cómo decírselo, después de haberle prometido que no la abandonaría. Pero no se trataba de eso, lo que le decía el cubano era distinto y terrible.

Mike dejó que fueran sus compañeros los que pidieran un taxi, hablaran con el cónsul y organizaran la ida a Fosclluc.

Johnny, que no quiso dejarlo ni un momento, tenía miedo de que al llegar al pueblo se enfrentara a Tina y que incluso la agrediera. Pero cuando Tina se arrodilló a sus pies y quiso cogerle las manos, él, que estaba sentado, se limitó sencillamente a apartarla con una de sus piernas, diciéndole, en un tono neutro: «*You promised to look after my little Baba. You are the guilty. If anyone has killed her, I will kill you*». Nadie tradujo las frases, que solo entendieron el cónsul y los músicos que habían acompañado a Mike.

Tina, a pesar de no comprender lo que le había dicho Mike, coincidía con él en el hecho de que si Baba no aparecía, si alguien la había matado, ella también se mataría. Se tiraría al pozo o se colgaría, aseguraba. Lo repetía bajito, entre lágrimas, apenas sin voz a causa de los sollozos, pero con la convicción firme de hacerlo.

Hacia mediodía de aquel domingo fatídico compareció el comisario de la policía de Palma, al que encargaron el caso, con un ayudante jovencito, Emili Torres. El comisario era entonces —según me comentó Torres— un hombre achaparrado, con cara de bulldog. Los que no conocían esta raza de perros, simpáticos y juguetones, consideraban que la comparación era apropiada para un policía. Antoni Caparrós no era ni simpático ni juguetón. Por no jugar, ni siquiera había jugado nunca a la lotería; además, aquel día estaba muy enfadado por el fastidio de tener que trabajar en domingo. A pesar de que de momento no tenía más pistas que las que quisieron darle el cabo de la Guardia Civil y el alcalde sobre la desaparición de la niña, lo primero que decidió fue ir a casa de Tina, a la que habían encontrado justo en la puerta del Ayuntamiento, después de que el padre de Baba la amenazara, y exigirle que le acompañara a su casa.

Quería saber, le dijo, por dónde había podido entrar la persona que presuntamente se había llevado a la niña, si tenía la costumbre de dejar las puertas abiertas, qué accesos tenía la vivienda, en qué lugar del pueblo estaba situada y qué hacía exactamente la pequeña cuando ella la dejó la tarde del sábado. Inspeccionó la casa por dentro, en especial la habitación de Baba. Después junto a la mesa de la cocina, sentado en una silla que le ofreció Tina, sacó del bolsillo de la americana un bloc para tomar notas y comenzó a preguntarle por los vecinos: ¿quiénes eran los más cercanos? ¿Los trataba la niña? ¿Podía haberse ido con alguno? ¿A quién había conocido del pueblo? Tina se refirió en seguida a Tià, que sabía inglés y, cosa rara, había sido simpático con la niña, incluso se habían hecho amigos, pero se había ido del pueblo a Palma tres horas antes de que Baba desapareciera. Él no era sospechoso, aunque tal vez supiera más cosas de Baba. ¿Podría la policía buscarle? A veces se iba a Palma, pero no decía a dónde. Su vida era misteriosa. También le habló de su tía, a la que había ido a ver, y de su primo, el cartero taxista.

—¿Tienes enemigos, Tina? —le preguntó de repente el comisario, mirándola a los ojos, y a ella le pareció que de aquella manera trataba de adivinar antes de que contestara si la respuesta era verdad o mentira.

—¿Quiere decir si alguien me quiere perjudicar? ¿Alguien del pueblo?

—Sí, alguien que con la desaparición de Baba te quisiera hacer daño, inculparte, quiero decir...

—Tengo una amiga, Maria Llombars, bueno, ya no es mi amiga, que tuvo que ver con mi marido y yo creo que por eso le gustaría que a mí las cosas me fueran mal. Y a lo mejor Antoñita y su padre y su madre. Jaume le corre detrás, eso me dicen, vuelve siempre tarde del café... Y si yo..., si yo me moría, porque si Baba no vuelve, yo... —No acabó la frase y empezó a llorar de manera desconsolada.

El comisario esperó a que se calmara. Estaba claro que Tina tenía problemas matrimoniales y se sentía sola y poco querida por un marido más bien infiel, uno de tantos tipos que necesitaban andar por ahí a sus anchas; no le bastaba con una mujer, por más que Tina fuera una chica de facciones correctas, guapetona, aunque ahora solo pudiera servir de modelo para un cuadro de María Magdalena. Cuando le pareció que estaba más tranquila le preguntó por la pequeña directamente:

—¿Cómo era Barbara? Tener que cuidar a un niño que no es tuyo, Tina, debe de ser más difícil. Además, por lo que me han contado no os entendíais, quiero decir que no podíais hablar. Eso hace perder la paciencia. ¿Era fácil de llevar? ¿O era de estos niños inquietos, desobedientes, que todo lo tocan?

—No diga era, por favor, Baba no puede estar muerta. No, no tocaba nada, pobrecita, estaba triste y no podía dormir. Yo le preparaba una infusión para que se durmiera, la acompañaba a la cama y me quedaba un rato y la encerraba con llave porque su padre me dijo que era sonámbula. Y ahora que lo pienso quizá cuando la dejé ayer por la tarde, se durmió y dormida huyó. A lo mejor la atropelló un coche o... No hemos mirado en las cunetas...

Mientras lo decía Tina se levantó y dio un par de pasos hacia la puerta, como si quisiera ir hacia la carretera, y luego se quedó quieta en el portal.

—Lo hemos mirado. He mandado que examinaran bien la carretera, tanto la que va hacia Palma como la que va a Sóller, pasando por Foscgran. En las cunetas no hemos encontrado nada sospechoso. Pero seguiremos buscando... ¿Y con tu marido se llevaba bien?

—Casi no se veían. Él pensaba que Baba me haría compañía y era así. Me hacía mucha compañía, pobre angelito...

Tina contó al comisario lo mismo que contaba a todo el mundo: que quería a la pequeña como si fuera hija suya, que la quiso en seguida, al verla tan desvalida, pobrecilla.

—¿Era la primera vez que la dejabas a solas?

—No, algún otro día también se había quedado un ratito sola, cuando yo iba a comprar el pan o a la tienda.

Ayer no le pregunté si me quería acompañar a la carnicería y a llevar los manteles a casa de mi primo. ¡Estoy tan arrepentida!

—¿Cómo hablabas con ella?

—Nos entendíamos por señas...

—¿Cuánto rato estuviste fuera, Tina?

—No demasiado, yo creo que no llegó a una hora.

—¿A dónde fuiste?

—A la carnicería y a dejar los manteles bordados a casa de mi primo.

—Lo comprobaremos, Tina. Veremos si dices la verdad.

El comisario dejó a Tina en un mar de lágrimas y volvió al Ayuntamiento para ordenar a su ayudante que comprobara si lo que afirmaba Tina sobre el tiempo que había estado fuera coincidía con la verdad y decirle que había que constatar qué había hecho exactamente. Además le dio la lista de las personas que había nombrado para que fuera a interrogarlas, con excepción de la carnicera. Con la carnicera hablaría él personalmente.

Tal vez la hora en que Tina dejó sola a Barbara era la pactada para que alguien se llevara a la pequeña y en combinación con Tina la escondiera fuera del pueblo para pedir un rescate, aunque hasta entonces no tenían conocimiento de que nadie lo hubiera hecho.

IX

Durante los días que siguieron a la desaparición de Baba, la gente de Fosclluc, con voluntarios de Foscgran, de Deià, de Sóller y de Valldemossa, continuó buscándola. Su padre, Johnny y Bob se unieron también a las partidas.

Los músicos, por decisión de la señora Brunellesky, que seguía desde Milán los acontecimientos casi hora por hora, se instalaron en su casa. La diva no daba crédito a lo que había sucedido. Su confianza en los habitantes de Fosclluc era absoluta. Nadie podía en el pueblo haber deseado ningún daño a la niña, que estaba, bien lo sabía Tina, bajo su protección. Así se lo repetía a los periodistas, a los que atendía muy amablemente por teléfono y que recogieron sus palabras en sus crónicas del miércoles, como pude también comprobar en la hemeroteca municipal. En el *Baleares* un extenso reportaje, el más amplio e interesante de cuantos leí, firmado por un conocido periodista, Gabriel Fuster Mayans, que usaba el seudónimo de Gafim, ofrecía las opiniones de Pandora:

«*Fosclluc es un lugar mágico, la montaña del Teix lo impregna de su magnetismo benefactor. Mi casa linda con la montaña, a veces he regalado piedras del bosque a mis amigos como talismán, cuando creía que andaban desanimados. El Teix es una montaña bendita, dominada por deidades femeninas. La deidad lunar, la casta diva, de mi querida Norma, habita en las profundidades de la montaña. Por eso soy optimista, quien se haya llevado a la niña la devolverá*».

Gafim recordaba en su crónica que Brunellesky, a quien conocía personalmente, era amiga de Robert Graves, que vivía en el pueblo de Deià, cercano a Fosclluc, y lectora apasionada de *La Diosa Blanca*. Hacía referencia a la generosidad de su oferta y anunciaba que la diva, en breve, llegaría a Mallorca. Se había quedado en Milán a consecuencia de la visita inesperada de una discípula extraordinaria que pasaba por un mal momento, Maria Callas, pero volaría a Palma el sábado y auguraba que Barb estaría ya allí para recibirla.

La convicción de Pandora animaba a todos, en especial a Mike, que ofreció, traducido, primero, por el cónsul de su país y después por Johnny Castro, que, igual que Bob Ogire, se quedó a su lado, todos los detalles que la policía le pidió sobre Baba y les dio una fotografía, la última que tenía de su hija, justo antes de abandonar Lambeland, para que sacaran una copia y empapelaran con carteles las calles de los pueblos de las cercanías y también las de la ciudad de Palma.

La desaparición de la pequeña, «una niña prodigio norteamericana», como repetían con insistencia todos los diarios locales y muchos de los peninsulares, era noticia de primera página. La televisión —entonces la única que había era la estatal— había dado también amplia cobertura a los hechos y entrevistado a Mike Simpson y al cónsul norteamericano.

El Caso, uno de los semanarios de mayor tirada, dedicado a indagar sobre los crímenes de actualidad y que solía sacar punta a los más truculentos, aunque a veces acertaba más que la policía en sus conjeturas, se había hecho eco de la desaparición de Barbara y sostenía que la «americanita» podía haber sido víctima de un traficante de órganos. Un negocio que, en todo caso, acababa de iniciarse ya que los trasplantes en aquella época constituían una innovación quirúrgica. Los órganos de la «americanita» podían servir para ser trasplantados a alguien que los necesitara, aventuraban los dos reporteros, M. Díez y S. Muñoz, que firmaban una larga crónica e incluso se atrevían a dar el nombre de un importante boxeador musulmán, uno de cuyos riñones urgía serle cambiado por otro en perfecto estado y que se había retirado —casualidades que había que tener muy en cuenta— en Argel a la espera de la posibilidad. Mallorca, no había que olvidarlo, quedaba casi tan cerca de Argel como de Barcelona. Los redactores de *El Caso* insinuaban, entre líneas, la presunta complicidad de los traficantes con quienes se habían hecho cargo de la «pequeña cantante», puesto que su cuidadora principal admitía haberla «drogado» para que pudiera dormir y de este modo facilitaba a sus raptores que pudieran llevársela sin que la niña fuera capaz de protestar o de pedir auxilio.

Los periodistas de *El Caso* ponían de manifiesto que Tina había administrado a la niña sedantes fuertes; no en vano la morfina se extraía de la adormidera.

En Fosclluc había quien aseguraba que a Baba le habían dado *mal bocí*, lo que equivalía a que alguien le hubiera echado mal de ojo, que eso de que no pudiera dormir, como había contado Tina que le pasaba, era un síntoma claro de que algo extraño le ocurría. Los niños duermen a pierna suelta, horas y horas. El insomnio es cosa de viejos y no de la gente menuda.

Tina le había contado a Caparrós que le había preparado a Baba infusiones de hierbas desde el momento en que se dio cuenta de que la pobrecita se pasaba la noche dando vueltas en la cama. Y Joana, su tía, no tuvo inconveniente en declarar al ayudante del comisario que ella le había proporcionado las semillas de adormidera para que las pusiera debajo de la almohada de la niña, una costumbre arraigada en Fosclluc, como en muchos otros lugares de Mallorca, para combatir el insomnio. Las semillas no entrañaban ningún peligro e incluso se usaban con los recién nacidos para que se tranquilizaran y sin llorar pudieran conciliar el sueño. Si Baba se las había tragado, si eso había sucedido, porque quizá no había comprendido los gestos con que

Tina le había dado a entender que no podía siquiera llevárselas a la boca, entonces sí que su veneno habría podido causarle la muerte. Pero si esto hubiera ocurrido la habrían encontrado muerta en su cama sin que pudiera marcharse de casa de Tina.

Joana, la tía de Tina, en su declaración hizo constar que ella estaba segura de que a la pequeña la habían robado. Era imposible que hubiera huido. Además, ¿cómo iba a marcharse de casa de su sobrina un día antes de que su padre fuera a verla? No, eso no tenía ningún sentido, argumentaba Joana al ayudante del comisario y a quien quisiera escucharla.

Antoni Caparrós consideraba que, en un pueblo tan pequeño como Foscluc, la hora que, según Tina, había tardado entre ir y venir era demasiado tiempo. Ir a la carnicería y cruzar la calle para dejar el paquete con los manteles en el garaje de su primo se podía hacer en diez minutos. En diez minutos ya podía haber vuelto a casa. ¿Qué había hecho? ¿Dónde había estado?

El comisario, acompañado por su ayudante, Emili Torres —entonces veinteañero y cuya excelente memoria nos ha sido de gran ayuda—, preguntó al alcalde sobre la vida de Tina. Cómo era, a qué familia pertenecía, con quién se trataba. El alcalde le contó cuanto sabía e incluso le advirtió de la posibilidad de que quizá se entendiera con su primo el taxista. Pero eso eran habladurías de pueblo pequeño. Tomeu y ella habían sido novios cuando eran jóvenes. Después ella se había casado con Jaume, un chico de Foscgran que andaba por Foscluc arreglando paredes secas el año que el temporal de lluvia acabó con muchas. Pero Caparrós no descartaba ninguna hipótesis: Tina había faltado de su casa durante una hora, dejando sola a la niña. ¿Para que alguien que estuviera compinchado con ella se la pudiera llevar con comodidad? Lo único que le pedían a Tina es que se ausentara durante sesenta minutos, el tiempo suficiente para realizar la operación. Pero ¿de qué operación se trataba? De momento no podía contestar a la pregunta. Todas las hipótesis quedaban abiertas.

La coartada de Tina era que en la carnicería había mucha cola. Pero eso sí que tenía fácil comprobación. Torres, de parte del comisario, llamó a declarar a la carnicera y esta le dijo a Caparrós que atendió a dos personas antes que a Tina, Pixeris Coleu, que charlaba por los codos e incluso por las rodillas, y la muchacha de servicio de doña Antonia Romeu de la finca de Son Bleda, que se llevó mucho género, porque tenían invitados, pero que, a lo sumo, Tina podía haber esperado diez minutos. Ella era rápida despachando.

—Con el asunto del tiempo, no te aclaras —le dijo Caparrós a Tina, al interrogarla por segunda vez—. Diez minutos en la carnicería, cinco para llevar los manteles y cinco más para ir y volver no suman una hora ni llegan a media. ¿Qué hiciste mientras? ¿A dónde fuiste?

Tina repetía lo mismo. Sin entender por qué la mortificaban de aquel modo. Había dejado a Baba sola, esa era su culpa. Una hora o media. ¿Qué más daba? Tal vez la cola había sido más larga. Quién sabe si la carnicera no se equivocaba. ¿Y quién sabe si a ella le parecía una hora lo que en realidad había sido media? A lo mejor era menos tiempo, porque con Tomeu casi no había hablado, le había dejado el paquete porque estaba ocupado terminando de reparar el coche de los turistas ingleses.

—Te falta una coartada para esa media hora, Tina —le dijo finalmente el comisario—. Deberías hacer memoria de una vez. De lo contrario podría involucrarte en la desaparición de Baba. Mi intuición me dice que escondes alguna cosa.

Tina finalmente confesó algo que le daba vergüenza porque temía que el comisario pudiera atar cabos si hablaba con Jaume.

—Fui al cementerio a buscar tierra. Me dijeron que si la ponía debajo de la almohada de Baba la ayudaría a dormirse. La tierra recién cogida del cementerio, la que está junto a los muertos, llama al sueño. Por eso subí hasta allí.

Jaume la había acusado hacía años de bruja, cuando le cortó, mientras dormía, un mechón de pelo para llevárselo a una mujer que vivía en Foscgran que necesitaba algo de ese marido esquivo para un conjuro que le hiciera volver con ella. Además de darle unas hierbas para que le preparara un bebedizo que Jaume no se quiso tomar. Se lo tiró a la cara y le dio dos bofetadas.

Caparrós también habló con Jaume, quien aseguraba que apenas había tratado a Baba. Se iba a trabajar a Foscgran de madrugada y no regresaba hasta la tarde. La veía solo un momento en la cocina cuando llegaba a cenar algo rápido, porque tenía por costumbre irse al café con los amigos y cuando volvía Baba ya estaba acostada.

—La niña desapareció el sábado —le dijo el comisario—, y el sábado la embotelladora está cerrada. ¿Dónde estabas el sábado? El sábado debiste de verla.

—La vi cinco minutos por la mañana, cuando se levantó, justo cuando yo me iba a ayudar a un amigo a Foscgran a arreglar un tejado, y a la vuelta me encontré con los que buscaban a Baba.

—¿Estás seguro?

—Sí, señor, muy seguro, se lo puede preguntar a Toni Marí, le ayudé todo el día con las tejas.

—Quizá Barbara te estorbaba, Tina estaba muy pendiente de ella. Mejor seguir como antes de su llegada...

—A mí no me estorbaba. Al contrario. Tina tenía compañía y yo ¿qué quiere que le diga? A mí me daba menos la lata. Mi mujer es muy celosa... Siento mucho lo que ha pasado, se lo juro, y solo deseo que el mal nacido que se la ha llevado devuelva a la niña. Le juro que no quisiera encontrármelo.

El comisario envió a dos policías para que comprobaran si la tierra del huerto de casa de Jaume y Tina había sido removida, no fuera que la niña hubiera muerto el mismo sábado o la noche del viernes al sábado, a causa de la ingestión de las semillas, y asustados por las consecuencias no se les hubiera ocurrido una idea mejor que enterrarla. Para no tener que dar explicaciones decían que había desaparecido. Pero no había ningún indicio en el huerto que hiciera sospechar una barbaridad como aquella.

También Torres registró un par de casas del pueblo por orden del comisario Caparrós, que trataba de no dejar ningún cabo suelto. Pensaba que tal vez las personas enemistadas con Tina podían, para hacerle daño, haber secuestrado a la niña y tenerla encerrada. Miró primero en casa de los padres de Antoñita y no encontró rastro de Baba. Era tan pequeña que resultaba imposible esconder a nadie. También fue a casa de la examiga de Tina. Su padre se opuso rotundamente a que pasara. Necesitaba, le dijo muy serio, un mandamiento judicial. ¿Lo tenía? ¿No? Pues ya podía irse a Palma a pedírselo al juez.

Los gritos de Tòfol Llombars se oían desde la calle y alertaron al vecindario. Quizá sí que su hija, que, según Tina, la odiaba, se había llevado a Baba aprovechando que aquella no estaba, porque el hecho de no dejarles entrar era de lo más sospechoso. Por eso Torres fue a avisar a Caparrós y este pidió al cabo de la Guardia Civil que enviara a Municio para vigilar la casa mientras él telefoneaba a la comisaría de Palma para que pidieran un mandamiento judicial, porque Tòfol Llombars no los dejaba pasar sin ese requerimiento al que tenía derecho.

Municio, que quedó de vigilancia, se dio cuenta de que por el lado de detrás de la casa, que como todas daba a un pequeño huerto, se oía mucho trajín y, aprovechando que la puerta no estaba cerrada con llave, pese a que le faltara el mandamiento judicial, entró y tuvo tiempo de ver como Tòfol y su mujer, Aina, tiraban al huerto vecino un par de sacas que pesaban bastante. El guardia civil volvió a salir a la calle y entró en casa de la vecina, que tenía la puerta abierta y estaba en el portal para poder contemplar en qué pararía todo aquello desde la primera fila. Ella no se opuso a dejarlo entrar, tal vez porque ni siquiera le pidió permiso ni le dejó tiempo a que pudiera decir ni jota. Lo que encontró en el huerto de *madò* Antònia Ripoll fueron dos sacas enormes llenas de cartones de tabaco. Y comprendió en seguida por qué Llombars les había impedido el paso con la excusa del mandamiento judicial.

En la costa norte de Mallorca eran muchos los pueblos que vivían del contrabando y Foslluc no era una excepción. Municio, al ver las dos sacas, se quedó plantado al lado vigilándolas, a pesar de que su misión allí fuera otra. No obstante, el hallazgo de aquella gran cantidad de cartones de tabaco le pareció importantísimo. Lo que se preguntaba era si también la vecina estaba involucrada en el contrabando o era sencillamente una víctima, porque ya la oía gritando que ella no tenía nada que ver con el tabaco, que era una mujer decente, no como su vecino, el contrabandista, que este año se había ido de vacaciones a Venecia y eso lo sabía todo el pueblo.

X

Antoñita no tuvo inconveniente en que citara su nombre en este escrito. Me pareció que más bien le hacía ilusión verlo en letras de molde. No tenía nada que esconder. Además, a lo hecho pecho, me dijo antes de contarme cómo vivió ella la desaparición de Barbara desde la tienda donde trabajaba.

Desde la desaparición de Baba, en la cantina de la tienda de comestibles de Foslluc tenían mucho más trabajo, en especial en la cocina, donde Francisca, la dueña y cocinera, ayudada por Antoñita, en funciones de pinche, no daba abasto, puesto que eran muchos más los clientes que se quedaban a comer.

Así me lo contó Antoñita el día que la visité:

Aquellos días tenían muchos clientes. Algunos policías, venidos de Palma, también periodistas que trataban de obtener noticias, preguntando aquí y allá, vecinos de los pueblos cercanos que se ofrecían para seguir buscando a Baba en su casa de la huerta de Sóller donde sus nietos, a los que ella atendía, jugaban en el jardín. Había también excursionistas que antes o después de seguir camino de la cala para ir a bañarse se acercaban a la cantina a comer algo, para enterarse de las novedades, para contarlas a amigos y conocidos, presumiendo de saberlo todo de primera mano.

Antoñita tenía razón. La desaparición de Baba había generado una expectación enorme. El embajador de los Estados Unidos se había puesto al habla con el cónsul y con el gobernador civil, ofreciéndoles toda la ayuda que consideraran oportuna. A su disposición estaba cualquier refuerzo que necesitaran de la base que los americanos tenían en el Puig Major. El caso de la «americanita», como ya se la conocía, con disgusto de las autoridades mallorquinas, que, pendientes de acrecentar las industrias de viajeros, como algunos todavía llamaban a la maquinaria productora de turistas, hubieran preferido que la desaparecida fuera autóctona y no venida de fuera. El hecho de ser extranjera y más de los Estados Unidos, el gran país que, pese a ser el último con quien España había estado en guerra, había apoyado la consolidación del franquismo, no ayudaba a la imagen de una Mallorca como isla de la maravillosa calma, donde ningún acontecimiento desagradable podía empañar las deliciosas vistas ofrecidas por las postales de los almendros en flor o de las suaves dunas de las playas, todavía no destrozadas por los asesinos de paisajes. De ahí también que la tarde del martes el gobernador civil, acompañado del cónsul de los Estados Unidos y del jefe de la base americana del Puig Major, llegaran a Fosclluc para una visita de inspección.

Antoñita lo recordaba así: «Después de salir del Ayuntamiento, entraron a tomar una Coca-Cola en la cantina de la tienda, yo les serví. Pude escuchar lo que decía el cónsul, cuando le traducía al gobernador civil lo que decía el jefe de la base de los americanos del Puig Major: que el radar de los americanos estaba colaborando en la búsqueda de Barbarita». La tarde del martes la tienda y la cantina estaban a rebosar y había mucha gente que entraba y salía, ni Biel ni Francisca ni Antoñita, en funciones a ratos de atareada dependienta, otras de camarera solícita, tenían la menor idea de quién o quiénes habían podido robar las cosas que echaron en falta y que Francisca le hizo anotar a su empleada en un papel que ella, según me aseguró, conservó durante mucho tiempo.

Dos botes de conserva de tomate y tres de confitura de ciruela, colocados en la estantería que quedaba en un ángu-

lo, justo antes de pasar de la tienda al café. Una de las dos cestas pequeñas colgadas cerca de la puerta, que siempre permanecía abierta, y algo de mucho mayor tamaño y más visible: la muñeca de trapo, la más grande de las tres que había en la tienda, la que todas las niñas del pueblo querían que les compraran y que también la pobre Baba habría mirado con ojos golosos, el día que entró con su padre. Yo les serví los platos que comieron.

El amo Biel decía que los ladrones habían sido varios, seguramente de fuera del pueblo. Encontrarlos, entre los que habían entrado en la tienda, era como buscar una aguja en un pajar. Había pasado y traspasado mucha gente, comprando o sin comprar nada, para ir a sentarse en las mesas de la cantina que quedaban al fondo o hacer cola a la espera de un sitio libre. Unos se habían llevado las conservas, otros, la cesta y unos terceros, la muñeca. Las conservas cabían en cualquier sitio, en los mismos bolsillos, y la cesta, con alargar un brazo desde la puerta se podía coger. Lo más difícil era la muñeca, porque había desaparecido, los tres estábamos seguros, cuando ya no había casi gente y los últimos que habían entrado a comprar eran personas del pueblo, de toda confianza.

Echamos en falta todas estas cosas cuando estábamos a punto de cerrar la tienda y solo quedaba abierto el café. Antes, con el ajetreo de la tarde, en que la caja registradora había sonado con la mayor alegría de su larga vida, no nos habíamos fijado y era difícil no fijarse en la muñeca que estaba sentada sobre unas resmas de cuerdas en la parte central, junto a otras dos más pequeñas. Por eso los tres consideramos que por lo menos el robo de la muñeca tenía que haberse producido al final de la tarde.

Fue entonces cuando Antoñita dio la voz de alarma. Biel y Francisca intentaron acordarse de los últimos clientes que habían entrado, un periodista viejo que compró queso, unos chicos que volvían de la cala y se llevaron leche condensada y una botella de refresco de piña y otros más que, armando jaleo, querían una botella de una determinada marca de ron, para fabricar cubalibres, que no les sirvieron porque no la tenían.

Entre las personas que eran del pueblo, Antoñita se acordaba de Maria Perelló y de lo que había comprado: un bote de pasta de jabón, estropajos y una garrafa de lejía. Tenía que hacer limpieza general de la despensa, le dijo, porque había encontrado una madriguera de ratones. Pero a ella nada de lo que faltaba le podía interesar. Era soltera, vivía con su madre, muy anciana, las conservas le sobraban, no tenía nietos a los que pudieran gustarles las cestas, su gato no cabía en ellas y menos aún jugaba con muñecas de trapo.

Después, según recordaba Antoñita, había entrado Joana, la tía de Tina, que era de entera confianza de los tenderos. Además, con todo lo que le estaba pasando a su familia, no se le ocurriría ni por asomo que alguien pudiera llamarle la atención por llevarse sin pagar las cosas que faltaban. Joana se sentía muy disgustada. La pobre Tina estaba destrozada y no era para menos. Lo que le había sucedido era terrible. Pero cabía tener esperanzas. Al día siguiente el ejército daría una batida —lo decían en el Ayuntamiento— con helicópteros americanos...

También despacharon a Tià, que había regresado de Palma, y en el mismo autobús le habían dado la noticia de la desaparición de Baba, aunque ya podía conocerla si había leído los periódicos. Tià compró varios metros de alambre, latas de atún, arroz, miel, café, flan Potax y las dos porciones de bizcocho, restos del último que Francisca había amasado, a primera hora de la tarde, en vista de que la clientela iba en aumento. Como siempre, llevaba unas grandes alforjas colgadas, en ellas sí que cabría la muñeca. Pero ¿para qué querría Tià una muñeca? ¿Se había vuelto mariquita de repente?, pensó, según me dijo Antoñita. No, era imposible que Tià se llevara la muñeca *sin* pagarla. Le importaba muy poco la opinión de los demás. Si por alguna razón le hubiera interesado la muñeca, la habría comprado y santas pascuas. No la habría robado, opinaba Antoñita. Él nunca dejaba nada a deber, jamás estafaba ni un céntimo. Al contrario, una vez le dio la vuelta equivocada, unas cuantas pesetas a su favor, y él se lo hizo notar y le devolvió lo que no era suyo, diciéndole algo que no comprendió: «Al César lo que es del César». ¿Quién demonios era César? ¿A qué César se refería? Ni Francisca ni su marido lo sabían, debía de ser alguien conocido de Tià... No, él no había sido, él, por muy raro que fuera, no robaba.

También habían entrado, entre los últimos, dos policías a los que tuvo que preparar bocadillos y Tina. Tina o su sombra, la sombra de la que había sido. Tres días habían sido suficientes para que se quedara piel y huesos, parecía un espíritu. Había comprado velas, cerillas y arenques porque Jaume siempre desayunaba un arenque con pan con tomate. Pero justo cuando despachaban a Tina entraron unos excursionistas, armando bulla y pidiendo también algo de comer. Quién sabe si Tina no había aprovechado el momento para meter en su bolsa —en la suya cabía perfectamente, era grande, era la que le servía para llevar y traer los manteles bordados y sin bordar— la muñeca, tal vez pensando que la muñeca atraería a Baba. Baba volvería si en casa la esperaba la muñeca, opinaba Antoñita.

Sobre las diez de la noche, cuando los dueños de la tienda se habían ido a descansar y me habían dejado al cuidado del café, como siempre, entró Jaume y le conté todo lo que había pasado aquella tarde.

Se lo conté todo. Desde la llegada del general americano que había enchufado el radar para buscar a Baba hasta el asunto de los robos. Le enumeré lo que se habían llevado y le dije que mirara bien, que buscara en su casa por si la muñeca estaba allí. Le dije que yo creía que era Tina la que la había robado. Tina desde que Baba faltaba había enloquecido, a lo mejor la había robado para hacerme daño a mí y no, como decía Francisca, la tendera, para que sirviera de reclamo a Baba, para que Baba regresara.

—¿Sabes por qué vinieron a casa los policías? —le pregunté a Jaume. Me contestó, claro, que no lo sabía. Y entonces yo le dije lo que sospechaba—: Porque Tina se lo dijo, dijo que yo me había llevado a Baba... ¿Y sabes por qué ha robado la muñeca? Para hacerme daño.

Sí, así se lo dije. En mi pueblo, en Zarzalejos, había una mujer que utilizaba las muñecas para clavarles alfileres por todo el cuerpo y les sacaba los ojos y así conseguía que la persona que representaba la muñeca enfermara, se quedara ciega o se muriera. Le dije que su mujer estaba mal de la cabeza, y que si me pasaba algo a mí, mi padre la mataría. Él me dijo que Tina estaba desesperada. Se sentía culpable de lo que le había pasado a Baba. Desde que la niña desapareció no es la misma. ¿Le has hecho algo tú a Baba? Pero no me contestó, se levantó y se fue y dio un portazo. Desde entonces ni me miraba, y anda que me había ido detrás. Aquel mismo verano mi padre encontró trabajo en Sóller, un empleo como guardés en la casa de unos franceses, y mi madre de sirvienta, y nos mudamos aquí. No nos fue mal, trabajando mucho. A Foslluc procuramos no volver.

XI

El miércoles 23 de julio, en que se cumplían cinco días de la desaparición de Baba, Tià volvió a bajar a Fosclluc. Iba a buscar al padre de la niña y fue directamente a donde le dijeron que estaba, en casa de la señora Brunellesky. Quería hablar con él, a solas, y le pidió que lo siguiera fuera del pueblo, camino de su barraca. Según contó Mike a la policía y figura en el atestado, Tià le dijo que había encontrado a Baba y que le acompañara donde ella lo esperaba. A Mike, que estaba a punto de regresar a Formentor porque el jueves debía tocar con la banda, sin saber de dónde podría sacar los ánimos para hacerlo, las piernas le empezaron a flaquear y casi no podía seguir a Tià, que le iba abriendo camino. La alegría tiene muchas maneras de manifestarse.

Tià le contó que había encontrado a Baba el día antes, después de regresar de Palma, sobre las siete de la tarde. La había encontrado en la caseta donde guardaba cosas de su pasado, de otra vida. Una caseta que, hacía años, él mismo se había construido con las piedras de un antiguo corral derruido. No quedaba lejos de su cabaña, pero para llegar hasta allí se tenía que transitar por vericuetos por los que casi nadie pasaba, además de saltar las viejas paredes que quedaban en pie del corral, donde se decía que muchos años atrás habían encontrado las ovejas muertas y al pastor ahorcado, pendiente de la higuera que aún crecía allí, solitaria. Era un sitio que los lugareños consideraban maldito, poblado por fantasmas y, en consecuencia, procuraban no acercarse.

Tal vez por eso nadie buscó a Baba por aquellos andurriales. Él sí lo hubiera hecho, pero se había ido antes de que Baba desapareciera. Mala suerte. Si se hubiera quedado en la cabaña quizás habría adivinado que ella lo buscaba, y en Palma, desde lejos, estaba demasiado distraído para poder escuchar lo que le quería decir la montaña sobre Baba o la misma Baba. Distraído con otras preocupaciones que no le permitían abrir los sentidos y escuchar. Solo el día anterior se sintió en paz, liberado de lo que lo había retenido en la ciudad. Y pudo darse cuenta de que Baba estaba allí, en la montaña. Lo supo antes de que se encontraran. No era la primera vez que le pasaba. La tarde del martes tuvo el presentimiento de que establecería contacto con Baba, que ella le llamaría, que le diría dónde estaba, y por eso entró en la tienda a buscar provisiones, para estar preparado para cuando ella llegara, porque tenía la corazonada de que estaba allí y le esperaba y por eso también había cogido la muñeca de trapo sin pagarla para no levantar sospechas. Creía que a Baba le gustaría, era su regalo de bienvenida. Y se marchó deprisa. Esperó en la cabaña un rato, con la mente predispuesta. De repente el reclamo de Baba le llegó: debía ir a buscarla al refugio y allí la encontró.

Desde casa de Tina el camino conducía hasta aquel lugar de la montaña de manera casi directa, aunque la última parte fuera de muy difícil acceso. De todos modos, Baba habría tenido que andar mucho para poder llegar y hacerlo tal vez por etapas, incluso a escondidas de los que la buscaban. Era posible que hubiera oído sus voces el sábado al anochecer y el domingo, a pesar de que le había dicho que no, que no las había oído. Solo quería huir, alejarse de casa de Tina, en donde por las noches había un monstruo que entraba en su habitación que quizá también estaba entre los que habían salido a buscarla.

—Huyó de casa de Tina —le contó Tià a Mike— en cuanto esta se fue a comprar, de la mano de su madre. Su madre había ido a buscarla para librarla del monstruo. Su madre la había guiado para salir del pueblo hacia la montaña y anduvo con ella un buen rato hasta que se quedó dormida en sus brazos. Al despertarse, al día siguiente, muy temprano, su madre no estaba, pero otra mujer amable y buena, vestida de blanco, la condujo hasta mi caseta, donde le dijo que estaba a salvo. No quise hacerle demasiadas preguntas para que no se sintiera cohibida, pero pensé que tal vez tenía alucinaciones, o convertía en realidad lo soñado. Espero que a usted pueda contárselo todo y pueda interpretarlo mejor, puesto que es su hija y la conoce. Aunque a mí no deja de parecerme milagroso que llegara sola hasta el refugio. Ayer me suplicó que no le dijera a nadie que la había encontrado. Que la dejara quedarse allí, porque no quería volver a Fosclluc de ninguna manera. Se lo juré. Después perdió el sentido. Dudé sobre qué tenía que hacer. Dar aviso inmediato de que la había encontrado era faltar a la palabra que le había dado y eso va contra mis principios. Además, me pareció que estaba tan débil que era necesario reanimarla antes de bajarla al pueblo e ir preparándola para enfrentarse con todo lo que le esperaba: interrogatorio policial, reprimenda de usted. Desconozco si sus relaciones son buenas, si ha podido sentirse abandonada y por eso huyó, ni qué le pudo pasar en casa de Tina.

—No tuve más remedio que dejarla. Esperaba que la señora Brunellesky se hiciera cargo...

—Lo sé. Su hija quiere ser cantante, ella misma me lo contó, y Pandora le pidió a Tina... Ya no importa, está a salvo. Me sigue pareciendo portentoso que pudiera encontrar mi refugio, y eso fue su salvación. Pudo beber agua porque en la caseta guardo un par de garrafas y comer galletas que también tengo allí, porque encontré las dos cajas vacías, pero nada más y han pasado tres días, de manera que estaba y está muy débil. Anoche le di a beber un tazón de leche con miel y unas gotas de coñac para reanimarla. Precisamente para estar preparado por si encontraba a Baba fui a buscar provisiones a la tienda, y cuando estaba allí vi la muñeca de trapo y pensé que le gustaría, que era un regalo, que le permitiría coger confianza conmigo, pero no me atreví a comprarla, pensé que si la compraba levantaría sospechas. Iré a pagarla después, cuando usted se haya llevado a Baba de Fosclluc, porque me tiene que prometer que no la dejará en casa de Tina. Está muy débil, insisto, no me costó nada trasladarla en brazos desde la caseta hasta la cabaña, porque pesa muy poco. La recosté en mi cama y le di friegas con alcohol y le pedí que se tomara la leche que ordeñé de mi cabra, con miel y coñac, como ya le he dicho, y reaccionó en seguida. También le curé las heridas de las piernas, debidas a los arañazos que tuvo que hacerse durante la caminata. Le preparé la cena. Pensé que le convenía una dieta blanda, arroz blanco y un par de huevos pasados por agua, porque necesitaba proteínas. Después le regalé la muñeca y, ¿sabe?, Baba me sonrió y me dio un beso. Luego estuvo un rato jugando con ella. Le cedí mi cama y yo me quedé durmiendo en la estera, en el suelo, junto a ella, por si acaso se despertaba de la pesadilla de los monstruos perseguidores, que me dijo que se le aparecían y la maltrataban. Pero no, durmió de un tirón hasta que amaneció.

»Dos cosas quiero pedirle —le dijo, finalmente, Tià a Mike—. La primera, que se lleve a Baba de Fosclluc, que no vuelva a casa de Tina y que un médico, un buen médico, la examine, creo que es absolutamente necesario. Tal vez alguien en el pueblo abusó de Baba. La segunda, que hable de mí lo mínimo. No me gusta andar en boca de nadie. Yo mismo iré a declarar a la policía, les contaré cuanto sé y mis sospechas, por eso no se preocupe.

Mike no sabía qué decirle a Tià, tampoco si todo lo que le contaba era cierto, si le decía la verdad. Y así se lo contó a la policía, tratando de reproducir cuanto Tià le había dicho. Quién sabe si secuestró a Barb por algún motivo y ahora se había arrepentido o si, en efecto, todo había sucedido como él le aseguraba: si Barb se sintió abandonada, si se había ido de casa de Tina porque veía monstruos que la perseguían. Si esos monstruos de los que hablaba tenían que ver con algo real, o se trataba de nuevas alucinaciones de su hija. Pero pronto lo sabría, porque Barb estaba viva y eso lo consideraba un milagro extraordinario, una prueba de que desde donde estuviera Margaret la seguía protegiendo.

XII

La noticia, la buena noticia, corrió enseguida, rápida, por todo Fosclluc. Baba había aparecido. Llevaba en brazos la muñeca robada cuando en el taxi de Tomeu, ella, su padre, Bob y Johnny se fueron a Palma. Padre e hija declararían a la policía, en la comisaría de la ciudad, lejos del pueblo, sin curiosos alrededor, con mayor sosiego.

Cuando Baba y Mike se marcharon de Foscluc, apareció Tià. Primero, ya que le venía de paso, entró en la tienda y pagó la muñeca. Sin dar explicaciones, depositó el dinero exacto del precio que marcaba la etiqueta que pendía de la pierna de la muñeca y que se había guardado en el bolsillo cuando se la regaló a Baba. Después fue al Ayuntamiento. Todavía estaba el comisario Caparrós con el atestado sin cerrar y él se presentaba para declarar lo que sabía sobre Baba. Dónde la había encontrado y lo que le había dicho la niña. Contestó a cuanto le preguntaron sin contradicciones, sobre su relación con Baba y el hecho de haber dado con ella, también sobre su ausencia del pueblo, dónde y con quién había estado en Palma y qué le llevó hasta allí; ofreció todos los detalles que le parecieron oportunos para esclarecer el caso, con el que no tenía absolutamente nada que ver. Si lo necesitaban para algo más, ya sabían dónde encontrarlo.

En el Ayuntamiento, cuartel general de los que llevaban la investigación, en cuanto Tià se marchó cerraron la puerta. Eran las doce de la mañana del miércoles. Llevaba abierta casi cien horas y el alcalde, que había estado al pie del cañón y al pie de lo que le mandaran los servidores del orden público, quería irse a descansar porque ya no podía más. Nadie en Fosclluc podía más. Incluso Biel Porreta, el tendero, que nunca en su vida había hecho un agosto como aquel, declaró muy satisfecho a la televisión que las ganancias no compensaban si la vida de una niña estaba en peligro.

La tensión acumulada durante aquellos días había envenenado a los habitantes de Fosclluc. Se notaba incluso en el aire que respiraban, polvoriento, como si llegara del desierto, viscoso, casi pútrido. A media mañana, una lluvia fina, que se fue haciendo más densa, pareció que podría limpiar el pueblo de miasmas de envidias, de viejas culpas no perdonadas, de recelos antiguos y sospechas insinuadas en voz baja, y cambiar el aire podrido por otro limpio. No obstante, las nubes desaparecieron en pocos minutos y el sol apenas tardó en volver a salir exultante, mucho más poderoso que el de los días anteriores, ardiente, tórrido, cegador.

El calor caía del cielo a plomo sobre un suelo candente, transformado en desierto de arena. Los termómetros, acelerados, marcaban más de cuarenta y cinco grados.

Fosclluc, a partir del momento en que Baba había aparecido y que los reporteros y los policías se fueron marchando, iba recuperando la tranquilidad además de la buena fama, puesta en entredicho desde el anochecer del sábado hasta el miércoles por la mañana.

La compañía alemana propietaria del hotel de lujo que se estaba terminando en las afueras y que tantos puestos de trabajo habría de proporcionar al pueblo ya no retrasaría su casi inminente inauguración. Desde Múnich los directivos habían decidido que si la niña aparecía muerta la pospondrían. Otro hotel de la misma cadena, en Pollensa, sería el primero en abrir. No podían comprometer su prestigio y comenzar con mal pie, en un lugar donde los niños extranjeros eran raptados.

Los vecinos no hablaban de otra cosa más que de la aparición de Baba. Todos se preguntaban dónde había estado, cómo había podido sobrevivir sola en la montaña, quién la había ayudado, quién la había retenido, qué había pasado y qué tenía que ver con todo eso Tià. ¿Había sido él su raptor?

Tina, cuando la avisaron de que Baba, de la mano de su padre, había llegado por el camino del Teix al pueblo, salió corriendo de su casa; quería abrazar a la pequeña, quería saber por qué se había ido, quién se la había llevado. No entendía por qué no le habían dejado acercarse a Baba, ni despedirse de ella. Lloraba de nuevo, decía que de alegría, pero tenía una gran pena porque no comprendía que no le hubieran permitido siquiera darle un beso. Ella la había tratado muy bien, había velado su sueño, había permanecido junto a su cama todas las noches hasta que se dormía. Ella había sido quien más había sentido su desaparición. Ella, la más afectada.

Envió encargo a Jaume, que pidió permiso para ausentarse de la embotelladora y regresó en la bicicleta a Fosclluc. Allí preguntó a unos y a otros y decidió ir a ver a Tià. Les contó a todos que Tià les tenía que dar explicaciones. Se las debía, quería saber qué le había hecho a la niña. Se había ganado su confianza con la excusa de hacer de traductor. La había raptado, la había escondido. Pero no quería subir solo, quería testigos.

Jaume contó a la policía lo que consta en el atestado:

Volvió a Foscgran y pidió a dos amigos que le acompañaran. A los hermanos Arrom les gustaba la gresca. Uno, Toni, le debía favores; el otro, Joan, un poco corto de alcances, seguía siempre a su hermano mayor y admiraba el aire de chulo perdonavidas que a veces adoptaba Jaume. Jaume tenía razón, había que darle una lección a Tià.

Subieron hacia el Teix. La cabaña de Tià quedaba a la izquierda, a medio camino entre Fosclluc y la cumbre. Hacía calor. El sol era una bola de fuego, caía inmisericorde a las tres de la tarde. Hacía calor, mucho calor. La suela de las alpargatas quemaba porque los terrones quemaban. La lluvia de la mañana no había sido capaz de refrescar el ambiente y no corría ni una brizna de aire.

Jaume traía consigo una botella de agua, no en balde trabajaba en la embotelladora, y bebió a placer hasta dejar el envase a medias. Después se la pasó a su amigo Toni, y este, tras dar un par de tragos, se la ofreció a Joan, que prefirió, en vez de beber, remojarse un poco la camisa, empapada de sudor.

No se toparon con nadie porque aquellas no eran horas de paseo, eran horas de siesta. Horas de resguardarse del sol y quedarse a la sombra, pero Jaume necesitaba con todas sus fuerzas saber qué le había pasado a la niña, cómo y dónde la había encontrado Tià. Quería saberlo de manera directa, de sus labios y no de boca de los vecinos que contaban lo que Tià le había dicho a la policía. Por eso subía con sus amigos, guiados por el mismo afán de justicia solidaria.

—¿Sabéis qué os digo? Que este hijo de la gran puta secuestró a Baba y al enterarse de que había recompensa para quien la encontrara la escondió.

—Eso de la recompensa no lo podía saber, no le llegan los periódicos.

—Está claro que no, tonto del culo, claro que no le llegan, pero tiene una radio y lo sabe todo. Antes fue médico.

—No, era ermitaño, mi madre lo conoció con hábito de ir a pedir —dijo Joan.

—Hizo de médico por las Américas —terció Toni.

Las hojas y la pinaza crujían bajo los pies de los tres hombres. En las ramas de los pinos las cigarras se quejaban, lanzando improperios contra el sol. Hartas de achicharrarse.

Toni llevaba una gorra como las que habían empezado a poner de moda los americanos, que la madrugada del pasado domingo aseguraban que habían llegado a la Luna. En Fosclluc no habían podido ver el programa especial que la televisión le dedicó; además, la desaparición de Baba centraba toda su atención, sin darles respiro para enterarse de otras cosas. Pero Toni sí lo había visto en la televisión del bar de la plaza de Sóller, el lunes por la mañana, y era de los que no se lo creían. Conocía a muchos de los americanos de la base del Puig Major que iban y venían desde la estación del radar a los cuarteles de la entrada del pueblo donde vivían y eran unos acojonados. Unos blandengues. Con dos cervezas se quedaban para el arrastre. Ni la Luna ni la pruna, ni nada de nada... Puta propaganda. A la Luna no había llegado nadie.

—¿Sabes qué te digo, Jaume? —dijo Toni—. Que hubiéramos tenido que subir al atardecer y no con este calor.

—No, igual esta tarde ya no está, vete a saber si no se larga o si la policía lo manda detener y nosotros nos quedamos con las ganas de escuchar de su boca lo que le hizo a Baba.

—A lo mejor no le hizo nada. La ha encontrado por algún rincón del bosque, eso es lo que dicen en el pueblo. Lo ha dicho el alcalde antes de cerrar el Ayuntamiento y dar las gracias a todos.

—¿Y nos lo tenemos que creer? Venga, Joanet.

—Puede ser verdad...

Ya no faltaba demasiado. Jaume les dijo que era mejor que se callaran, no fuera a ser que los oyera llegar y se escondiera.

—Lo tenemos que coger por sorpresa y le tenemos que sacar la verdad. Si tiramos a la derecha podemos tomar un atajo. Llegaremos por detrás de la cabaña, no por el lado del silo, por el otro lado. A estas horas debe de dormir a la sombra, muy tranquilo, si es que no se ha ido.

El atajo era más difícil, pero se ganaba tiempo, aunque había que poner más atención porque el terreno era muy resbaladizo además de empinado y había que saltar dos vallas de antiguos apriscos, pero para las piernas jóvenes no suponían un gran impedimento.

Tià dormía en su hamaca colgada entre dos pinos, a la sombra, como había previsto Jaume, pero abrió los ojos al notar pasos y se incorporó.

—Buenas tardes —dijo—. ¿Qué os trae por aquí? ¿Necesitáis algo? Os puedo ofrecer agua, os veo muy sudados.

—No queremos agua, queremos saber qué le has hecho a Baba —dijo Jaume.

—Yo nada, eso te lo tendrías que preguntar tú a ti mismo, porque fue de tu casa de donde la niña se marchó.

—La robaste tú, ¿verdad, Tià? Y la escondiste, para cobrar la recompensa. La cobrarás. ¿No es así?

—Os daré un poco de agua —insistió Tià—, andáis muy sudados. —Y entró a la cabaña y volvió a salir al poco con una escopeta—. Yo no tengo nada que hablar con vosotros. Nada —repitió, apuntándolos con la escopeta—. Marchaos y no volváis por aquí a molestar. Esta es mi casa. ¿Entendido?

Se fueron. No le hicieron frente. Tià era buen cazador, lo sabía todo el mundo en Fosclluc y ellos iban desarmados. Si hubieran subido con las escopetas todo habría sido muy diferente. Bajaron en silencio y con sed. Pero a medio camino Jaume tuvo una idea:

—Lo podemos acusar de habernos amenazado con la escopeta, solo por haberle preguntado por Baba. En cuanto bajemos le denunciaremos.

—No estaba en el pueblo cuando desapareció Baba —aventuró Toni.

—Pudo haberse ido y volver... Le daba tiempo a ir a Palma y regresar por Bunyola o Valldemossa, se lo diré a la policía.

—Ya se han ido los guripas —dijo Toni.

—Iremos al cuartelillo de Foscgran —dijo Jaume—. Allí nos harán caso.

XIII

Mike aceptó agradecido la propuesta del cónsul americano: el consulado correría con los gastos para que Barbara pudiera ingresar en una clínica de Palma el tiempo que se estimara necesario para ser tratada y reponerse del trauma que había padecido.

En los primeros días de julio de 2005, justo a partir del momento en que comencé a colaborar con Rose Barnes, pasé por la clínica donde la habían internado para saber si se guardaban los informes de cuando ella estuvo allí, en julio de 1969. Tras consultar archivos me dijeron que sí. Guardaban la copia del informe de alta. El de la americanita se había conservado, no como la mayoría de los de esta época, ya destruidos, pero se negaron a dármelo. Solo podían entregárselo a la paciente en persona o a quien tuviera poderes de esta. Escribí en seguida un correo a Rose, que me contestó diciéndome que la soprano lo recogería personalmente cuando fuera a Mallorca.

Los datos que pude obtener sobre la estancia de Barbara en la clínica proceden de dos fuentes. Del testimonio en 2005 de Geraldine Adrover, enfermera jefe del Hospital General de Palma de Mallorca y a finales de julio de 1969 jovencísima enfermera en prácticas, y de los papeles guardados por el cónsul, en los que había numerosas notas sobre la estancia de la niña en la clínica y una copia del informe médico dirigido al comisario Caparrós por parte de los doctores Mestre, psiquiatra, y Escalas, ginecólogo.

Lo primero que saltaba a la vista de la documentación recogida por el cónsul era que los médicos que examinaron a Baba —repetían el nombre con que la llamaban en

Fosclluc— pudieron comprobar que tenía diversos desgarros internos fruto de abusos. Pero como Baba había enmudecido no podían saber quién era el responsable. La niña no hablaba siquiera con su padre, encerrada en un mutismo absoluto.

El psiquiatra diagnosticó en un escrito destinado a la policía «que la situación de mudez que aqueja a la pequeña puede considerarse dentro de los parámetros de lo normal. A menudo, cuando un niño se siente abandonado y más si es víctima de abusos se encierra en sí mismo, en una especie de autismo muy difícil de superar».

Además, en el caso de Baba, el trauma que había sufrido había sido doble y el médico consideraba que era mejor no insistir en preguntarle nada de momento Ya habría tiempo de tratar de aclararlo todo en el futuro si ella les dejaba. A veces eso no ocurría nunca y si era así, el hecho suponía que ese bloqueo actuaba como salvaguarda de los horrores vividos. Mientras, a la espera de sus reacciones, en modo alguno aconsejaba que la policía intentara interrogarla, ni permitirle que contestara por escrito sus preguntas, porque eso le haría revivir de nuevo la situación. Una situación terrible, sin duda, de la que quizá le costaría toda la vida recuperarse.

En el documento se hacía constar también la posibilidad de que quien había abusado de la niña fuera el mismo que le había regalado la muñeca y se advertía que en el comportamiento de los abusadores se daba con frecuencia el hecho de querer agradar a las víctimas para poder desarrollar de manera más sencilla y con mayor impunidad sus planes, sin que la víctima opusiera resistencia. El regalo de la muñeca, a juicio del médico, era una pista que la policía debía seguir. El daño a la pequeña ya estaba hecho, pero quizá podrían evitarse en el futuro nuevos daños a otras víctimas.

Caparrós, con su ayudante —Torres, que recordaba bien el caso de Baba y al que agradezco de nuevo su gran colaboración—, volvió a Fosclluc el jueves 31 de julio de 1969 por la mañana. Su misión consistía en interrogar a José María Samper McKinley, de mote Tià, como principal sospechoso, y hacer que confesara los abusos a pesar de que los abusos a menores en aquella época no implicaban las penas que las reformas del Código Penal impusieron más adelante, sino otras mucho más leves. Además, los abusos tenían que ser probados, lo que era bastante difícil después del tiempo pasado, más de una semana, y sin que por entonces, a finales de los sesenta, se hicieran comprobaciones de ADN.

De repente, a pesar de que la declaración de Tià les había parecido convincente —puesto que no estaba en el pueblo cuando desapareció Baba y tenía una coartada perfectamente plausible: los dueños de la fonda en que se hospedaba atestiguaron que estaba en su habitación a las seis de la tarde del 19 de julio—, el informe de los médicos inducía a otras vías de investigación que habían de tenerse en cuenta. Además, todo el pueblo ya sabía que Tià había amenazado con la escopeta a tres vecinos que habían dado inmediatamente parte del hecho en el cuartelillo de Foscgran. Aunque había que esperar al testimonio de la víctima cuando recuperara la voz y estuviera en condiciones de declarar, Caparrós decidió volver a interrogar al presunto sospechoso, como prevención. Por pocos indicios de culpabilidad que notara le haría trasladar al calabozo de Palma.

El alcalde se prestó a guiarlos hasta el silo. El día había amanecido muy nuboso, apenas sin sol, pero el calor seguía siendo agobiante.

El Teix, que protege el pueblo de Fosclluc, la montaña que algunos consideran mágica, cuya energía positiva se expande desde la cumbre, aquella mañana ofrecía entre brumas un aspecto distinto, poco atractivo, tenebroso. Al comisario no le apetecía nada tener que subir montaña arriba. Cuando era niño, durante una excursión con el colegio, se había perdido por el Teix, cuyo atractivo desde entonces había puesto en duda; no obstante, consideraba que en la actual situación era él, en persona, quien debía llegar hasta la cabaña del carbonero e inspeccionar el lugar. Su prestigio de comisario jefe podía quedar en entredicho si mandaba a su ayudante y él esperaba en el pueblo.

El caso de Barbara Simpson no era un caso cualquiera. El hecho de ser americana, pese a ser solo afroamericana, le otorgaba una importancia mucho mayor, ante el cónsul y a través del cónsul ante el embajador, y Caparrós quería estar muy a bien con ambos. Pretendía una recomendación para su hermano menor, médico, recién licenciado, que deseaba ser admitido en prácticas nada menos que en la clínica Mayo y necesitaba los avales de unas cartas de personas de prestigio solvente. Así que dejó de lado sus pocas ganas y su pereza —se consideraba un policía de asfalto— y fue subiendo, no demasiado deprisa, siguiendo al alcalde, que abría paso y que a ratos tenía que pararse en vista de la dificultad de los que le seguían. Su ayudante podía andar sin ninguna duda mucho más rápido sin impedimento, pero estaba seguro de que al comisario le parecería mal que le tomara la delantera. Por otro lado, no le quedaba más remedio que seguir al alcalde puesto que desconocía el camino, cada vez más dificultoso porque la niebla iba espesándose entre los peñascos. Tardaron en llegar más de lo habitual y cuando apareció la silueta de la cabaña, por detrás de la copa de unos pinos y de las ramas de unas encinas, les pareció ver también, a la derecha, arriba, entre los árboles, suspendidos, unos pies calzados con zapatos de montaña y escuchar un batir de alas de pájaros grandes, tal vez buitres y águilas emprendiendo el vuelo. Al acercarse más, a la derecha vieron el cuerpo de Tià, pendiendo de una cuerda, ahorcado.

La prensa del 1 de agosto daba la noticia:

El suicidio del principal sospechoso del rapto de la «americanita» podría resolver el caso. Un extraño personaje, José María Samper McKinley, conocido en el pueblo de Fosclluc con el nombre de Tià, al parecer raptó a la pequeña Barbara Simpson, y la escondió en el bosque y después de retenerla varios días la devolvió a su padre. La raptó presuntamente de casa de su cuidadora, con la intención de obtener un rescate, lo que, al parecer, nunca llegó a pedir, pese a que la señora Brunellesky, la conocida y reconocida diva, había ofrecido una recompensa a quien ayudara a encontrar a la niña. Se especula con el hecho de que Samper pensara cobrarla estos días. Su suicidio, no obstante, plantea otra hipótesis relacionada con el peso de la culpa. La policía encontró ayer su cuerpo colgado de un árbol en avanzado estado de putrefacción.

Los diarios locales del día 1 hacían referencia a los enigmas que rodeaban el caso de la «americanita», que seguía muda en una clínica, traumatizada por los hechos, y ponían sobre todo énfasis en la misteriosa desaparición del cadáver de José María Samper McKinley. En un intervalo de unas cinco horas, mientras el comisario Caparrós y el alcalde de Fosclluc volvían al pueblo para dar aviso al juez y al forense y estos dos llegaban hasta el lugar donde apareció el presunto suicida, el cuerpo de este había desaparecido. Alguien lo descolgó y se lo llevó. La policía no descartaba ninguna hipótesis.

Los periódicos de la isla, el *Diario de Mallorca*, *Baleares*, *Última Hora*, siguieron días después informando del misterio que rodeaba a Tià, vivo y todavía más muerto. ¿Quién podía tener interés en la desaparición de un muerto si los muertos ya no pueden hablar? ¿Y cómo y por dónde había llegado hasta allá la persona o personas que se lo habían llevado? Los caminos que subían a la montaña eran muchos y no todos pasaban por el pueblo de Fosclluc. Se podía llegar al silo desde Foscgran, desde Deià, desde

Valldemossa e incluso desde Bunyola. ¿Dónde lo habían enterrado, si es que lo habían enterrado?

A pesar de que el misterio seguía sin aclararse, los diarios dejaron de hablar del asunto y sustituyeron el caso de la «americanita» por otro más truculento: el de una mujer quemada viva por su marido, tal y como he podido comprobar después de consultar a fondo las hemerotecas. Las últimas referencias que he encontrado proceden de un artículo firmado por Antoni Tous en *Última Hora* lleno de interrogantes: ¿qué pasó con el cuerpo de Tià? ¿Quién se lo llevó? Alguien que sabía que de este modo se eliminaba por completo cualquier prueba y se cerraría el caso. ¿Era o no era un suicidio? Porque si Tià no se había quitado la vida, si le habían asesinado, con el ocultamiento del cuerpo, nada podría probarse. Había también otra posibilidad: alguien que al saber lo que había pasado —la noticia se difundió con enorme rapidez en Fosclluc y su entorno— quería enterrarlo dignamente. Y abría una hipótesis: ¿podía ser alguno de los ermitaños de la Trinidad, que no estaba demasiado lejos y donde Samper se había retirado un tiempo antes de acceder a la cabaña del carbonero?

Volví a la ermita para pedir que me dejaran visitar el cementerio. Accedieron, pero no encontré ni lápida ni indicio sobre el hecho de que el cuerpo de Tià pudiera estar enterrado allí. Tampoco en los libros en los que constaban los enterramientos de finales de los sesenta del siglo pasado aparecía referencia alguna al sobrenombre de Tià ni a su verdadero nombre: José María Samper McKinley.

XIV

Según me contó Geraldine Adrover, que en 1969 sirvió de intérprete a los médicos que trataron a Barbara, durante las dos semanas que la niña permaneció en la clínica, no dijo ni una palabra. Ninguno de los doctores hablaba inglés y por eso Geraldine, de madre escocesa y padre mallorquín, se prestó a ocuparse de traducirlos. A pesar de que no sabía si Baba la escuchaba, me dijo que intentaba transmitirle de la manera más cariñosa posible las advertencias de los médicos.

Geraldine, que no sabía, hasta que yo se lo dije, que Baba se había convertido en una gran cantante, algo que la alegró muchísimo, me confesó que había sentido por la pequeña una gran compasión. A pesar de que las heridas cicatrizaban bien, sin infecciones sobrevenidas, y pronto la darían de alta, el trauma sufrido la acompañaría de por vida.

A menudo Geraldine era la encargada de darle la comida. Al principio rechazaba los alimentos, pero con paciencia la enfermera consiguió que empezara a tomar la dieta blanda prescrita. Y recordaba con satisfacción el día que Baba le sonrió por primera vez.

Me dedicó una sonrisa que negaba a todos, incluso a su padre, que la visitaba siempre que podía y cuyas caricias rechazaba. Parecía tratarle como si no le reconociera.

Baba recibía también las visitas de la mujer del cónsul, a veces acompañada por su hija, unos años mayor que Baba. Seguramente su madre la traía con la buena intención de que la americanita confiara en alguien de su edad que hablaba su idioma y saliera de su mutismo. Sin embargo, nadie consiguió que hablara durante el tiempo que estuvo internada.

Baba pasaba muchas horas durmiendo. Debía de recuperar el sueño atrasado, forzada por medicamentos tranquilizantes. Cuando no dormía, a veces hacía largas sumas que ella misma se ponía en la libreta que el médico le había proporcionado por si quería preguntar algo por escrito y otras jugaba con la muñeca de trapo. El psiquiatra consideró que sería mejor que se la quitaran, tal vez la relacionaba con lo que le había ocurrido, pero Baba se dormía abrazada a ella. Parecía más un consuelo que una amenaza y se la dejaron. Cuando se recuperara podrían averiguar qué suponía aquel objeto para ella. Estaba claro que Barbara, además del rapto, mucho más plausible para el médico que la huida y un posterior encuentro casual con su presunto agresor, había tenido una relación ambivalente con este. En los libros de psicología que trataban de estos aspectos, tales situaciones están perfectamente descritas.

Según Geraldine, el doctor Mestre escribió un artículo sobre el caso de la «americanita» para contribuir, con un punto de vista innovador, al desarrollo de la investigación sobre abusos a menores. Deseaba mandarlo a una publicación científica, *New England Journal of Medicine*, pero tal vez no lo hizo o no se lo aceptaron, porque no lo he encontrado entre sus páginas. Geraldine, que se lo tradujo al inglés, guardaba todavía una copia, mecanografiada en papel carbón, y muy amablemente me la pasó.

El doctor Mestre apuntaba que Barbara Simpson añadía al hecho de ser víctima de abusos —algo sobre lo que no se hacía el hincapié que hoy esperaríamos— el de ser víctima de abandono. La niña tenía necesariamente que haberse sentido sola, entre desconocidos que no hablaban la misma lengua, no pertenecían a su entorno, tenían distintas costumbres, maneras diferentes de comportarse e incluso habían podido rechazarla, humillarla o burlarse de ella porque era distinta, negra y extranjera, etcétera, etcétera. Los niños necesitan sentirse seguros y Barbara había sido alejada de un entorno que le pudiera ofrecer seguridad. Todas esas carencias habían sido somatizadas por la pequeña, cuya ilusión mayor era ser cantante, y precisamente por eso, y esa era la principal teoría del doctor Mestre, se había autocastigado quedándose sin voz. Debía de tener la autoestima por los suelos, y quién sabe si precisamente ese conjunto de lamentables coincidencias no la llevarían a un final autopunitivo. No había que descartar una posible tentativa de suicidio.

Por esto, al segundo día de su ingreso, el doctor Mestre consideró que no podía quedarse en la habitación del segundo piso con una gran cristalera que se abría al jardín donde había sido instalada cuando llegó y fue trasladada a otra cuya ventana tenía rejas. Además, antes de que lo ocupara, las celadoras repasaron el cuarto para que no hubiera nada que le permitiera la posibilidad de acabar con su vida. En el artículo, el doctor Mestre aseguraba que el suicidio se daba poco en niños, pero Barbara ya no era una niña. Era ya casi, pese a sus nueve años, una adolescente, cuyas formas de mujer estaban empezando a desarrollarse, un aspecto más que sin duda había atraído a su violador, al que le habría parecido excitante el color oscuro de la piel de la pequeña. En el hecho de violar a una persona de color había varios componentes añadidos. Por un lado, el componente exótico al que iba aparejado el de una sexualidad más poderosa, más instintiva, primitiva, incluso, y, por otro, la consideración de su inferioridad racial. Ambos aspectos, descritos de este modo por el médico, con un vocabulario ciertamente hoy inadmisible, podían contemplarse en el caso de Barbara Simpson, aunque se tratara de una menor.

No sé si cabe añadir que entonces, a finales de los sesenta, la cruzada por lo políticamente correcto todavía no había empezado y la gente se expresaba sin tener en cuenta referencias que hoy podrían ser consideradas de cariz racista o cuando menos del todo improcedentes.

Una tarde Baba recibió una visita inesperada: la de Pandora Brunellesky. La diva había llegado a la isla pocos días antes. Como siempre, aunque ya estuviera retirada, había tratado de mantener su glamour y sus caniches a la altura de las circunstancias. Los reporteros de los tres diarios locales, más algún corresponsal extranjero, le habían solicitado entrevistas, y para no tener que atenderlos con cuentagotas dio una rueda de prensa, recogida por los periódicos.

El grueso de las preguntas tenía que ver con cuanto había sucedido en Foslluc y si el suicida le había reclamado la recompensa. La diva negó que nadie se hubiera puesto en contacto con ella ni con su representante para pedir el dinero. Lamentó enormemente lo sucedido a Barbara, de la que ella, previa conversación con su padre, ofrecía hacerse cargo, llevándosela, en cuanto estuviera repuesta del todo, a Milán. Consideraba que la niña no podía volver a Foslluc, ya que eso le haría revivir una experiencia enormemente traumática. Ella sí se instalaría unos días allí. Necesitaba contemplar el Teix, cargarse con su energía positiva. Estaba segura, como tantos otros artistas que vivían en la zona, Robert Graves, Darwin J. Flakoll, James McKinley, de que el Teix era una montaña mágica, a la que había que proteger. Ahora les tocaba a los habitantes de su entorno encargarse de que pudiera desprenderse del maleficio que ellos mismos le habían aportado con la muerte de Tià y en cambio agradecerle que este hubiera encontrado a Barb sana y salva.

«Los humanos tenemos el deber de restituir a la naturaleza cuanto ella nos ofrece. Demasiado a menudo lo olvidamos», sentenció. Y sin añadir nada más, dio por finalizada la rueda de prensa.

XV

Retomo yo, Rose Barnes, el relato. Mis fuentes proceden, por una parte, directamente de Barbara y por otra, de los documentos que recogen los comienzos de la carrera de la soprano y su estancia en Italia junto a su maestra.

Pandora Brunellesky le contó a Barb que, después de una larga conversación con los médicos, convencidos de que la niña recuperaría la voz, le propuso a Mike Simpson quedarse con ella. Él estuvo inmediatamente de acuerdo. Era la mejor opción. La otra consistía en enviarla de vuelta a los Estados Unidos, a casa de los abuelos, rompiendo una promesa, a un hogar de acogida como el de Joan y James o dejarla en manos de Reynolds, esperando a que recuperara la voz y firmando un contrato que ella no podría romper durante muchos años. Por todo esto, que se marchara con la señora Brunellesky era lo más conveniente. No obstante, la cantante puso condiciones. La principal, que a partir de aquel momento solo ella sería su tutora legal y él renunciaría a interferir en la educación de su hija, de la que se haría cargo, en todos los aspectos, Pandora.

Barbara, al contármelo, omitió una parte importante de esta cesión. La parte que su padre exigió a la mezzosoprano para firmar el documento que el abogado de Brunellesky preparó y en el que Mike Simpson aseguraba haber cobrado veinticinco mil dólares, una cantidad muy respetable en 1969, precio puesto por él y exigido a Pandora en el momento de renunciar a su hija, según quedaba claro en los acuerdos.

El documento que recogía el trato, del que Barbara nunca me habló, lo encontré yo de manera accidental en la caja fuerte de la casa de Long Island, un día que buscaba otros papeles. Estipulaba que, igualmente, Mike Simpson jamás interferiría en el futuro de Barbara ni volvería a pedir dinero a la señora Brunellesky. Confieso que me quedé bastante tocada después de leerlo porque Barbara me había presentado a Mike de manera positiva, tomando solo en cuenta su perfil favorable, más bien como padre amantísimo, al menos hasta la llegada a casa de los abuelos. Desconozco qué pensó Pandora del precio puesto por el saxofonista y cómo se lo tomó Barbara al saber que había sido objeto de una venta, si en su fuero interno la justificó y pudo ayudarla a deshacer las telarañas que envolvían la figura paterna.

Por otro lado, para Pandora, que era una mujer muy rica, si bien todavía no había podido calibrar la voz de Barbara y solo sabía de sus cualidades gracias a lo que le habían contado, llevársela con ella le debía de parecer un reto a su altura y el estipendio pagado, poca cosa. Tal vez, como dijo a los periodistas, creía de verdad que la Diosa Blanca del Teix le había devuelto a la niña directamente a ella, como prueba de su protección.

En los diarios mallorquines que Carme me pasó, y también en una entrevista en el *Corriere della Sera* que pude consultar (5/8/1969), Pandora se refería a que desde el momento en que supo de la desaparición de la pequeña tuvo la convicción de que si estaba en la montaña, la montaña la preservaría de mayores males, como había sucedido.

Por eso le parecía tan importante aceptarla. Tenía la convicción de que en cuanto pudiera escuchar la voz de Baba se convencería por completo. Dada a considerar las coincidencias de la vida como un destino impuesto, no las rechazaba. Al contrario, de ahí que convertirse en una segunda madre para Barb, ya que no había podido tener hijos, le pareciera algo providencial.

Cuando los médicos diagnosticaron que Baba podía abandonar la clínica, con la medicación pertinente y la ayuda de un foniatra que la ayudara con los ejercicios adecuados a recuperar la voz, Brunellesky se la llevó a Milán. Instaló a Barbara en su casa, un piso céntrico, amplio y muy luminoso, con grandes ventanales por los que se podían contemplar las agujas del *duomo*. Desde que se estableció en Milán sus casas siempre habían estado cerca de la catedral, no solo porque la atraía su belleza sino porque estaba consagrada al nacimiento de la Virgen, a cuya sombra protectora se acogía la cantante. A menudo sostenía en público y en privado la importancia de lo que llamaba la mediación de las fuerzas positivas matriarcales en las que veía el origen de los aspectos más benéficos de la humanidad: el amor, la ternura y la piedad.

La diva, que tenía a su servicio a un matrimonio de edad mediana, provenientes de Sicilia, Sandra y Massimo, además de una secretaria estadounidense, les exigió que se desvivieran por Barb. Asignó a esta la mejor habitación entre las tres destinadas a los invitados. La alcoba había sido decorada y amueblada con lujo. El mueble principal era una gran cama salomónica con baldaquino, donde Baba —ahora de nuevo Barb— al principio dormía ovillada, en un extremo, y luego, en cuanto se restableció, en diagonal, ocupándola casi por completo. Había también en la alcoba un escritorio que le vino muy bien para las prácticas aritméticas que seguía haciendo y un tocador que Pandora, antes de la llegada de Barb, mandó sustituir por una gran casa de muñecas, así como un enorme cesto con todo tipo de juguetes, para que escogiera los que más le gustaran.

Durante muchos meses la niña siguió durmiendo abrazada a la muy sobada muñeca que no abandonaba, lo que le hacía suponer a Pandora que Barbara había establecido con Tià una relación positiva. Él no le había hecho nada malo. Al contrario. La había salvado. Pero de Tià y de cuanto le había sucedido, Pandora no quiso decirle nada a Barb mientras vivió a su lado.

La habitación de la pequeña se abría a una terraza con plantas floridas que la reconfortaron. Pandora, pese a la advertencia del médico mallorquín, estaba segura de que Barb había alejado las ideas suicidas, si es que alguna vez las había tenido, y por eso le permitía quedarse en la terraza cuanto le apeteciera.

Un foniatra y una terapeuta especializada en traumas infantiles consiguieron, al cabo de varios meses, no solo que recuperara la voz, sino que dejaran de acecharla sus miedos y fuera poco a poco encontrando el sosiego necesario para sentirse casi bien. En la habitación no había espejos. Los espejos estaban en el vestidor adjunto, que ella no usaba; en consecuencia, permanecía alejada de los supuestos maleficios que le pudieran aportar. Sandra, al despertarla por la mañana, la ayudaba a bañarse y luego a vestirse en su habitación. Los grandes armarios del vestidor forrados de espejos se abrían solo para sacar los vestidos que la diva le había comprado en las mejores boutiques infantiles de Milán. El equipaje con que llegó a Foselluc se había quedado allí, con excepción de dos libros infantiles que Pandora recogió. Tina, que seguía desolada, se los había entregado junto a las otras pertenencias de la niña a la señora Brunellesky, rogándole que le permitiera ver a la pequeña en la clínica, algo a lo que aquella se negó. Creía en la inocencia de Tina, que nada tenía que ver con la huida de Barb, pero estaba segura de que la visita sería contraproducente.

Las clases que impartía Pandora, a quienes superaran un difícil concurso para ser admitidos, empezaban a finales de septiembre. La sala con el inmenso piano de cola en la que recibía a sus discípulos, insonorizada perfectamente, estaba en el ala sur del piso, a la que se accedía por otra puerta. La Brunellesky tenía entre sus discípulos a jóvenes cantantes dispuestos a hacerse un lugar entre los grandes de la ópera. Todos eran, por supuesto, mayores que la americanita, que solo tenía nueve años pero una voz prodigiosa. Lo supo la primera vez que la oyó cantar, una tarde en que Barb, sonriéndole, le dio un beso y le pidió por favor que le escuchara las canciones que había preparado con su madre para el espectáculo del señor Reynolds, de quien le habló por primera vez.

A partir de entonces, Pandora Brunellesky fue su maestra y su principal apoyo. Pese a que la voz todavía infantil de Barb no estaba formada, como le había ocurrido con otras cantantes de la talla de Maria Callas, estaba dispuesta a tomarla bajo su tutela absoluta. La guiaría con su mano derecha, férrea para hacerla trabajar, cosa que a Barb no le importaba, todo lo contrario, y con su mano izquierda trataría de ofrecerle el cariño que consideraba imprescindible para su desarrollo personal.

Pandora hablaba a sus amigos de su hija Barbara, en la que tenía puestas esperanzas enormes como cantante. La niña se esforzaba cuanto podía en aprender no solo canto sino lo que le enseñaban los profesores particulares que su protectora le puso, en especial de italiano y de piano. Si quería triunfar en la ópera debía conocer bien esa lengua, y saber tocar el piano la ayudaría sin duda para comprender mejor las partituras. Estudiaba con gran dedicación y le costaba mucho a Pandora que se entretuviera con juegos o que tuviera otros intereses distintos a la música. A veces, en vacaciones, iban de viaje. La diva trazó un plan para recorrer Italia, «es tan bella Italia», le repetía con entusiasmo, porque quería que conociera bien su país de adopción. En eso también coincidían.

Pandora Brunellesky había nacido en Argentina de abuelos ucranianos, huidos de un pogromo, y desde allí, gracias a una beca, se había trasladado muy joven a Italia, donde había triunfado. Su apellido como cantante, Brunellesky, no correspondía al heredado de su familia, pero todo el mundo la conocía por el nombre artístico e incluso al serle concedida la nacionalidad italiana se le había otorgado la potestad de usarlo también en el pasaporte.

Durante quince días del mes de julio, unos íntimos amigos de Pandora, que tenían hijos de la edad de Barb

—Guido fue su primer amor, su gran amor de adolescencia—, se hacían cargo de esta, en su casa de veraneo en la Toscana; entonces Brunellesky aprovechaba para regresar a Fosclluc, a donde consideraba que la niña no debía volver. Nunca habían hablado de lo que le pasó allí. Los terapeutas le habían dicho a Pandora que no le preguntara por la situación y Barb, mientras vivieron juntas, nunca le contó nada de lo que ocurrió a partir del momento en que su padre la dejó al cuidado de Tina.

Fue mucho después, apenas dos años antes de que Pandora muriera, a raíz de la venta de la casa de Fosclluc, cuando hablaron de lo sucedido. Barb le contó lo que recordaba. Tal vez lo que había pasado no era exacto, porque a menudo la memoria es selectiva y no todo lo sucedido lo memorizamos como ocurrió, ya que a medida que nos alejamos no recordamos los hechos sino los recuerdos de esos hechos, que nuestra percepción va modificando cuando volvemos sobre ellos.

Barb huyó de casa de Tina ayudada por su madre. Anduvo por el bosque, y al oír los gritos de los que la buscaban se escondió y luego se refugió en la caseta de Tià, pero no recordaba el tiempo que pasó allí ni qué hizo. Solo que Tià la encontró y la devolvió a su padre. Decidió marcharse porque de noche la atacaba un monstruo. Como le hizo observar la terapeuta —cuyos informes encontré en la caja fuerte de la soprano—, inicialmente lo asoció a sus terrores. Al principio quizá procedía de estos terrores que empezaron en casa de los abuelos, junto con las voces culpabilizadoras que escuchó, asociadas a la hermana de su madre, que se había quedado tetrapléjica a consecuencia de una caída después de que Margaret le diera un empujón. Lo hizo jugando y sin intención de que rodara por la escalera. Un hecho al que tal vez debían de haberse referido los abuelos hablando con su padre y ella pudo oír desde su habitación, casi sin darse cuenta, quizá medio dormida. La hermana de su madre había muerto en la habitación contigua a la de Margaret, unos cuantos años antes de que esta se fuera de Lambeland. La silla de ruedas hacía el mismo ruido que el que escuchó Barb. No en vano, Margaret le había dicho que los lugares guardan las huellas de quienes los han habitado.

Mike les había contado a los médicos mallorquines, traducido por Geraldine Adrover, todos los antecedentes que pensaba que podían ayudar a curar a su hija, y estos los habían transmitido en sus informes a los milaneses. No obstante, a los monstruos de casa de los abuelos, de los que el pastor al parecer la quería liberar, se habían unido otros tal vez mucho más reales porque Barb había sido atacada brutalmente, tal como mostraban las heridas de la zona genital. Pero Barb no le había dicho a nadie quién la había atacado en casa de Tina; ni siquiera sus terapeutas habían sido capaces de sonsacárselo.

Lo sucedido en casa de Tina marcaría para siempre el resto de su vida. No obstante, si eso no hubiera sucedido, Pandora no la habría tomado bajo su protección y ella no habría llegado a ser quien era. Fue en aquella conversación con Pandora, que iba a resultar fundamental para el resto de su vida, cuando le confesó que creía que era el marido de Tina el culpable de la violación, y a su vez aquella le dijo que en Foscluc consideraban culpable a Tià, cuyo cuerpo habían encontrado colgado de un árbol y quien, según todo hacía suponer, se había suicidado, cosa que por otro lado nunca había sido probada porque su cuerpo había desaparecido.

Pandora tenía dos teorías. Los ermitaños, sus amigos, lo habían enterrado con todo sigilo en su cementerio. Si se había suicidado no merecía un lugar sagrado, pero ellos probablemente no creían en el suicidio de Tià. Pandora tenía otra hipótesis: la Diosa Blanca había protegido a Tià, y ella se lo había llevado para convertirlo en uno de los espíritus benefactores de la montaña. Tià viviría por siempre jamás en el Teix. Lo intuía porque lo asociaba a la leyenda de la montaña, que le contó a Barbara aquel mismo día y se la dio por escrito para que nunca la olvidara.

Quizá sí que Tià se había convertido en un espíritu protector del Teix, como insinuaba Pandora, de acuerdo con la leyenda, Barbara no lo descartaba. De todos modos, se había prometido a sí misma y le había prometido a Pandora devolverle el buen nombre, porque sin su ayuda posiblemente hubiera acabado por morir en el bosque. Siempre tuvo la seguridad de que su madre y quizá también la Diosa Blanca, de la que le había hablado Pandora, la protectora del lugar, la habían conducido hasta el refugio de Tià, aunque nada recordara de los casi tres días que pasó en la montaña.

Necesitaba encontrar el momento y la fuerza para volver a Fosclluc, cosa que el hecho de haber triunfado en el mundo de la ópera le impedía. Tenía contratos firmados hasta 2010. Su carrera había sido una de las más brillantes. Para algunos había superado a Callas y a Tebaldi juntas, con el mérito añadido de que era una cantante afroamericana. El aviso de su infarto, su retorno a la vida y la promesa hecha a Ripper le habían, finalmente, confirmado que no podía demorar por más tiempo el camino que debía seguir.

Barbara Simpson me dijo que tenía trece años cuando actuó por primera vez en un escenario de ópera. Aunque su debut —y ella siempre lo recordaba— había sido en el teatro Price de Savannah, fue en la Scala donde se había iniciado su carrera, en un festival en el que también tomaban parte muchos otros alumnos y exalumnos de Pandora Brunellesky, a la que el teatro dedicaba precisamente el homenaje. Por deseo de la diva, su hija adoptiva iba a cerrar el acto. Por su corta edad pasaría al *Libro Guinness de los récords*: era la más joven de todas cuantas cantantes habían debutado en un teatro de la categoría del de Milán. Maria Callas lo hizo a los quince años, Pauline Viardot, a los dieciséis y su hermana, la Malibrán, a los diecisiete. Barbara Simpson contaba trece.

Barb cantó el *Ave María* de Gounod, se encomendó a su madre, por la que rezaba cada noche, pero que nunca más volvió a aparecérsele, y se la dedicó a la que era «*mi altra mamma, la migliore guida, la migliore maestra*, Pandora Brunellesky». El público consideró que había cantado como los ángeles y los críticos, que había nacido una estrella, de cuya voz cabía esperar los mayores prodigios.

No hace falta que mencione aquí la lista de éxitos de Barbara Simpson, cuyo verdadero debut en una ópera completa tuvo lugar también a una edad muy temprana, a los dieciocho años en el Festival de Florencia. Interpretaba el papel de Santuzza en *Cavalleria rusticana*. Su madre adoptiva y maestra le había recordado que su discípula más célebre, a la que tanto admiraba Barb, Maria Callas, había debutado con la misma obra. Aunque para Simpson su ópera predilecta era *Tosca* de Puccini, que siempre fue un reto de superación. Pero lo fue de otro modo el día que se quedó sin voz de manera repentina justo en el momento de iniciar el «Vissi d'arte» y que está en el origen de esta historia.

Cuarta parte

I

Barbara Simpson y yo, Rose Barnes, en función de acompañante, biógrafa y secretaria, tomamos un vuelo de American Airlines en el aeropuerto Kennedy a finales de septiembre de 2005 con destino a Barcelona. La había acompañado otras veces a esta ciudad para actuar en el Gran Teatre del Liceu y otras para ir al Festival de Peralada, donde la acogían con enorme cariño y quizá por eso ese pueblo era uno de sus rincones predilectos, y no descartaba que pasáramos unos días en el resort, a la vuelta de Mallorca. No obstante, a la ida ni siquiera saldríamos del aeropuerto, ya que enlazaríamos directamente con otro vuelo con rumbo a Mallorca.

La diva advirtió a su representante del viaje y le pidió que le diera publicidad. Deseaba que los medios se ocuparan de su visita a la isla. En esta ocasión, le interesaba todo lo que normalmente eludía. Detestaba las entrevistas y las ruedas de prensa, en especial cuando los periodistas le hacían preguntas sobre su vida privada, que ella trataba de preservar con todas sus fuerzas. Recordaba como una verdadera pesadilla la época, no demasiado lejana, un año y tres meses, en que, tras morirse, casi centenaria, Pandora Brunellesky, sin duda la persona a quien más debía, a la que más había querido, después de su madre, y a la que tanto iba a echar de menos, le preguntaran por el pleito que los sobrinos de aquella le habían puesto, impugnando el testamento. Le molestaba que los periodistas, tal vez incluso instigados por los abogados de la parte contraria, que trataban de meter cizaña donde podían para atacarla, la acusaran de haber presionado a Pandora para que, en el último momento, en vez de repartir la herencia entre sus sobrinos y ella, como en un testamento anterior, se lo dejara todo «a su hija adoptiva, la persona a quien más he querido y quiero», como remachaba el testamento a su favor.

Nada podía sacar más de quicio a Barbara que la tacharan de aprovechada. No lo era. Había aprendido de su maestra a no serlo y además, como buena hija mucho más que adoptiva, la había cuidado cuanto había podido, aunque a veces se culpaba de no haberse quedado más tiempo a su lado cuando el final era ya previsible, suspendiendo actuaciones para no dejarla sola, y se arrepentía de no haberlo hecho.

Pero esta vez no le preguntaron por nada relacionado con la Brunellesky. Tal vez en esta isla, cuyo interés casi exclusivo se centraba en el turismo, apenas nadie supiera ya quién era Pandora Brunellesky ni lo que había representado. Quizá tampoco supieran exactamente quién era ella, Barbara Simpson: ¿una activista a favor de los derechos raciales? ¿O una cantante de góspel en vez de una prima donna?

Las preguntas —en realidad debería escribir, con más propiedad, «la pregunta» porque, en resumidas cuentas, fue una, absolutamente trivial— iban destinadas a las páginas de sociedad de los periódicos mallorquines, a los que se habían unido algunas emisoras de radio, los de la televisión autonómica y de otras dos cadenas. La rueda de prensa tenía lugar en el hotel La Residencia de Deià.

Yo había reservado con antelación la mejor suite y la habitación contigua a esta. Barbara no se había visto con fuerzas de hospedarse en Fosclluc. Estaba segura de que sus declaraciones habrían de molestar a sus habitantes y lo sentía, porque la mayoría habrían nacido cuando ella ya no estaba allí y no eran responsables de la conducta de sus mayores, muchos seguramente ya difuntos. Pero no podía evitar referirse a lo que la había traído si quería que se hiciera justicia.

A las primeras preguntas, en realidad una sola pregunta con pequeñas variaciones: si estaba, como tantos otros famosos, en Mallorca de vacaciones, si había escogido Mallorca para descansar, si la isla le permitiría tomarse unos días de relax, etcétera, etcétera, Barbara Simpson contestó rotunda que no:

—No he venido de vacaciones. He venido a tratar de devolver el buen nombre a alguien en quien recayeron culpas ajenas. Alguien a quien acusaron de abusos y después mataron a finales de julio de 1969, a pocos kilómetros de aquí, en el Teix. Le ahorcaron para simular un suicidio.

Los periodistas se miraban con sorpresa unos a otros. La Simpson se calló para observar el efecto de sus palabras. Podía haber hablado en español, pero prefirió hacerlo en inglés y que yo la tradujera. Y luego prosiguió:

—En las televisiones de todo el mundo, hoy impera la globalización, imperan los *reality shows*, no crean ustedes que me he contagiado. No, ni mucho menos. He venido a constatar, espero poder hacerlo en unos pocos días, que mis suposiciones están en lo cierto. Ustedes son demasiado jóvenes y probablemente no recuerden lo que ocurrió en Fosclluc en julio de 1969. Tal vez aquel señor que maneja una cámara de televisión y que debe de tener unos pocos años más que yo... aunque las divas no tengamos edad —bromeó, con una sonora carcajada—, quizá lo recuerde. —Y le dedicó una larga mirada cómplice—. ¿Se acuerda? ¿Tiene usted alguna idea de la desaparición de una niña, una niña afroamericana, como yo?

El reportero negó con la cabeza.

—Busquen en las hemerotecas. Y si les parece, antes de que regrese a América podré decirles si he podido probar lo que me ha traído hasta aquí. Muchas gracias.

La Simpson, que lucía un elegante conjunto de chaqueta y pantalón de color beige, que le sentaba muy bien, esperó los flashes de los fotógrafos con la paciencia habitual. Pese a que notaba los efectos del *jet lag*, tenía buen aspecto y parecía relajada, aunque yo sabía que no era así. Como buena actriz que era, disimulaba. Sonrió a las cámaras. Luego se levantó para retirarse. Y justo en aquel instante se le acercó el reportero al que ella había interpelado; hablaba un inglés precario con un fuerte acento local.

—Soy de Fosclluc —le dijo— y me acuerdo de usted, sí, ahora sí, usted es la niña que Tià robó... Yo tenía once años...

Barbara me pidió que tradujera, no estaba segura de que el reportero la entendiera bien si le hablaba en inglés y no quería hacerlo en español. Lo hice palabra por palabra:

—He venido, precisamente, a decir la verdad sobre el asunto. Tià no me robó. Tià me salvó y por eso creo que pagó con su vida.

—¿Por qué no lo dijo entonces?

—No supe nada entonces sobre la muerte de Tià. Lo supe no hace mucho, casi treinta y tres años después de que a Tià lo encontraran ahorcado. Tià no abusó de mí, quien lo hizo fue otro, y ese otro podía tener mucho interés en que le echaran la culpa a Tià de lo que había hecho él. El suicidio ponía la guinda en la culpabilidad de Tià...

Barbara se retiró a su suite. Me dijo que estaba muy cansada, quizá más que del viaje —que había sido cómodo, pese al cambio de vuelo— de la rueda de prensa en la que había desvelado qué la traía a Fosclluc y la ponía frente a sus traumas infantiles.

No salió de su cuarto ni siquiera para pasear por los jardines ni para comer. Pidió que le sirvieran en la terraza privada un almuerzo ligero y descansó toda la tarde. Me dijo que viera yo, ella prefería evitarlo, si en los informativos de la noche, de las tres cadenas de televisión que habían ido a entrevistarla, daban cuenta de sus declaraciones y cómo trataban la noticia. Me ocupé del asunto, atenta a los horarios televisivos que busqué en internet. Solo en dos informativos se hacía referencia a la llegada de Barbara y al hecho de que la había traído hasta Mallorca «un interés justiciero» y mostraban algunas imágenes de la rueda de prensa. En la tercera no la mencionaban siquiera, tal vez porque lo pensaban hacer más adelante o consideraban la noticia, que a mí me parecía un bombazo, de escaso interés.

La llamé para contárselo y me pidió que fuera a su habitación y que le hiciera compañía un rato. Me pareció que la persona que tenía delante, la gran diva, acostumbrada a los triunfos, segura de sí misma, no era más que una niña asustada e indecisa que había retrocedido a sus nueve años, a los días que pasó en Foscluc, que tanto la habían aterrorizado. No obstante, no se refirió ni una sola vez a lo que yo imaginaba que le estaba sucediendo. Me pidió, por el contrario, que lo organizara todo para ir el día siguiente a ver a Tina. Era su principal prioridad. Pedí en recepción un taxi para que a las once de la mañana nos llevara a Foscluc, nos dejara en la entrada del pueblo y nos esperara allí, para traernos de vuelta. Barb quería dar un paseo e ir andando a casa de Tina.

II

Comprobé que los recuerdos de Barbara sobre Fosclluc eran muy fiables. El pueblo apenas distaba unos pocos kilómetros de nuestro alojamiento en el hotel La Residencia de Deià. La carretera lo partía en dos mitades, con las casas de piedra arracimadas a ambos lados. No obstante, desde 1969 hasta 2005, según la soprano, había crecido muchísimo, expandiéndose hacia el Teix y también hacia el mar. Los anuncios de los numerosos bares y restaurantes en lenguas extranjeras provocaban la sensación de entrar en una especie de zoco para turistas.

Barbara deseaba saber si la tienda, la única tienda de comestibles que había en el pueblo cuando ella llegó, donde Tià había comprado la muñeca, seguía abierta. La encontramos convertida en una elegante boutique de bañadores, sombreros y túnicas, diseñadas por una inglesa afincada en la zona que, muy amable y dicharachera, nos contó la maravilla de vivir en un lugar que potenciaba la imaginación creadora y nos animó a que nos quedáramos, ofreciéndonos incluso un bono si adquiríamos alguna de sus prendas exclusivas. Había seis establecimientos hoteleros abiertos, disponibles para todos los bolsillos, desde una a cinco estrellas.

A pesar del crecimiento desbordado del pueblo, la Simpson consideró que las casas de piedra, en cuyos muros seguían creciendo las buganvillas, guardaban algo de su viejo encanto. Además, en las callejas estrechas que conducían a la zona alta donde estaba el pequeño cementerio los cambios solo se notaban en las distintas procedencias extranjeras de quienes ocupaban las casas, al parecer vendidas o alquiladas por los autóctonos a una colonia de artistas o pseudoartistas alemanes e ingleses en cuyas puertas asomaba el reclamo de sus propias obras, ofrecidas al público: cerámicas, pinturas, tejidos, cachivaches diversos e incluso muebles restaurados.

Barbara curioseó un rato y compró una pequeña acuarela, una vista de Foscluc en la que aparecía la casa en la que ella había pasado casi una semana y que la pintora, una muchacha muy joven que la reconoció, quiso regalarle.

—¿Le gusta la ópera? —le preguntó muy satisfecha Barbara.

Por la cara de extrañeza supusimos que ese reconocimiento se debía a otro motivo. Y lo comprobamos cuando nos enseñó los periódicos palmesanos que llevaban sus fotos...

Seguimos hacia el cementerio. Barb deseaba mostrármelo. La vista era magnífica. Quería además que viera el caserón de la señora Brunellesky, que, sin duda, por culpa suya, esta solo había visitado de tarde en tarde —en los años ochenta lo alquiló y después acabó vendiéndolo—, y la casa chiquita de Tina en el extremo opuesto, igual que ella se lo había enseñado, como ya he contado.

Pensé que la Simpson con la visita al cementerio trataba de retrasar el momento de enfrentarse definitivamente a su pasado para poder saldar la deuda pendiente que la había traído hasta Foscluc. Había tenido el valor de llegar hasta allí, tras remover con mucho dolor sus vivencias infantiles, y en cambio ahora parecía que tratara de ponerse excusas para posponer el encuentro con la única persona que podía ayudarla a corroborar cuanto le había sucedido y a confirmar que su viaje no había sido en vano. No obstante, tuve que cambiar de opinión en cuanto me di cuenta de que Barb se había arrodillado junto a una vieja lápida y recogía dos puñados de tierra y los metía en un pañuelo. No me comentó nada sobre lo que estaba haciendo y yo tampoco quise preguntárselo.

Aprovaché para contemplar Foscluc desde lo alto y comprobar que, en efecto, es un lugar donde cualquier prodigio es posible, por la belleza del paisaje que no solo cautiva la vista sino que impregna los demás sentidos con un halo mágico. Situado entre el mar, por el oeste, y la montaña, por el este, pequeño y misterioso, parecía protegido por la torre de la iglesia enorme y cuadrada. El trazado de caminos y senderos de sus alrededores que se entrecruzan y bifurcan me recordó la palma de una mano.

—¿Te gusta? —me preguntó de repente.

—Mucho —le contesté—, tiene algo magnético.

—Es la montaña —corroboró ella.

Después me guio sin titubeos a casa de Tina y por el camino se me colgó del brazo. Cuando noté la tensión de sus dedos supuse que estábamos a punto de llegar. Me pareció que Tina esperaba la visita aunque Barbara no quiso que se la anunciara de antemano. Tal vez se habría enterado la noche anterior si había visto el *Informatiu Balear*, o alguien se lo habría contado. Además, seguro que ya sabía que Carme Riera, mientras ella estaba fuera, había ido a Foscluc y había entrevistado a diversas personas con el objetivo de que le hablaran de ella y de su marido.

No necesitamos llamar con los nudillos a la puerta. Tina estaba en el jardín, al que se accedía por una cancela de madera que, al parecer, permanecía siempre abierta y por la que Barbara se había marchado hacía la friolera de treinta y seis años. Tina estaba bordando, como la habría de recordar muchas veces la soprano, sentada en una silla baja, a la sombra de la vieja morera.

Había, claro está, envejecido. Llevaba gafas y el pelo, ya muy canoso, recogido en un moño como el de las viejas de antes, e igual que estas vestía de oscuro. No se levantó, ni apenas alzó la vista cuando notó la presencia de Barbara, pero fue ella la primera que habló:

—Te he esperado tantos años... Fui a verte a Barcelona al Liceo, cuando cantaste *Tosca*, la primera vez. Fuimos mi primo Tomeu y yo, con nuestros ahorros. No me dejaron pasar a tu camerino. Te esperamos fuera, junto a la entrada del teatro hasta que no quedaba nadie, pero saliste por otra puerta. Tampoco la señora Brunellesky me permitió jamás ponerme en contacto contigo.

—Lo sé —dijo Barbara, que estaba escuchándola, con emoción contenida, todavía apoyada en mi brazo.

—No sabes cuánto me alegro de tus triunfos... No sabes cuánto sentí... —Tina no pudo continuar porque las lágrimas se lo impidieron.

—Necesito saber algo, Tina —le dijo Barbara arrodillándose a su lado y tomándole una mano—. Necesito saber si tú sabes quién fue. ¿Puedes decírmelo? ¿Fue el mismo monstruo que mató a Tià? Tià no me hizo ningún daño, me salvó.

Tina se había quitado las gafas y miraba a Baba con los ojos empañados. Con esfuerzo se levantó de la silla.

—Vamos dentro. Podrás sentarte, y usted también —dijo, refiriéndose a mí por primera vez—. ¿Quieres tomar algo? ¿Y usted? ¿Tienes sed? Todavía hace calor aunque sea otoño, el día se ha acortado tanto.

Aproveché el momento para preguntarle a Barbara si quería que la esperara fuera o que me marchara y volviera a recogerla. Me dijo que me quedara. Pasamos a la cocina. Nos sentamos alrededor de la mesa. Baba sacó de su bolso el pañuelo con tierra y lo dejó frente a Tina.

—El monstruo entró en mi cuarto tres noches, Tina, la tercera... Lo sabías, Tina, y no hiciste nada, no dijiste nada.

—Lo supe cuando lavé la ropa, encontré semillas de adormidera, las semillas de adormidera que estaban debajo de tu almohada..., y tierra. Por la mañana del sábado tenía los ojos enrojecidos, decía que le había entrado algo en los ojos, se los rascaba porque le picaban mucho. Cuando la señora Brunellesky me pidió explicaciones, lo negué. No podía denunciarle, Baba, no podía. Ni siquiera él supo nunca que yo lo sabía. Me dejó finalmente embarazada después de que te marcharas, cuando todos todavía te buscábamos. Colmó mis ansias de niños... Mi hijo Manuel es un buen chico, no sabe nada de la conducta de su padre. ¿Crees que vale la pena que se entere? Los periódicos de hoy, he ido a comprarlos y están aquí —señaló una silla—, dicen que has vuelto para hacer justicia, que has asegurado que Tià no se suicidó, que lo mataron. ¿Jaume ayudado por sus amigos? Tal vez tengas razón. A veces de noche se despertaba y gritaba su nombre. Me decía que veía al ahorcado, el cuerpo de Tià bamboleándose. No sé si sabes que a Jaume lo atropelló un coche cuando venía de la embotelladora de Foscgran, tres años después de que te fueras. ¿Te lo contó Pandora? Toni murió también, de mala manera, en la aserradora en la que trabajaba, y Joan, al que siempre le faltó un hervor, está en Sóller en una residencia con la memoria perdida... ¿Qué ganas, Baba, acusándole ahora, treinta y seis años después, si Jaume está muerto?

—El caso está sobreseído. Resulta imposible tras casi treinta y seis años que se vuelva a abrir. En eso tienes razón. Pero quería cerciorarme de que mis sospechas eran ciertas, que el monstruo era Jaume y se culpó a Tià y eso no es justo, y yo necesito, Tina, liberarme de la parte de culpa que me corresponde. Tià murió por mi culpa. Necesito que se haga justicia.

—¿Justicia, a estas alturas? ¿Sabes lo que le va a pasar a mi hijo si acusas a Jaume, a su padre? ¿Vale la pena que le hagas daño? Es un buen chico, trabajador, está casado y esperan para este otoño su primer hijo. Si acusas a su padre, arruinarás su vida. Él no tiene la culpa. La culpa es solo mía. Yo sí podía suponer... y me callé. Con la muerte de Tià se cerró el caso. A nadie en Fosclluc le interesaba seguir hurgando, tampoco a la policía, más preocupada por el contrabando que por cualquier otra cosa. Nunca supimos quién descolgó el cuerpo de Tià y se lo llevó.

—Yo sí lo sé. Alguien que tenía poderes para retornarlo a la vida de otro modo y que me ha hecho llegar hasta aquí.

Barbara se levantó, me hizo una seña y sin añadir nada más dio por concluida la entrevista, mientras Tina lloraba y suplicaba muy bajito:

—Te lo pido por lo que más quieras, Baba, no le hagas daño a Manuel.

En silencio, con Barb apoyada en mi brazo, volvimos a la entrada del pueblo, donde nos esperaba el taxista para regresar al hotel.

Los días que todavía pasamos en La Residencia la notaba muy angustiada y llamó a Ripper. Se había prometido a sí misma no ponerse en contacto con él hasta que no le entregáramos el trabajo, pero ahora que casi estaba lo hacía para confiarle sus dudas e inseguridades. Había ido hasta Fosclluc con el único deseo de hacer justicia, y no obstante el hecho de hacer justicia implicaba ser injusta con el hijo de Jaume, al que las culpas de su padre habrían de salpicar y, en cierto modo, también con Tina. Tina era culpable por encubrir a Jaume, pero a la vez su víctima. Como tantas mujeres de su época, había vivido sometida a la crueldad ignominiosa de un marido déspota capaz de dominarla, ningunearla, cosificarla y envilecerla.

Barbara habló largo rato con Ripper. Cuando colgó el teléfono parecía aliviada.

III

Ripper le dijo a Barbara —me lo contó al día siguiente durante el desayuno— que obrara en conciencia y que, tal como ella le planteó, debía cerrar el círculo. No podía regresar a Nueva York sin hacerlo, porque en ese caso todo habría sido en vano. Si volvió de la paz y de la luz, de los colores del arco iris que había visto con sus propios ojos, fue para devolverle el buen nombre a Tià y denunciar a Jaume. Pero eso significaba arruinar la vida del hijo de este. Y no hacer nada lo consideraba una claudicación. Por eso se debatía entre las dos opciones.

Muy acongojada me decía que, pese a todo, su deber era acusar a Jaume como violador y, aunque no pudiera probarlo, como asesino de Tià. Jaume, al parecer, había contado con sus amigos y uno de ellos todavía vivía. Tina le había puesto sobre la pista. Iría a verle y luego decidiría.

Yo trataba de quitárselo de la cabeza, pensaba que no le convenía hacer un esfuerzo semejante, que su salud se resentiría y me ofrecí a ir yo. Tina nos había dicho que estaba en una residencia en Sóller. Averigüé dónde y una tarde el mismo taxista que nos había acercado a Foscluc me llevó hasta allí por una carretera de curvas, inolvidable, tanto por el paisaje como por el riesgo que corrimos, puesto que casi chocamos con el autobús de línea que hacía el mismo trayecto —Palma, Valldemossa, Deià, Sóller— que el que habían tomado Barbara y su padre para llegar a Foscluc por primera vez, aunque el bus de ahora dispusiera de asientos amplios, aire acondicionado y anduviera mucho más deprisa, incluso con exceso de velocidad.

Las residencias de ancianos, esos lugares previos a las morgues, siempre me han incomodado, pero preferí ir yo a que lo hiciera Barbara. Consideré que no estaba en condiciones. Seguía convaleciente de una operación a corazón abierto y ya tenía bastante con el cansancio del viaje, a pesar de que aseguraba encontrarse bien.

La residencia de Sóller no era de las peores. Por lo menos por su situación. Ocupaba un enorme caserón de pueblo con un gran jardín con palmeras, cipreses, hiedra que cubría los muros y setos de coníferas perfectamente recortados. Lo había mandado construir un indiano a mediados del siglo XIX y se lo había dejado en herencia a una congregación religiosa femenina, las Hermanitas de los Pobres, para que sirviera de cobijo final a los ancianos desvalidos de la zona. Algunos de ellos dormitaban en los bancos, a la sombra. Otros parecía que tenían visita de hijos o nietos porque algo de una mentida alegría creí percibir en el tono de sus voces, junto a sus acompañantes, mientras esperaba a que me atendieran haciendo cola ante la puerta que daba acceso al interior, donde una recepcionista distribuía a los visitantes. Cuando me tocó el turno y pude finalmente preguntar por Joan Arrom me mandaron al segundo piso, donde una celadora me señaló a un hombre que estaba sentado en una silla de ruedas, con la cabeza gacha, la mirada ausente y un fuerte temblor en las manos.

—No dice nada, ni mu, y no conoce a nadie —me dijo la celadora, que me acompañó a su lado.

Me senté junto a él y le hablé durante un rato, sin que diera muestras de entenderme en absoluto. Su mirada seguía siendo ausente, perdida en algún limbo particular. Me marché cuando vi que era inútil poder establecer con él ningún tipo de comunicación.

Di una vuelta por el pueblo. Le compré una bolsa preciosa a Barbara, hecha con una tela artesana, *roba de llengos*, me dijeron que se llamaba, que estaba segura de que le habría de gustar, en una tienda de la calle de la Luna. Me encantó el nombre con que los encargados del nomenclátor del Ayuntamiento de Sóller la habían bautizado. La calle salía de la plaza principal y terminaba en las afueras del pueblo, casi en el campo. ¿Conduciría de noche hasta la luna por una escalera secreta?

Regresé al hotel al anochecer. Barbara me esperaba, aunque no impaciente, como yo suponía, sino muy tranquila y se anticipó a lo que yo iba a contarle:

—Un muerto en vida, ¿verdad? Estaba segura. Tal vez no te parezca posible, pero mientras estabas fuera he notado como cuando era niña la presencia de mi madre y me ha recordado algo que me dijo en Savannah y que te conté: a veces hay que transigir para no perjudicar, para no hacer daño. Insistiré en la inocencia de Tià y no diré nada sobre Jaume. Espero que con eso sea suficiente, que a Ripper no le parezca una claudicación, que eso no me impida seguir mi camino cuando me llegue la hora. Debo pensar en la manera de rendirle tributo a Tià.

IV

De momento, habíamos reservado hotel para quince noches, pero podíamos prorrogar sin problemas porque no estaba lleno o cancelar días de estancia, dependiendo de si a Barbara le apetecía quedarse más tiempo o, por el contrario, acortarlo. Marcharse a Peralada o regresar directamente a casa, a Long Island. No me había dicho todavía cuáles eran exactamente sus planes, excepto el que nos había traído con relación a Tià, pero sí que, por cada día que la acompañara, me daría dos de vacaciones cuando volviéramos a América. De manera que yo estaba encantada. Si hubiera tenido que correr con los gastos no me habría podido alojar en un lugar tan lujoso, ni por supuesto viajar en *business*. Además, Barbara apenas me exigía nada.

El tiempo era espléndido y la piscina privada de la suite de la soprano, que me permitía disfrutar a mis anchas, magnífica. Ella, en cambio, casi no salía de sus habitaciones y aunque me decía que se encontraba bien, yo la veía con pocas fuerzas y en un estado demasiado melancólico que me inquietaba. Comía muy poco, bebía algo más, pero no en exceso, y escuchaba sus óperas predilectas. Yo creo que además del asunto de Tià, le preocupaba su voz. Le preocupaba si podría volver a cantar como antes.

Una tarde el alcalde de Fosclluc preguntó en recepción si la diva querría recibirle y me llamaron a mí. Barb accedió. Era un chico joven, alto y muy corpulento, simpático, que estaba bien informado de los propósitos de la Simpson de hacer justicia y que había indagado sobre la estancia de la pequeña Baba en su pueblo y lo que eso supuso.

Se había acercado a verla porque quería pedirle permiso para poner su nombre a un pequeño auditorio al aire libre justo a punto de inaugurarse. Eso le permitiría un poco de publicidad, cosa que a cualquier político le interesa, convocando a la prensa a costa de la Simpson. De este modo, además, demostraría que el pueblo se sentía orgulloso de que la gran cantante hubiera pasado por allí de niña, obviando, claro está, lo sucedido. Barbara le dijo que sí, con condiciones:

—Si no tengo que inaugurarlo, cortar cintas ni nada de eso, de acuerdo. Ah, ni tampoco atender a la prensa —añadió.

—Se lo prometo. Nadie la molestará.

—A cambio quiero algo. Quiero rendirle tributo a Tià. ¿Sabe quién es?

Se lo preguntó deseando que le dijera que sí, aunque supiera que eso no debía de ser posible: habían pasado treinta y seis años desde la muerte de Tià. El joven alcalde ni siquiera habría nacido.

—Sí, me han hablado de él, era un hippie..., me cae bien —y dijo lo último con énfasis.

—Tià me salvó la vida. Le debo, es de justicia... —Vaciló buscando la palabra exacta—. Tengo una deuda con él y quiero saldarla... Me gustaría hacerle un homenaje y que a este homenaje se uniera el pueblo de Fosclluc. Quisiera algo que permitiera que su recuerdo perdurara..., el mejor sitio sería en la montaña, en el bosque. ¿Sigue en pie la cabaña? —preguntó para responderse ella misma en seguida—: No, claro que no...

—Pero sí el silo. A veces voy paseando hasta allí. Tratamos de conservar y preservar lo nuestro, lo de todos, lo del pueblo, la montaña nos pertenece. Desde que gobernamos nosotros hemos...

Barbara le cortó, porque no estaba dispuesta a que le desgranaran los maravillosos logros del gobierno municipal de turno.

—Sí, claro, alcalde, lo imagino. Entonces si la montaña es de propiedad municipal dará usted su beneplácito para que junto al silo encontremos el modo de honrar a Tià.

La visita del alcalde animó a Barbara y empezó a barajar posibilidades. Me hizo indagar sobre qué escultores había en la isla. Si encontrara uno de sexo femenino, tanto mejor, porque consideraba que entendería, sin que tuviera que darle grandes explicaciones, el sentido que ella deseaba darle al homenaje. Una escultura junto al lugar donde había vivido Tià, sencilla, que apuntara hacia la cumbre de la montaña y a la vez se integrara en la naturaleza. Quería algo simbólico y estaba dispuesta a pagar cuanto le pidieran.

Me dediqué a buscar entre los escultores mallorquines o residentes en la isla, algunos muy reconocidos, como el austríaco Ben Jakober o el mallorquín Jaume Mir, si había alguna mujer interesante.

Durante una semana visité diversos estudios y, finalmente, le dije a la Simpson que había encontrado una candidata perfecta: Barbara Weil. Si prefería una mujer, pensé que había dado con la idónea.

El estudio de Weil, creado en colaboración con Daniel Libeskind, en el Puerto de Andratx, me pareció precioso y la artista, de primera categoría. Fui a verla en dos ocasiones, y la última le dije que la visitaría de nuevo con la soprano.

El hecho de que ambas fueran americanas facilitó que se entendieran desde el primer minuto. Además, a Weil le encantaba la ópera y consideraba que la voz de Barb era la mejor de América y se lo dijo, aunque la Simpson hubiera preferido, conociéndola, que ampliara el halago y dijera: la mejor del mundo.

Quedaron en que la escultora le presentaría bocetos para que la cantante escogiera; aunque ya era mayor y trabajaba poco, el encargo la ilusionó. Por cuanto le contó sobre Tià, la Weil consideró que su obra debía ser delicada, sutil y a la vez firme, potente, capaz de transmitir el nexo entre las almas, la importancia de la interconexión espiritual. Debía estudiar qué material sería el mejor y el más imperecedero. Tendríamos pronto noticias suyas, aunque no podría comenzar a trabajar hasta dentro de unos meses. En cuanto a la entrega, un año por lo menos. Antes sería imposible. Barbara se avino. Regresaríamos a Mallorca para la inauguración el año próximo.

—Invitaremos a Ripper —me dijo de vuelta al hotel—. ¿Tú crees que querrá venir?

—Claro, si usted se lo pide —le contesté, aunque me sorprendió que Barbara, tan acostumbrada a convertir sus deseos en órdenes, dudara. Tampoco yo estaba segura de que Ripper accediera; al fin y al cabo, para el médico la Simpson no dejaba de ser una paciente más.

Barbara estaba de muy buen humor, tal vez porque se sentía aliviada. Había encontrado una solución contemporizadora. Pandora la bendeciría porque siempre había sentido compasión por la pobre Tina, y Margaret, su madre, seguro que también. La misión que nos había traído había sido cumplida, al menos en parte, aunque esa justicia anunciada a bombo y platillo en la rueda de prensa hubiera sido muy rebajada. Tal vez por eso la Simpson no quiso recibir a ninguno de los reporteros que solicitaron entrevistas —finalmente parecían interesados en lo que pudiera destapar la diva— y a los que yo tuve que decirles con buenas palabras que no molestaran.

Podíamos regresar a Nueva York, descartada la estancia en Peralada, cuando ella quisiera, solo faltaba ir a recoger el informe de la clínica que le negaron a Carme Riera, que, desafortunadamente para mí, no pudo esperarnos en Mallorca para acompañarnos. Estaba de nuevo en América, esta vez en Chicago, dando otro curso. Quedamos en que iría a Long Island un fin de semana para conocer a la soprano, de quien tantas cosas había llegado a saber.

—Te daré vacaciones en cuanto lleguemos a casa —me anunció Barbara—, pero antes tendrás que pasar a limpio cuanto te he contado y lo que averiguó tu amiga, esa escritora, Roera o Riera. ¿Cómo me dijiste que se llamaba?

—Riera —le contesté—. En cuanto al trabajo, no tendrá que preocuparse. Ha leído ya la mayor parte. Le daré otra vuelta para pulirlo un poco más. Lo dejaré a punto para entregárselo a Ripper, en cuanto lleguemos a Long Island. Está casi listo.

V

Barbara, a la mañana siguiente de su visita a Weil, me mandó llamar a la clínica para que prepararan cuanto antes una copia del informe que ella en persona iría a buscar. Me aseguraron que podíamos pasar al día siguiente, por la tarde.

La acompañé. La clínica, que ya no era de los mismos dueños de entonces y había sido absorbida por una multinacional sanitaria, estaba a las afueras de Palma, en el barrio de la Bonanova —el barrio de la Buena Nueva—, algo que también me gustó y pensé que el informe le ofrecería a Barbara buenas noticias.

Después de recogerlo, le pedimos al taxista, que se había convertido en mi hombre de confianza motorizado, que nos llevara a algún lugar agradable, con buena vista, para leerlo con tranquilidad.

Nos dejó en el hotel Maricel, cuya terraza, junto al mar, en efecto, tiene una vista portentosa sobre la bahía de Palma. Barbara con un daiquiri en la mano y yo en la mía con un margarita, mi cóctel preferido, brindamos por la vida y a continuación me pidió que fuera yo quien le leyera el informe.

A ambas, pero por supuesto mucho más a ella, le causó una profunda conmoción. Constaba solo de dos páginas y en la primera se aseguraba que los abusos a los que había sido sometida la niña Barbara Simpson podían no ser solo recientes, tal vez había convivido meses atrás con su abusador. No solo en Foscluc, sino antes y quizás uno de ellos, decía el escrito, «fuera su propio padre, tras la muerte de su madre o tal vez también antes, con el consentimiento de esta». No tenía que haber leído esta frase ni tampoco la siguiente: «El incesto es mucho más corriente de lo que suponemos, en especial entre quienes tienen una convivencia tan estrecha como las clases bajas de color...».

Paré para ofrecerle un pañuelo a Barb, con el que se secó dos enormes lagrimones. Después buscó en el bolso las gafas de sol, con que solía proteger su incógnito, aunque en la isla no fuera necesario, y se las puso de golpe para evitar que yo siguiera viendo sus ojos acuosos.

—Déjalo. No leas más. No imaginaba que aquí también, como tantas veces en América, el color de la piel se considerara un indicio de culpabilidad. Dámelo. —Y cogiendo el informe lo rompió en mil pedazos.

Barbara conservaba, o eso me parecía, una imagen ambivalente de su padre, y si lo que insinuaba el informe era verdad todavía resultaba más comprensible que Pandora los separara, que se la llevara con ella, previo pago, para salvarla de él y que, a partir de entonces, apenas se trataran. E incluso que Barbara, en nuestras conversaciones, hiciera referencia a que Mike le pidió perdón. ¿Trataba de disimular delante de mí? ¿Había abusado su padre de ella? ¿Quién era el monstruo que la aterrorizaba en casa de los abuelos, o acaso era el abuelo, el clérigo? ¿Y por qué su padre no acudió en su ayuda cuando trataban de exorcizarla? En un instante, todas estas preguntas se me pasaron por la cabeza.

No me atreví a decir nada. Ni siquiera a apoyarla insistiéndole en que el informe se basaba en una mera suposición de los médicos. Barbara no hizo ningún comentario más ni me preguntó qué opinaba. Apuró el daiquiri y decidió que nos quedábamos en el hotel. Me pidió que lo organizara todo, que fuera a comprar camisones y ropa interior para las dos y que luego despachara al taxista. Se sentía demasiado cansada para regresar a Deià.

Cumplí con celeridad. Muy cerca del hotel había un *mall* como los de los Estados Unidos, con tiendas de diversos tipos, y regresé al poco con los encargos.

Esta vez mi habitación no estaba contigua a su suite, como de costumbre, porque escogió el torreón, cuyas enormes ventanas se abrían a los cuatro puntos cardinales. «Será como acercarme al arco iris. Me hace falta», me dijo cuando le di las buenas noches.

A las tres de la mañana me llamaron de recepción. La señora Simpson había marcado el 9, el número que comunicaba con ellos, pero no les había dicho nada y el teléfono de la habitación seguía descolgado. ¿Le ocurriría algo? Me levanté y sin vestirme, en camisón, corrí a su cuarto. En la puerta me esperaba uno de los recepcionistas nocturnos con una llave magnética en la mano. Cuando entré Barbara respiraba, sí, todavía, pero muy débilmente. Pedí con urgencia un desfibrilador y una ambulancia.

Los periódicos de medio mundo y la mitad del otro medio se ocuparon de la muerte de Barbara Simpson en el hospital de Son Dureta de Palma de Mallorca la madrugada del 8 de octubre de 2005, la más triste y espantosa de mi vida, justo antes de ser trasladada al quirófano.

Estaba absolutamente consternada, sin saber qué hacer; además, me sentía culpable. Yo aquella noche no estaba sola. Suelo dormir con el móvil en la mesilla, pero esa noche lo tenía en silencio y no oí la llamada de Barbara, cinco minutos antes de que tratara de comunicarse con recepción.

El desfase horario entre Nueva York y España me llevó a silenciar el teléfono porque no me apetecía que nos interrumpiera cualquiera de mis amigos desde allí, olvidado de las seis horas de diferencia. Fui yo la que le pedí a Julio, el taxista, que se quedara conmigo, en mi cuarto. Yo la que le convencí, con la excusa de que así se ahorraba tener que volver a buscarnos a la mañana siguiente y que mi habitación era un lujo que me apetecía compartir con él. Tenía la seguridad de que yo también le gustaba y llevaba demasiado tiempo de abstinencia para no aprovechar la ocasión. Jamás pude imaginar que Barbara me necesitara a esas horas.

En cuanto se hizo de día llamé al consulado. La soprano siempre me había dicho que quería ser enterrada en Bonaventure, en la tumba de su madre, y debía ocuparme de la repatriación del cadáver, recoger nuestras cosas en el hotel de Deià, pagar las cuentas, etcétera, etcétera, y regresar sin ella a mi lado, con su cuerpo en un ataúd, en la bodega, junto a los equipajes, a los Estados Unidos.

Me sentía desolada. Me preguntaba si esta vez el tránsito hacia la luz, hacia el arco iris —había sido lo último que me había dicho—, había sido tranquilo, si había encontrado en seguida la paz, si había podido marcharse sin la necesidad de tener que regresar, y me decía a mí misma que Barbara no me perdonaría jamás que yo no le hubiera ayudado a terminar de saldar su deuda.

VI

Pedí encarecidamente a la escultora Barbara Weil que siguiera con el encargo que le había hecho Barbara Simpson, como homenaje no solo a Tià sino también a ella, a la soprano, y el 8 de octubre de 2006, primer aniversario de su muerte, tuvo lugar la inauguración junto al silo de Tià de la escultura que estoy segura de que a Barb le hubiera gustado: una enorme ala de acero a punto de emprender el vuelo. En la base una pequeña lápida incluye una inscripción: «Barbara Simpson dedica este homenaje a José María Samper McKinley, Tià, que le salvó la vida y al que se une el pueblo de Fosclluc».

A la inauguración, además de la autora y el equipo de su fundación, de Ruggero Raimondi, de Plácido Domingo y del director del Met, que quisieron mostrar su afecto por la Simpson, pese a lo apretado de sus agendas, entre actuación y actuación, asistieron los vecinos y por supuesto las autoridades locales y autonómicas, así como la ministra de Cultura del Gobierno de España y el embajador de los Estados Unidos. El acto fue sobrio. Sin apenas discursos, que Hans trató de evitar a toda costa en nombre de la soprano, a la que no le gustaban nada. Contó, en cambio, con mucho revuelo mediático, muchos reporteros de prensa y televisión, enviados especiales llegados de diversos países y muchas fotos. Yo también las hice y en las mías al fondo, entre la frondosidad de los árboles, brumosos porque el día no era soleado, puede vislumbrarse una imagen. La imagen vaporosa de una niña vestida de blanco.

He insistido en estas páginas que cuando empecé a trabajar con la soprano mi mente absolutamente racional me impedía muy a menudo aceptar sus supersticiones, que tomaba como una excentricidad, y menos aún considerar seriamente sus contactos con el más allá a través de esas puertas de la percepción, tan distintas a las mías, que según Ripper ella tenía abiertas. No obstante, poco a poco, tras saber mucho más de su vida, comencé a pensar que las barreras racionales que yo me imponía de manera inconsciente tal vez debían abrirse.

Ahora, incluso, he llegado a otras conclusiones que me permiten pensar que al morir no regresamos a la nada de donde se supone que venimos antes de que un espermatozoide, en lucha desigual con millones de congéneres rivales, fecunde un óvulo. Barbara al final de sus días creía todo lo contrario; creía que ella, su esencia, su espíritu habitaba en algún lugar ya desde antes de nacer y que estaba predestinada a vivir lo que había vivido, a desempeñar una carrera que demostrara las capacidades de una mujer negra y pobre de triunfar, con el tesón, el esfuerzo y la ayuda de algunas personas a las que jamás quiso olvidar. La ayuda que le había prestado Reynolds, en primer lugar, y después, por intercesión de Leontyne Price, Pandora Brunellesky.

Yo, que no soy creyente y ninguna religión me satisface, estaba segura de que después de la muerte no hay nada. Pero mi trato con Barbara y después con Ripper, con el que me entrevisté muchas veces a mi vuelta a Nueva York en 2005 después de entregarle, como quería Barb, este texto, me convencieron de lo contrario y me di cuenta de hasta qué punto tenemos miedo a aceptar lo irracional, lo que Jung llama la sombra, y de que los demás consideren que estamos llenos de fantasías o dominados por el pensamiento mágico, como quiere el materialismo científico.

Los cristianos aseguran que vamos al cielo o al infierno según nuestra conducta, y hasta hace muy poco también se decía que al purgatorio en espera del ascenso a un lugar mejor.

A los musulmanes, según el Corán, les espera igualmente el paraíso si se han comportado bien, con las huríes del profeta —en realidad supongo que no a nosotras, las mujeres, que para los musulmanes somos de menor categoría que los hombres, por otro lado, como en las tres grandes religiones monoteístas—, o el infierno si se han portado mal.

El Sheol de los judíos es un lugar, quizás un no lugar, como mejor podríamos denominarlo hoy, donde se lleva una existencia sombría, tal vez más en consonancia con el Hades de los griegos, aunque a partir de Ezequiel se distinga entre un lugar especial para los justos y otro para los condenados. Cuentan que fue Epicuro el que liberó a los griegos del miedo al Hades, un lugar nada grato, lleno de fantasmas descarnados. Apoyado en Demócrito, consideró que con la muerte se acababa la existencia, lo que no deja de ser un consuelo si se cree que el más allá es un sitio aterrador.

El budismo plantea el asunto de otro modo. Al morir nos liberamos de nuestra existencia y entramos en otra mejor, en una reencarnación, también presente en el hinduismo, dependiendo de la conducta.

Las religiones han tratado de dar respuesta a las preguntas planteadas por los humanos desde que estos las inventaron precisamente para obtener respuestas y la más importante, quizá, dado nuestro instinto de supervivencia, es saber si después de esta vida hay otra, si la muerte no es el final. Freud aseguraba que no somos capaces de aceptar nuestra aniquilación y por eso inventamos la trascendencia, la creencia en el más allá.

Hoy pocos dudan de que el cuerpo es materia perecedera. Pero el cuerpo, ya lo aseguraban los antiguos, no es más que el receptáculo, el recipiente de lo que los griegos y luego los cristianos denominan alma y otros, por influencia budista, han llamado residuo kármico, energía o consciencia. Esa consciencia, según Ripper, es la que pervive después de la muerte al iniciar su viaje envuelta en luz, como contó Barbara tras su primera muerte y su regreso.

Ripper señala en sus escritos que la hipótesis de la vida después de la muerte no está aún científicamente demostrada, pero tampoco hace años la técnica había dado con la posibilidad de comunicarnos de manera inmediata a miles de kilómetros. Nuestros antepasados hubieran considerado que eso entraba dentro de los márgenes de la brujería, que esa posibilidad no era real, y ahora los datos que lo prueban están ahí, a nuestro alcance. Tal vez algún día, pronto, sepamos más sobre si algo de nosotros sobrevive y de qué modo. Nadie ha vuelto para comunicarnos con palabras cómo es su vida tras la muerte, pero sí con otros indicios que, en general, tratamos de no tomar en serio o no querer interpretar.

Yo, a estas alturas, me sigo preguntando si pude haber evitado la muerte de Barbara. Si cuando me llamó hubiera contestado en seguida, tal vez seguiría con vida, aunque a menudo me parece oír su voz, que me dice que no me culpabilice, que es malo cargar con ese peso. Ha sido precisamente para aliviarlo, para acabar de cerrar el círculo que ella se propuso cerrar y tras la muerte de Tina y de su hijo, ocurridas en 2020, víctimas del coronavirus, en homenaje a la gran soprano de la que soy heredera en parte y presidenta de la fundación que lleva su nombre para ayudar a los cantantes negros, que me ha parecido oportuno, tras consultárselo a Ripper, dar a conocer, a través de este libro, la parte más oculta de la vida de la diva, la más desconocida y misteriosa.

Las fotografías que yo tomé de la inauguración del monumento, en las que se ve esa sombra blanca que enmarca el rostro de una niña, según algunos pueden ser debidas a un efecto óptico, pero para mí es la prueba de que el espíritu de Barb, de Baba para los mallorquines, está ahí, libre de penas, en la montaña, y que ha saldado su deuda con Tià.

Barcelona, 2020 - Cala Mayor, Mallorca, 2021 - Sa Marineta, Deià, Mallorca/Barcelona, 2022-2023

Índice

Primera parte	11
Segunda parte	49
Tercera parte	175
Cuarta parte	285

Este libro se terminó
de imprimir en
Sabadell, Barcelona,
en el mes de
marzo de 2024